中國語言文字研究輯刊

七　編

許　錟　輝　主編

第 **18** 冊

漢語研究論集（上）

李　申　著

花木蘭文化出版社

國家圖書館出版品預行編目資料

漢語研究論集（上）／李申 著 -- 初版 -- 新北市：花木蘭文
化出版社，2014〔民 103〕
目 2+242 面；21×29.7 公分
（中國語言文字研究輯刊 七編；第 18 冊）
ISBN 978-986-322-858-5（精裝）
1.漢語 2.文集
802.08   103013634

ISBN-978-986-322-858-5

中國語言文字研究輯刊

七 編　　第十八冊　　　　　ISBN：978-986-322-858-5

漢語研究論集（上）

作　　者　李　申
主　　編　許錟輝
總 編 輯　杜潔祥
副總編輯　楊嘉樂
編　　輯　許郁翎
出　　版　花木蘭文化出版社
社　　長　高小娟
聯絡地址　235 新北市中和區中安街七二號十三樓
　　　　　電話：02-2923-1455／傳真：02-2923-1452
網　　址　http://www.huamulan.tw 信箱 hml 810518@gmail.com
印　　刷　普羅文化出版廣告事業
初　　版　2014 年 9 月
定　　價　七編 19 冊（精裝）新台幣 46,000 元

漢語研究論集（上）

李　申　著

作者簡介

　　李　申，男，1947 年 7 月生，江蘇徐州人。江蘇師範大學文學院教授。主要從事近代漢語、訓詁學和方言研究。著作有《金瓶梅方言俗語彙釋》、《近代漢語釋詞叢稿》、《江蘇省志・方言志》（副主編）等多種；發表《近代漢語語辭雜釋》、《近代漢語詞語的羨餘現象》、《元曲詞語今證》、《〈漢語大詞典〉近代漢語條目商補》、《古代白話文獻校勘零札》等論文一百餘篇。曾榮獲中國社會科學院青年語言學家獎金二等獎、北京市優秀圖書二等獎、江蘇省哲學社會科學優秀成果一等獎（合作）和三等獎。

提　要

　　《漢語研究論集》選收作者自 1975 年以來發表的語言學、文獻學論文五十餘篇。內容大致包含以下幾方面：1. 古今漢語特殊現象研究。如詞彙的羨餘現象、「反詞同指」和「反序重疊」現象研究。2. 古白話詞語考釋。多為古典戲曲、小說及筆記中疑難詞語的詮釋考證。例如宋莊綽《雞肋編》卷上有「絞絡」一詞，呂叔湘《筆記文選讀》於該條下注云「未詳」，唐王梵志詩中的「一傷」，專家的說解亦多欠妥當，作者廣搜例證而終得確詁。3. 古典文獻研究。涉及的多為近代漢語作品的校勘、注釋問題。4. 辭書研究。以《漢語大詞典》詞條訂補和編纂理論探討為主，兼及幾部辭書（如《宋金元明清曲辭通釋》、《明清吳語詞典》等）的評論。5. 方言研究。主要是作者調查研究自己母語方言的部分成果。此外，還有書序和討論語文教材及語言規範的文章數篇。這些論文，或對認識漢語的一些特點，或對打通古書研讀中的某些障礙，或對幾部影響較大的辭書的修訂完善都會有所助益。

目次

近代漢語詞語的羨餘現象

　　一切自然語言都具有羨餘性。羨餘性反映了語言的本質特徵。[1] 就漢語歷史看，羨餘現象存在於上古以來的每一個發展階段；就其範圍看，不僅它的各個要素，而且包括記錄它的漢字都有羨餘問題。但比較言之，這種現象在近代漢語階段，特別是這一時期的詞彙方面表現得尤為顯著。本書即就此進行初步探討。分為三個部分：一、分類列舉晚唐以來白話詞語中帶有羨餘成分的數十個用例，並對其作簡要分析、考證。二、指出由於不明此種現象，而在詞語詮釋、詞彙研究、古籍整理以及辭書編纂等方面造成的一些問題並加以討論。三、對幾種羨餘形式的成因、功用試作分析。

一

　　近代漢語詞彙的羨餘形式主要有兩類：一類是詞語中某個語素的同義複用，一類是詞語與詞語的同義複用。下面分別舉例說明。

（一）詞語中某個語素同義複用的羨餘形式

1. 前加羨餘語素

　　　　相廝稱　《燕子箋》卷下第二二齣：「自古道涎夫烈女相廝稱，一定要手奇擎。」

　　「廝」，相也。歐陽修《漁家傲》詞：「蓮子與人長廝類，無好意，年年苦

在中心裏。」「長厮類」即長相類。「厮稱」猶言相稱。《舉案齊眉》第四折:「你道是才表我冰清玉潔心,又道是厮稱我雲錦花枝貌。」《醒世姻緣傳》第六七回:「我給你一兩銀子,你好把這皮襖脫下,我叫人送還他去。你穿著又不厮稱,還叫番子手當賊拿哩!」《紅梅記》第五齣:「人如此,物更精,便住在西子湖邊真厮稱。」皆其義。如此,則「相厮稱」=相+相稱。「相」是一個帶有羨餘信息的語素。故「相厮稱」意義仍同「厮稱」。

　　怪嗔道　《金瓶梅詞話》第一七回:「(婦人)尋思半晌,暗中
　　跌腳,『怪嗔道一替兩替請著他不來,原來他家中為事哩!』」〔2〕

「嗔道」,猶言怪不得、難怪說。該書習見。如第六一回:「嗔道把王八舅子也招惹將來,卻一早一晚教他好往回傳捎話兒。」又第八二回:「嗔道前日我不在,他叫進你房裏吃飯,原來你和他七個八個。」「嗔」亦「怪」也。如此,則「怪嗔道」=怪+怪道。義仍為「怪不得」。

　　俺(我)兒夫　《西遊記》第一本第一齣:「殺壞他身軀,傾陷
　　了俺兒夫。」《金瓶梅詞話》第八九回:「燒的紙灰團團轉,不見我
　　兒夫面。」

「兒夫」古代婦女自稱其丈夫,猶我夫。魏承班《滿宮花》詞:「夢中幾度見兒夫。」《劉知遠諸宮調》第二:「兒夫來何太晚?」《破窯記》第三折:「我道是誰家個奸漢,卻原來是應舉的兒夫。」《金瓶梅詞話》第二一回:「是以瞞著兒夫。」皆其例。如此,則「俺(我)兒夫」=我+我夫。

　　此類例子還有(僅舉出處,例句略去):「怎奈何」(《五燈會元·琅琊慧覺禪師》)、「這此處」(《陳州糶米》第三折)、「此這般」(《元刊雜劇三十種·晉文公火燒介子推》)「近新來」(《謝天香》第三折)、「單只管」(《金瓶梅詞話》第二〇回)等等。

2. 中加羨餘語素

　　較好些　《倩女離魂》第三折:「梅香,你姐姐較好些麼?」

「較些」(「較」或作「校」、「教」等),隋唐以來習用。例如王梵志詩:「他人騎大馬,我獨騎驢子,回顧擔柴漢,心下較些子。」「較些子」猶言好一些。「較」又引申為痊癒。貫休《秋寄棲一》詩:「眼中瘡校未,般若偈持無?」「校未」猶痊癒了嗎,好了嗎?《敦煌變文集·父母恩重經講經文》:「女男得病阿

娘憂，未教終須血淚流。」「未教」猶未愈，未好。又如：《倩女離魂》第二折：「阿也，是敢大較些去也。」《拜月亭》第二折：「但較些呵，郎中行別有酬勞。」《牡丹亭‧拾畫》：「日來病患較些，悶坐不過。」三例均言病好些。如此，則「較好些」則係羨餘語素「好」插入「較些」之間所構成。

吊腳兒事　《金瓶梅詞話》第二六回：「那奴才淫婦想他漢子上吊，羞急，拿小廝來煞气。關小廝另（乃「吊」字形誤——引者注）腳兒事！」又第三五回：「那伯蠻奴才到明日把一家子都收拾了，管人吊腳兒事！」

「吊事」即屌事，粗穢語。「關（管）人吊腳兒事」猶言與人何干。男陽，戲曲、小說中或作「鳥」（《西遊記》第一九回：「我怕甚鋼刀剁下我鳥來！」）。又轉為「頹」、「腿」（《救風塵》第一折：「便一生裏孤眠，我也直甚頹！」《獨角牛》第二折：「打倒你老子，關我腿事！」）。「腳」的本義為小腿，故「腳」同「腿」，這裡係插入「吊事」之中，與「吊」同指男陽。

3. 後加羨餘語素

耳邊廂　《金瓶梅詞話》第一七回：「看了耳邊廂只聽颼的一聲，魂魄不知往那裡去了。」

「廂」猶云「邊」。《齊民要術‧養豬》：「喙長則牙多，一廂三牙以上，則不煩畜。」《西遊記》第一一回：「崔先生，那廂是甚麼山？」「一廂」即一邊，「那廂」即那邊。如此，則「耳邊廂」＝耳邊＋邊。

與之相類的還有「兩邊廂」（辛棄疾《卜算子‧齒落》詞：「已闕兩邊廂，又豁中間個。」）、「這壁廂」（《趙氏孤兒》第四折：「想俺這壁廂爹爹，每日見我心中歡喜，今日見我來心中可甚煩惱！」）、「那壁廂」（《漢宮秋》第二折：「那壁廂鎖樹的怕彎著手。」）等。「這壁」、「那壁」即這邊、那邊，戲曲小說中習見。如《西廂記》第一本第一折：「偌遠地，他在那壁，你在這壁，繫著長裙兒，你便怎知他腳兒小？」亦用「這廂」、「那廂」，與「這壁」、「那壁」義同。如《凍蘇秦》第三折：「這廂，那廂，為功名不遂離鄉黨。」如此，則「這（那）壁廂」＝這（那）邊＋邊。

可煞（嗻）是　周密《南樓令》詞：「幾度欲吟吟不就，可煞是？沒心情。」万俟雅言《武陵春》詞：「謾覷著秋韆腰褪裙，可煞是？

不宜春。」

張相《詩詞曲語辭彙釋》卷四：「可煞本猶云可是，爲文氣宛轉之故，加一是字，同義重言，古人不避也。」如此，則「可煞是」＝可是＋是。

多早晚時候 《生金閣》第三折：「您孩兒多早晚時候去？」

「多早晚」即什麼時候。姚元之《竹葉亭雜記》：「京中俗語，謂何時曰多早晚。」如此，則「多早晚時候」＝什麼時候＋時候。

同類說法還有「多咱時候」（《金瓶梅詞話》第二一回：「不知涎纏到多咱時候。」）、「這咱時」（同上回：「李大姐好自在，這咱時還睡。」）、「這咱晚」（同上第六一回：「見放著不語先生在這裡，強盜和那淫婦怎麼弄聳，聳到這咱晚才來家。」）等，「咱」爲「早晚」的合音，「時候」、「時」、「晚」俱爲後加羨餘語素。

今上官家 《宣和遺事》後集：「記得父是今上官家，弟不知爲何王名位。」

「今上」，稱當代皇帝。《史記‧魏其武安侯列傳》：「今上初即位。」《桃花扇‧罵筵》：「且喜今上性喜文墨。」「官家」，亦是對皇帝的稱呼。《資治通鑑‧晉成帝咸康三年》引《晉書‧石季龍載記上》：「官家難稱，吾欲行冒頓之事，卿從我乎？」胡三省注：「稱天子爲官家，始見於此。」《水滸傳》第三五回：「便是趙官家，老爺也鳥不換。」「上」與「官家」乃同義複用。如此，則「今上官家」＝當今皇帝＋皇帝。

此類例子還有：「須索要」（《青衫淚》第一七齣）〔3〕、「男兒人」（《詐妮子》第一折）、「穩情取」（《王粲登樓》楔子）〔4〕、「這等樣」（《尋親記‧託夢》）、「這般樣」（《香囊記‧說親》）、「一般樣」（《石點頭》卷一四）、「一直迥」（《金瓶梅詞話》第二回）等等。

（二）詞語與詞語同義複用的羨餘形式

1. 單音詞加單音詞羨餘成分

欲待 《董西廂》卷一：「欲待散心沒處去。」

「待」，亦「欲」也。歐陽修《玉樓春》詞：「人心花意待留春，春色無情容易去。」《碧桃花》楔子：「明日是三月十五日，我待請親家來慶賞牡丹，你

意下如何？」「欲待」同義複用，「待」為羨餘成分。

　　　　吾身　《劉知遠諸宮調》第一二：「喝洪信：『你覷吾身！』」

　　《爾雅·釋詁上》：「身，我也。」藍立蓂《劉知遠諸宮調校注》：「吾身連文，亦猶我。」〔5〕

　　　　料莫　《金瓶梅詞話》第八一回：「料莫天也不著餓老鴉兒吃草。」

　　「料」，料想。《董西廂》卷三：「酒入愁腸醉顏酡，料自家沒分消他。」「莫」，約莫。《爭報恩》第一折：「妹子你莫耳朵背聽錯了。」兩詞均表示估料、推斷之意。

　　　　今見　《燕子賦》：「雀兒奪宅，今見安居。」

　　劉堅《近代漢語讀本》注：「見，同『現』，今見，現今。」〔6〕

　　此類例子還有：「欲擬」（《廬山遠公話》）、「了競」（《燕子賦》）、「悉皆」（《敦煌曲·新集孝經一八章》）、「盡皆」（《西遊記》第一四回）、「在於」（《金瓶梅詞話》第四九回）、「甚怎」（同上第四三回）、「此這」（同上第三三回）、「爭差」（《燕子箋》卷上第一七齣）等等。

2. 單音詞加雙音詞（或雙音詞加單音詞）羨餘成分

　　　　爹老子　《金瓶梅詞話》第四二回：「見他爹老子收了一盤子雜合的肉菜、一甌子酒和些元宵，拿到屋裏，就向他娘一丈青討。」

　　「爹」與「老子」連用，後一詞為羨餘成分。

　　　　尚兀子（自）　《董西廂》卷四：「誰知今日見伊，尚兀子鰥居獨自。」《虎頭牌》第二折：「則我那珍珠豌豆也似圓，我尚兀自揀擇穿。」

　　「兀子」、「兀自」，《詩詞曲語辭彙釋》卷六：「含有『還』、『尚』、『猶』等義。」故「尚」與「兀子」、「兀自」連用，後者實為羨餘成分。

　　另有「尚古子（自）」（《董西廂》卷二：「渾如睡起，尚古子不曾梳裏。」《西廂記》第四本第二折：「歡郎見你兩個去來，尚古自推哩！」）、「猶古自」（《西廂記》第三本第三折：「猶古自參不透風流調發。」）、「猶兀自」（《樂府新聲》無名氏小令《慶東原》：「猶兀自保兒嗔，斷不了姨夫罵。」）等，均同此。

依舊（然）原　《金瓶梅詞話》第九三回：「不消兩日，把身上錦衣也輸了，襪兒也換嘴來吃了，依舊原在街上討吃。」《水滸傳》第五三回：「李逵依然原又去睡了。」

「原」有「仍」義。馬致遠《般涉調・哨遍》：「雖無諸葛臥龍岡，原有嚴陵釣魚礬。」《平妖傳》第一六回：「貧道有一幅小畫，要當些銀兩，日後原來取贖。」《西遊補》第一四回：「沙僧道：『如今又不做丞相了，另從一個師父，原到西方。』」以上諸例，「原」皆依舊、仍然義。如此，則「依舊（然）」與「原」連用，「原」實為羨餘成分。

將就膿　《金瓶梅詞話》第四一回：「將就膿著兒罷了。」

「膿」，字或作「噥」、「濃」。《貨郎旦》第一折：「數量著噥過，緊忙裏做作，似蠍子的老婆。」《金瓶梅詞話》第七二回：「金蓮點著頭兒，向西門慶道：『哥兒，你濃著些兒罷了。』」又第九一回：「你來在俺家，你識我見，大家膿著些罷了。」以上各句中「膿」（噥、濃）俱「將就」義。「將就膿」連用，「膿」實為羨餘成分。

此類例子還有：「銀子錢」（《金瓶梅詞話》第五二回）、「如今見」（同上第一六回）、「目今現」（《紅樓夢》第二回）、「見如今」（《金瓶梅詞話》第三回）等等。

3. 雙音詞加雙音詞羨餘成分

菜蔬下飯　《水滸傳》第一〇回：「忽一日，李小二正在門前安排菜蔬下飯。」

「菜蔬」和「下飯」都指佐酒飯的菜肴。《水滸傳》第三回：「官人，吃甚下飯？」范寅《越諺》卷中：「括羹湯肴饌通名下飯。」《水滸傳》第二回：「安排的好菜蔬，調和的好汁水，來吃的人都喝綵。」胡竹安《水滸詞典》[7]「菜蔬②」：「（熟的）菜肴。……嘉興、溫州稱菜肴為菜蔬，溫嶺將下飯通稱為菜蔬。」「菜蔬」與「下飯」連用，後者實為羨餘成分。

皇帝上位　《金瓶梅詞話》第七五回：「皇帝上位的叫。」

「上位」指君位、帝位。《雲麓漫鈔》卷一〇：「堯非不能召舜而留於帝室，以舜有父母，故又以二女嬪之，家齊身正，舉而加之上位。」亦代稱皇帝。《醉

醒石》卷八：「上位喜的是書畫，他乘機把王臣書畫進獻。」「皇帝」與「上位」連用，後者為羨餘成分。

> 相應便宜　《西遊記》第三四回：「我們相應便宜的多哩，他敢去得成？」

「相應」（即「相因」），義為便宜。如《醒世恒言》卷三：「賣了他一個，就討得五六個。若湊巧撞得著相應的，十來個也討得的。」「相應的」即便宜的。今徐州話仍說「相應」。「佔便宜」說成「占相應兒」。「相應」與「便宜」連用，後者為羨餘成分。

> 乞養過房　《救孝子》第一折：「我想大的個小廝，必然是你乞養過房螟蛉之子，不著疼熱。」《元典章·刑部》：「禁治乞養過房為名，販賣良民。」

王學奇等《元曲釋詞》（三）：「把別人的子女收養為自己的子女，謂之乞養，義同『過房』。」[8]

> 香爐寶子　《敦煌變文集·降魔變文》：「香爐寶子逐風飛。」

宋·黃伯思《東觀餘論》卷下：「寶子乃香爐耳。」

此類例子還有：「擔驚忍怕」（《劉知遠諸宮調》第二）、「耽煩受惱」（王元和散套《小桃紅·題情》）、「拘管收拾」（《詐妮子》第二折）、「停嗔息怒」（《竇娥冤》第四折）、「做大妝麼」（《羅李郎》第一折）、「追朋趁友」（《冤家債主》第二折）、「這般這等」（《西遊記》第一七回）、「宛若就如」（《醒世姻緣傳》第二五回）、「打盹瞌睡」（同上第五三回）、「人情禮物」（《金瓶梅詞話》第七五回）、「單管只個（顧）」（同上第四五回）、「獨自一個」（同上第三四回）、「如今當今」（同上第四三回）、「從前以往」（《竇娥冤》第三折）、「終朝每日」（《度翠柳》第四折）等等。

4. 雙音詞（或短語）加短語羨餘成分

> 壞鈔拿出銀子　《金瓶梅詞話》第一五回：「老媽說道：『怎麼的，姐夫就笑話我家大節下拿不出酒菜兒管待列位老爹，又教姐夫壞鈔拿出銀子，顯的俺們院裏人家只是愛錢了。』」

「壞鈔」與「拿出銀子」語意重複，後者為羨餘成分。

坐崖豆頂棚子　《醒世姻緣傳》第五六回：「不知那裡拾了個坐崖豆（「豆」是「頭」的借音字——引者注）頂棚子的濫貨來家。」

「坐崖豆」、「頂棚子」都是罵婦女淫濫的隱語。

做牽頭做馬伯六　《金瓶梅詞話》第二回：「閒常也會做牽頭做馬伯六。」

「牽頭」與「馬伯六」同指不正當男女關係的撮合人。

5. 詞語加雙重羨餘成分

都盡總　《董西廂》卷七：「有多少女孩兒，卷珠簾騁嬌奢，從頭著眼看來，都盡總不如他。」

「盡總」連用，如《六祖壇經》：「來至半路，盡總卻回。」「總」是羨餘成分。「都」與「盡總」連用，「盡總」是羨餘成分。

央求浼　《金瓶梅詞話》第一○回：「走去央求浼親家陳宅心腹。」

「央」有求義。如《紅樓夢》第七七回：「（寶玉）央一個老婆子，帶他到晴雯家去。」「央求」連用，「求」為羨餘成分。

「浼」（měi，同「浼」）亦為央求、請求之義。如《西遊記》第一三回：「明日你父親周忌，就浼長老做些好事。」《繡襦記·卻婚受僕》：「曾學士先生有一令愛，欲招足下為婿，特央求浼老夫作伐，萬勿推辭。」「央求」與「浼」連用，「浼」是羨餘成分。

自家身己　《朱子語類輯略·訓門人》：「看聖賢書，便句句下著實，句句為自家身己設，如此方可以講學。」

「身己」連用，如《朱子語類·訓門人》：「要知這源頭是什麼，只在身己上看。」「身」與「己」皆「自己」義。「己」是羨餘成分。「自家」亦「自己」義，後加「身己」，是雙重羨餘了。[9]

二

由於羨餘現象是近代漢語中十分重要的語言現象，故對其加以注意並加強研究，則有助於近代漢語的詞語詮釋、詞彙研究、文獻整理和辭書編纂等工作。

特別是對其中一些尚有爭議的問題，如果能從語言的羨餘性去認識，或許能得到更妥當的解決。現分述如下：

（一）有關詞語詮釋

有些詞語之所以難以詮釋，是因爲它是一個羨餘形式。例如：

> 霎眼挫　《金瓶梅詞話》第五四回：「一個韓金釧，霎眼挫不見了。」

「霎眼挫」何義？《漢語大詞典》無載。這個詞的構成是比較特殊的。析言之，「霎」，用同「眨」；「挫」，多寫作「錯」，義猶轉動。「霎眼挫」是由「眨眼」與「眼錯」兩詞同義複用（均形容動作快速、時間短暫，義同「轉眼間」[10]）而又省略了一個語素（眼）混合而成。不從羨餘角度去分析，其意義及構成情況便很難說清楚。

從上文「一」所列舉的用例看，詞語的羨餘形式大都是由兩個詞或短語同義並列而成。明乎此，則可前後印證，幫助我們探求其義。如「立掙癡呆」（《合汗衫》第二折：「我則聽的張員外家遭漏火發，哎呀！天那！唬得我立掙癡呆了這半霎。」），「立掙」就是癡呆。又如「往時每日」（《醒世姻緣傳》第二回：「脫不了往時每日扮了昭君，妝扮了孟日紅，騎著馬，夾在戲子內與人家送殯。」），「每日」就是往時，與作「每一天」、「天天」講的「終朝每日」之「每日」形同而義異。再如《西廂記》第三本第二折：「老夫人轉關兒沒定奪。」王季思注：「轉關兒，謂變計也。」這只是隨文釋義。當我們找到《劉行首》第三折「怎當他轉關兒有百計千謀設」這一羨餘表達形式時，即可知「轉關兒」乃謂人施計謀、弄手段。「百計千謀設」即其注腳。[11]如果不明於此，則易造成誤釋。例如：

> 且是倒、倒且是　《金瓶梅詞話》第一五回：「大姐姐！你來看那家房檐底下掛了兩盞玉繡球燈，一來一往，滾上滾下，且是倒好看。」又第二八回：「你老人家是個女番子，且是倒會的放刁。」第二三回：「三娘剛才誇你倒好手段，燒的這豬頭倒且是稀爛。」第四○回：「倒且是燒的滾熱的炕兒。」

以上各例，「且是」與「倒」同義複用，「且是」亦猶「倒」、「倒是」。《張協狀元》戲文第三五齣：「〔末〕娘子事，但說不妨。〔且〕新及第狀元何處安

歟？〔末〕兀底便是行衙裏。問那門子便知端的。〔且〕萬福！〔淨〕且是假夫人。」《東堂老》第二折：「那廝們謊話兒弄你，且是娘的靈！」《漢語大詞典》依上例釋「且是」爲「卻是，倒是」，得之。

或釋「且是」爲「非常；很」[12]，未確。如按其所釋，「且是倒好看」、「倒且是燒的滾熱的炕兒」即「非常倒好看」、「倒非常燒的滾熱的炕兒」，「且是假夫人」，「且是娘的靈」即「非常假夫人」、「非常娘的靈」，均不通。致誤的原因，實未注意「且是」與「倒」係同義複用的羨餘形式。

（二）有關詞彙研究

因爲近代漢語中詞語的羨餘形式極爲普遍，所以研究詞彙的構成、探討詞義的發展變化、考究詞語的來源時，都往往離不開對羨餘現象的研究。下面僅舉探求語源的一個例子：

別要　《金瓶梅詞話》第二一回：「小囚兒，你別要說嘴！」又第二三回：「你別要管他，丟著罷！」《醒世姻緣傳》第五回：「那認兒子的話別要理他。」又第九六回：「別要合他撏成股子。」

「別」是「不要」的合音。「別要」＝不要＋要。後一個「要」是羨餘成分。

關於禁止詞「別」的來源，呂叔湘先生早在四十年代就提出「『不要』二字合音成『別』」之說。[13] 但也有不同意見。例如蔣冀騁《近代漢語詞彙研究》即認爲「『別』字語源待考。呂叔湘先生認爲是『不要』的合音。『不要』合音當讀 biáo，如『不用』之爲『甮』（béng）之比，且《金瓶梅》中就有『別要』的用例。很難想像『不要』剛合音爲『別』，馬上又用個『要』與之連文。合音說似不可信。」[14]

關於音讀問題，劉堅、江藍生等《近代漢語虛詞研究》「別」條已作了很好的論證。指出：「實際上，很多地方『不要』的合音都不是『不』和『要』的規則的縮合……不能因爲 piɛ 不同於『不要』的規則的合音 piau，就否定它可能是『不要』的合音。」[15] 這意見是正確的。俞敏據羅常培先生調查的績溪方音，推斷「別」是皖南話「不要」的合音。[16] 至於「不要」合音成「別」，能否再與「要」連文的問題，如果注意到近代漢語特別是《金瓶梅》一書中大量存在的羨餘現象，那麼對出現「不要＋要」這種形式就不會覺得難以理解了。

（三）有關古代文獻整理

古籍整理中，詞語的羨餘問題直接涉及點、校、注等各個方面。

先說標點。開頭所舉「怪嗔道」之從出例句，人民文學出版社 1985 年版戴鴻森校點本是這樣標點的：尋思半晌，暗中跌腳，怪嗔道：「一替兩替請著他不來，原來他家中為事哩。」

很顯然，這是把「怪嗔道」誤解成「責怪說」了。但李瓶兒此時既未說話（只是「暗中跌腳」），也並非在責怪西門慶。作者這裡是寫李瓶兒聽了蔣竹山說西門慶躲在家裏避禍的一番話以後，突然明白了事情的原委：怪不得自己一再請西門慶來，他都不來，原來是他家裏出了事了。故「怪嗔道」後不當用冒號、引號。

再說校勘。《金瓶梅詞話》第三八回：「那馬……初時著了路上走，把膘息跌了許多，這兩日才吃的好些了。」崇禎本刪去「息」字。戴本在「校點說明」中指出：「膘，肥肉；息，贅肉，『膘息』乃一詞，『息』字非衍文。」戴本不刪「息」字是對的。又同書第四六回：「你家初一、十五開的廟門早了，都竟出些小鬼來了！」梅節重校本依據崇禎本將「竟」改為「放」字，誤。[17]「竟」是「淨」的同音借字，義為「盡」「全」。「都淨」即「全都」。這同上文所舉的「悉皆」、「盡皆」用法是一樣的。同書還有「胡楜椒」的說法。見第一六回：「奴這床後茶葉箱內還藏著四十斤沉香，二百斤白蠟，兩罐子水銀，八十斤胡楜椒，你明日都搬出去。」李榮先生《文字問題》提出「楜」乃「胡」受後一個字同化而加木旁，「胡楜」衍一字的看法。[18]「楜」字確是偏旁類化造成的。但「胡」是否為衍字，我們更傾向於是一個前加的羨餘語素。

順便提一下與此類似的中古短語「如此寧馨兒」。《宋書·前廢帝紀》：「將刀來，破我腹，那得生如此寧馨兒！」柳士鎮《魏晉南北朝歷史語法》注云：「此例末句『如此』與其後『寧馨』語意重複，應是衍文，當依《南史·宋前廢帝紀》作『哪得生寧馨兒！』」[19] 我們認為語意重複正是羨餘現象的一種表現，不當視此為衍文。《洛陽伽藍記·城北》：「乍觀往之，如似未徹；假令刮削，其文轉明。」「如」與「似」語意亦相重複。如此者不少，茲不贅舉。

最後說注釋。《竇娥冤》有「當合」一詞，見第四折：「那廝亂綱常當合敗。」《關漢卿全集校注》注「當合敗」為「到應該敗露的時候。」[20]訓「當」

爲「到……時候」，不妥。「當合」乃「合當」倒文。二字同義連文，義皆爲應該。又，《西遊記》有「敢莫是」語，見第三回：「那一塊天河定底的神珍鐵，這幾時霞光豔豔，瑞氣騰騰，敢莫是該出現，遇此聖也？」又見第一六回：「袈裟何在？敢莫是燒壞了也？」黃肅秋等注云：「敢莫是，疑問之詞，猶莫非是，難道是。」不確。「莫是」，即大概是、恐怕是。清‧劉淇《助字辨略》卷五：「莫是者，方言，猶今云恐是。」得之。「敢」也是表推測之詞。與「莫是」同義複合，義仍爲恐怕是、大概是。誤注的原因，當亦係不明詞語的羨餘現象所致。

（四）有關辭書編纂

除上述三項外，詞語的羨餘問題還與辭書編纂工作密切相關。首先是辭書，特別是《漢語大詞典》這樣大型的歷史語文工具書，應注意收錄帶有羨餘成分的詞語，如「霎眼挫」、「依舊原」、「怪嗔道」等等，它們有的難以索解，有的易生誤會。而《漢語大詞典》卻概未收入這類疑難詞語，使讀者無從查檢，殊感不便。

其次是已收錄的帶羨餘成分的詞語釋義往往不夠準確或義缺不全，應當加以訂補。如「蹇衛」、「蹇驢」二條，《漢語大詞典》釋前者爲「指駑鈍的驢子」，釋後者爲「跛蹇駑鈍的驢子」。實際二者並非專指驢之跛腳駑鈍者。清‧阮葵生《茶餘客話》卷二○：「驢也，蹇也，衛也，其名有三。」於此可知「蹇衛」、「蹇驢」乃同義複合而成，兩條均應增補「驢子的別稱」義項。[21]

最後再舉一個因不瞭解羨餘現象而致引文有誤的例子。《中國俗語大辭典》「槽頭買馬看母子」條，引《醒世姻緣傳》第五二回例：「到明日，閨女屋裏拿出孤老來，待不也說是自家哩？『槽頭買馬看母子』，這娘們母子也生的出好東西來哩？」[22]「這娘們母子」按原著應作「這們娘母子」。「這們」是「這麼」的方言記音。「娘母子」即娘。明清白話中習見。如同書第六○回：「你那娘母子眼看望八十里數的人了，也還不省事？」又第九五回：「何況我知道你家有個生的娘母子。」《金瓶梅詞話》第四一回：「我嫌他沒娘母子，是房裏生的，所以沒曾應承他。」《聊齋俚曲集‧姑婦曲》：「娶老婆元是成人家，若他娘母子不自在，要老婆怎的！」均可爲證。引文致誤的原因顯然是引者不知「娘母子」爲一詞。此類問題，辭書編者似不當忽視。

三

詞語的羨餘現象在近代漢語作品中為什麼會如此盛行，其成因是什麼，羨餘成分的功能如何？下面試作一簡要分析。

（一）詞語羨餘現象之成因

漢語詞彙發展的總趨勢是復音化。複音化的重要形式之一是詞語的同義並列複合。這種形式一出現，可以說羨餘現象也就與之俱生了。但文言的基本要求是簡約，所以複音化的進程較為緩慢。只有當反映口語為主的白話文學崛起後，特別是出現了戲曲小說這樣一些新的文學形式，需要語言詞彙由簡約向繁複鋪張發展時，才大大加快了這一進程。而詞彙的日益豐富發達，同義詞語的大量增加，又為同義複合構詞和同義詞連用提供了充分的條件。這就是近代漢語時期詞語的羨餘現象比上古和中古都更加繁密的原因。

具體地說，還與下面一些因素有關：

1. 使用四字格的語言習慣

我們考察這一時期羨餘現象時，發現在各種羨餘形式中，以兩個雙音同義詞連用的情況最為普遍。如「一向（餉）須臾」（《大目乾連冥間救母變文》）、「逐朝每日」（《望江亭》第一折）、「定計鋪謀」（《牆頭馬上》第四折）、「佯輸詐敗」（《水滸傳》第八四回）、「東淨毛司」（《金瓶梅詞話》第八五回）、「短工覓漢」（《醒世姻緣傳》第八八回）之類，俯拾皆是。漢語中本有大量的四音節成語。迭用雙音同義詞，似乎也與這種喜好使用四字格的語言習慣不無關係。

2. 詞義磨損後需要增加語言的明晰度

詞語在使用過程中，某些語素的意義受到了磨損，故需重複而使之清楚。例如「我兒夫」說法的出現，即與「兒」義的磨損有關。「兒」本是唐五代時婦女的自稱。但《張協狀元》戲文有「把你攛掇嫁一個好兒夫」語，說明「兒」的「我」義已不顯，「兒夫」被用作了「丈夫」的同義詞。所以要強調是自己的夫婿，反而要在前面再加上「我」字。又如「穩情」，「情」本字為「賰」。《廣韻》：「賰，受賜也。」引申而有「取」義。但由於多寫作同音的「情」字，其本字本義遂隱而不明，故又產生「穩情取」這一羨餘形式。

3. 白話文學形式造成同義詞語使用繁複

詩詞曲有字數限制和押韻要求。比如敦煌變文中詩體俗賦《燕子賦》，句子以四言、六言爲主，詞常連綴，語多駢儷。像其中這樣幾句：「比來爭競，雀兒不能退靜……可中鷂子搦得，百年當時了竟。」「爭競」、「了竟」皆爲同義複合詞。顯然，爲了滿足詩句對字數和押韻的要求，就必須選擇運用很多這樣的雙音節詞語，而同義並列複合則是詞語雙音化的一條重要途徑。

戲曲小說等通俗文藝，爲鋪排情節、描寫人物、交待事件、渲染氣氛，勢必更多地採用詞語複用的羨餘形式。即便是爲了省略對某些事情的敘述，也多借用羨餘的「如此如此」來完成一筆帶過的任務。如《三俠五義》第七二回：「李氏心下爲難，猛然想起一計來，須如此如此，這冤家方能回去。」即是。此類套語還有「這般這等」、「這等這樣」、「似此這般」、「如此這般」、「如此如此，這般這般」等，都是羨餘形式。

近代通俗作品大都吸收了大量的方言口語。如上文舉過的「今見（現）」、「料莫」、「耳邊廂」、「娘母子」、「將就膿」、「猶兀自」、「現如今」、「從前以往」、「耽驚受怕」、「往時每日」等等。因「單字不便口語」，口語、方言又不避重複，所以自然會有眾多的同義複合詞和詞語同義連用的羨餘形式產生。

（二）詞語羨餘成分之功用

羨餘成分所負載的意義，從信息的角度說雖然是多餘的，但並非全然沒有積極意義。除了有利於複音化和彌補受損的詞義外，至少還有以下兩點作用：

1. 起強調詞義或加重語意的作用

像「胡楜椒」、「假撇清」、「這咱晚」三詞，「胡」字強調出於原產地，與異地繁衍者有別；「撇清」即假裝作清白，再用一「假」字，則可以突出「撇清」的欺騙性；「這咱晚」不僅是交代時間到了「這時候」，還表明重點是落在一個「晚」上。又如《燕青博魚》第一折：「俺哥哥若有此好歹，我不道的輕饒素放了你也！」「輕饒」與「素放」同義，複用比單用語氣更覺完足。《石點頭》卷一〇寫兩家僅隔一蘆葦做的壁障，凡事難以隱秘的情景道：「所以間壁緊鄰，不要說說一句話便聽得，就是撒尿小解，也無有不知。」其實單說「間壁」、「撒尿」意義已明，但總覺不如這種強調的說法表達得更爲充分。

2. 產生積極的修辭效果

呂叔湘先生指出:「同義反復有時產生積極的修辭效果。」他舉的例子是現代話劇《抓壯丁》裏的王保長,一張嘴就是「現在而今眼目下」,使人覺得非常可笑。〔23〕實際近代白話作品早已有之。例如《白兔記》第六齣寫「〔淨叫介〕」,一連用「娘子、房下、令正、渾家、拙荊、山妻」六個稱呼(「令正」是錯用)叫喊妻子,就起到了逗趣取樂的特殊效果。

《金瓶梅詞話》中有兩處用到「我在下」、「你令正」的羨餘形式:

「隨問怎的,我在下謹領。」(第一四回)

「只不教你令正出官,管情見個分上就是了。」(第三四回)

「在下」前故意冠以「我」字,語氣顯得俏皮。「令正」係尊稱對方妻子,加「你」實屬不必,這裡作者有意讓它出自幫閒人物應伯爵之口,意在諷刺他的不通文墨。

附 注

〔1〕見伍鐵平《讀三本新出版的語言學概論教科書》(載《中國語文》1983 年第 2 期):「自然語言的這一特徵(指模糊性——引者)和語言的生成性特徵和羨餘性(redundancy)特徵不妨說是近數十年間語言學家新揭示的語言的三個本質特徵。」

〔2〕這一段話的標點為筆者所加,與人民文學出版社戴鴻森校點本不同,詳下文。

〔3〕鍾兆華《說「須索」》,載《中國語文通訊》1984 年第 2 期。

〔4〕《存孝打虎》第一折:「將軍你穩情掛勢劍金牌。」「穩情」即穩取義。

〔5〕巴蜀書社,1989 年版。

〔6〕上海教育出版社,1985 年版。

〔7〕漢語大詞典出版社,1989 年版。

〔8〕中國社會科學出版社,1988 年版。

〔9〕詳王海棻《六朝以後漢語疊架現象舉例》,載《中國語文》1991 年第 5 期。

〔10〕詳拙著《金瓶梅方言俗語彙釋》,北京師範學院出版社,1992 年版。

〔11〕見蔣禮鴻《敦煌變文字義通釋》「轉關」條,上海古籍出版社,1988 年版。

〔12〕見《金瓶梅詞典》,中華書局,1991 年版。

〔13〕見《中國文法要略》第十七章「禁止」,商務印書館,1982 年版。

〔14〕湖南教育出版社,1991 年版。

〔15〕語文出版社,1992 年版。

〔16〕見《北京音系的成長和它受的周圍影響》,載《方言》1984 年第 4 期。

〔17〕香港夢梅館，1993 年版。

〔18〕商務印書館，1987 年版。

〔19〕南京大學出版社，1992 年版。

〔20〕河北教育出版社，1990 年版。

〔21〕詳拙文《〈金瓶梅〉詞語釋義訂補》「寒味兒」條，載《漢語研究論集》第 1 輯，語文出版社，1992 年版。

〔22〕上海辭書出版社，1989 年版。

〔23〕見《語文雜記》，上海教育出版社，1984 年版。

（原載《徐州師範大學學報》1998 年第 3 期，中國人民大學複印報刊資料《語言文字學》1998 年第 12 期全文轉載）

漢語「反詞同指」現象探析

一

漢語中有一些詞語，從字面上看意義是相反或相對的，但它們在句中所表達的意義卻是相同的。例如：

> 「楚子又使求成於晉，晉人許之，盟有日矣。」（《左傳・宣公十二年》）

> 「武夫力而拘諸原，婦人暫而免諸國，墮軍實而長寇讎，亡無日矣！」（《左傳・僖公三十三年》）

「有日」與「無日」都表示事情的發生不要很長時間了。[1] 又如：

> 「〔漢武帝〕即罷起入，上食太后……太后怒，不食。」（《史記・魏其武安侯列傳》）

> 「慈明行酒，餘六龍下食。」（《世說新語・德行》）

「上食」與「下食」都指送上食物。

我們把此種現象統稱爲「反詞同指」現象。

二

「反詞同指」現象上古漢語已見端倪，中古以降日漸普遍，至現代漢語，

無論是普通話還是方言仍舊餘緒不斷，可以說是貫串古今的。下面以近代漢語材料爲主，再分類列舉一些用例：

1. 寒／暖；熱／涼

【寒爐：暖爐】

「僻居多與懶相宜，吟擁寒爐過臘時。」（唐・羅鄴《冬夕江上言事》）

「暖爐生火早，寒鏡裏頭遲。」（唐・白居易《晚起》）

「寒爐」、「暖爐」都指天冷取暖用的火爐。

【寒帽：暖帽】【熱帽：涼帽】

與之相類的有「寒帽」、「暖帽」和「熱帽」、「涼帽」。清・蔡奭《官話彙解便覽》上卷：「寒帽，暖帽；熱帽，涼帽。」被訓釋詞與訓釋詞所指皆同一物。

2. 手／腳（足）；頭／腳

【手力：腳力（足力）】

「逆呵呼皎云：『何物小人，敢抗王師！』命左右僕殺，手力始至。」（《太平廣記》卷二七九）

「給馬三十匹，手力二十五人。」（慧力《大慈恩三藏法師傳》）

「元和末，鹽城腳力張儼送牒入京。」（《太平廣記》卷八四）

「李與其僕數人極騁，追不能及，便入故城，轉入易水村。足力少息，李不能捨，復逐之。」（同上，卷四五一）

「手力」指奴僕或差役。郭在貽《〈太平廣記〉詞語考釋》該條指出：「手力亦稱腳力，……亦稱足力。」[2]

【插手：插腳（插足）】

「宦途要處難插手，詩社叢中常引頭。」（宋・陳造《再次韻答許節推》）

「插腳紅塵已是顛，更求平地上青天！」（宋・陸游《鷓鴣天》）

「吾衰愚智寧尋丈，插足江湖心倔強。」（陳三立《次韻答王義門內翰枉贈》）

「插手」、「插腳」、「插足」皆謂廁身其間。

【手下人：腳下人】

「長老又留擺齋，西門慶只吃了一個點心，餘者收下來，與手下人吃了。」（《金瓶梅詞話》第七一回）

「拿過幾兩銀子來，也不勾打發腳下人的哩。」（同上，第四七回）

「手下人」與「腳下人」同義。都指奴僕。

【抽頭：抽腳】

「得抽頭處好抽頭。」（曹勳《訴衷情》）

「云胡不喜，得抽腳籃中，安身局外。」（李曾伯《念奴嬌·丙午和朱希真老來可喜韻》）

「抽頭」、「抽腳」皆謂置身局外。

3. 憎／喜（愛）

【可憎：可喜】

「你借與我半間兒客舍僧房，與我那可憎才居止處門兒相向。」（《西廂記》第一本第二折）

「向前摟定可憎娘。」（元·白樸《陽春曲·題情》）

「可喜娘的臉兒百媚生。兀的不引了人魂靈！」（《西廂記》第一本第三折）

「可憎」與「可喜」均為可愛義。

【可人憎：堪人愛】

「穩坐的有那穩坐堪人愛，但舉動有那舉動的可人憎。」（《玉鏡臺》第二折）

「堪」、「可」同義。「可人憎」義即「堪人愛」。

4. 大／小

【些娘大：些娘小】

「笑指梅香罵。檀口些娘大。」（元·張可久《齊天樂·湖上書

所見》）

「雖然虎口些娘小，無限相思若個包。」（明·陳所聞《金落索·
謝美人贈錦囊》）

「些娘」，細小。明·顧起元《客座贅語·方言》：「南都方言……物之細小者曰
些娘。」「些娘大」與「些娘小」義同，俱言物之微小。今口語物小說「一丁點
兒大」，也可說「一丁點兒小」，同此。

【甚大：好小】

「食腸卻又甚大，一頓要吃三五斗米飯。」（《西遊記》第一八
回）

「蔡太師、楊提督好小食腸兒。」（《金瓶梅詞話》第一四回）

第二句「好小食腸兒」是反語，意即食腸很大。猶今語「好大的胃口」。

5. 底／前

【根底：根前】

「爭奈秦王根底有尉遲無人可敵。」（《三奪槊》第一折）

「俺兒根前有個小廝。」（《魔合羅》楔子）

「你誰根底學的漢兒言語？」（《老乞大》）

「手撩衣袂，大踏步走至根前。」（《董西廂》卷一）

「根」通「跟」。「根底」義同「根前」，即「跟前」。現代漢語中「頭」與「底」
亦可反詞同指。例如「走到底」也可說「走到頭」；「過不到底」也說「過不到
頭」（指夫妻不能相伴到老）。

6. 上／下

【上老實：下老實】

「兩個吃酒談笑，道：『好官，替我上老實處這一審，這時候不
知在監裏仔麼樣苦裏。』」（《型世言》第六回）

「一日在棋盤街，見一個漢子打小廝，下老實打。」（同上，第
五回）

「上老實」與「下老實」義均爲「著實用力地……」。今口語「下勁兒幹」，有

時也說成「上勁兒幹」。

【上落：下落】

「萬物也要個眞實，你老人家就上落我起來。」（《金瓶梅詞話》第八六回）

「昨日人對你說的話兒，你就告訴與人，今日教人下落了我恁一頓。」（同上，第二三回）

「上落」、「下落」都是數落、責備的意思。

【上地：下地】

「宋老定沒有上地，他整整一夜沒有睡好覺。」（李準《不能走那條路》四）

「你下地回來，也有熱飯吃。」（周立波《暴風驟雨》第二部一九）

「上地」、「下地」均謂人到田地裏去幹活。今語到飯館吃飯說「上館子」，也可說「下館子」。「上船」是登船，「下船」有時也指登船，等於說「上船」。

7. 水／火

【走火：走水】

「只見東南角上一片紅光，按方向好似金龍寺内走火。」（《三俠五義》第三回）

「南院馬棚裏走了水，不相干，已經救下去了。」（《紅樓夢》第三九回）

「走火」、「走水」都是失火之義。

8. 增／減

【增年：減年】

「後來詩人云：『身老怯增年』，『人道增年是減年』」。（一張《不眠之夜》）〔3〕

就有限的生命而言，增一年就是減一年，故云「增年」是「減年」。

三

「反詞」何以會「同指」呢？分析我們採集的例子，大致可歸結爲以下幾種原因。

1. 由於觀察角度或參照物不同，從而對同一事物產生不同的說法。比如「寒爐」、「寒帽」是就其使用的季節說的，「暖爐」、「暖帽」則是就其取暖的作用說的。就一定的時間而言，從這一端看是「有日」是「增年」，而從另一端看則是「無日」是「減年」。現代漢語說「別把廢紙丟在地上」和說「別把廢紙丟在地下」沒什麼兩樣，是因爲前者以地面爲參照物，而後者是以人或高於地面的東西爲參照物。

2. 事物之間有些具有一定的連帶關係，因而相對而言的雙方往往可以表達相同的意義。比如僕役是要動手動腳幹活兒的，所以既可稱其爲「手力」，又可稱其爲「腳力」。「頭」、「腳」都是身體的一部分，所以抽身可以具體地說成「抽頭」和「抽腳」。俗謂人參與其事或趁機干預爲「插一手」，《金瓶梅》中則說成「插一腳」（第四三回：「單管嘴尖舌快的，不管你事，也來插一腳！」），甚至可以說「插一腿」（謝聲《滾滾紅塵》：「杜之同馬上叫起來：他妹子是五交化的經理又沒搞建築，來插這一腿幹什麼？」）[4]「插手」、「插腳」、「插腿」都是對廁身的具體化。

3. 因避諱而採用相反的字眼兒。比如不肯明言失火而說「走火」，是一種避諱，又將「走火」說成「走水」，則避忌更深。現代漢語還把人死前說成「生前」，把死後說成「生後」。如寒雙子《再訪蕭紅故居》：「她還知道蕭紅生前生後許多鮮爲人知的事情。」[5]金克木先生把「常用語『生前』指的是『死前』」歸入歧義現象。他說「語言都有歧義，即多種解說。漢語特別善於運用歧義語。」[6]似未中肯綮。實際上把「死前」、「死後」說成「生前」、「生後」，多少還是爲了避諱「死」這個字眼兒，而非因爲「生前」有出生之前的意義而去使用歧義語。

4. 故意使用反語。如上舉「可憎」、「可人憎」例。吳梅《元劇方言釋略》云：「可憎，反詞也，不曰可愛而曰可憎，猶業冤，冤家之類，愛之極也。」[7]

5. 方言造成反詞。劉堅先生《聯繫文化和歷史進行詞語研究》論及「上船、

下船」，認爲「上船」是普通話，登船說成「下船」是方言，與普通話正好相反。〔8〕他如吳方言的「老兒子」實即小兒子，泰州話的「老姑娘」實即小姑娘（最小的女兒），徐州話的「死受罪」等於普通話的「活受罪」等等，均屬此類。有趣的是，香港和內地有些說法也是正好相反的。內地的「高姿態」是香港的「低姿態」（low profile），香港的「高姿態」（high profile）是內地的「低姿態」。〔9〕也就是說兩地關於姿態高低的說法是反詞同指的。

<h2 style="text-align:center">四</h2>

我們發現，同指的反詞實際運用中又有下面幾個特點。

1. 有的可以互換，有的不能互換。可以互換的如「寒帽：暖帽」、「上落：下落」、「上老實：下老實」、「上地：下地」、「地上：地下」、「手力：腳力」、「手下人：腳下人」等等。說「上落人」或「下落人」均可，說「戴寒帽」或「戴暖帽」亦無不同。不能互換的如「有日：無日」、「上食：下食」、「可憎：可喜」等。「有日」一般用於好的方面，「無日」則用於壞的方面。對太后自然只能用「上食」。不能用「下食」。反語「可憎」比正說的「可喜」帶有更強烈的感情色彩。有時兩者能否替換，要視具體語境而定。例如徐州方言把活得長久說成「禁活」或「禁死」意思不變。「老奶奶九十多了，身子還硬棒得很，怪禁活來！」此句中「禁活」卻不能換成「禁死」。因爲前者含褒義，後者是貶義。但在下面一句話中兩者卻可以互換：「殺了兩刀，雞還滿地撲騰，怪禁活（死）來。」因用於禽畜，排除了感情色彩，即可兩面說了。

2. 使用頻率有所不同，兩種說法往往一種常用，一種少用。例如「上船：下船」，前者多用。「上落：下落」，後者多用。「手下人」較「腳下人」多用，「下老實」比「上老實」多用。當然情況也隨時代變化而有所變動。例如「走火」、「走水」今都不說，只說「失火」。但老北京話偶而還說「走了水」。

3. 兩面說法常常對舉疊加，構成起強調作用的四字語。例如：

「西門慶怎禁他死拉活拉，拉到金蓮房中。」（《金瓶梅詞話》第三五回）

「我們爺要不是眉來眼去，興的那心不好，我也捨不的賣他。好不替手墊腳的個丫頭哩麼！」（《醒世姻緣傳》第五五回）

「於是呂秀英便起根由頭說了一遍。」（《呂梁英雄傳》第二六回）

五

「反詞同指」現象從一個方面反映出漢語的特點，顯示了漢語表達的豐富性。瞭解這一點，不僅對不懂漢語的人學習、掌握漢語有所幫助，就是對使用、研究漢語的人也不無必要。我們理解作品、詮釋詞語、整理古今文獻時難免會牽扯到此類問題。例如《金瓶梅詞話》第七六回：「西門慶見他居官，就待他不同,安他與吳二舅一卓坐了,連忙安下鍾筋,下了湯飯。」有人認爲「『下了湯飯』應作『上了湯飯』方合情理。」〔10〕其實不必。因爲此處無論說「布上菜」還是「布下菜」、「上了湯飯」還是「下了湯飯」都是一個意思。〔11〕這說明此類現象應當引起我們的重視。

附 注

〔1〕詳吳慶峰《無日與有日》，載《中國語文天地》1988 年第 5 期。

〔2〕載《訓詁叢稿》，上海古籍出版社，1985 年版。

〔3〕載《新民晚報》1984 年 2 月 1 日 2 版。

〔4〕載《彭城晚報》1998 年 2 月 19 日 3 版。

〔5〕載《揚子晚報》1996 年 8 月 7 日 10 版。

〔6〕見《燕口拾泥》，浙江文藝出版社，1988 年版。

〔7〕載《戲劇藝術論叢》1980 年第 10 期。

〔8〕載《中國語言學報》第 8 期。

〔9〕見《詞庫建設通訊》1997 年 11 月第 14 期。

〔10〕見《〈金瓶梅詞話〉校點商兌》，載《徐州教育學院學報》1989 年第 2 期。

〔11〕因「居官」者職位不高，故無須改用「上了湯飯」。

（原載《語言教學與研究》2000 年第 4 期）

淺析漢語詞語「反序重疊」現象

　　在漢語詞語的使用中，存在著這樣一種現象，即在一定的語言片段中一些詞或短語在不改變其內部組成成分的前提下，通過顛倒組成成分的次序來表達一定的詞彙意義或語法意義，從而達到某種特定的修辭效果。這種現象我們稱之為詞語的「反序重疊」。

　　漢語中的一些詞（主要是雙音詞）在一定條件下字序可以對換，這是漢語詞彙發展過程中的一個特點。早在先秦兩漢時期的文獻中，我們就能見到一些字序對換的雙音詞①，如「庶民／民庶、清潔／潔清、使役／役使」[1]（86頁），「操行／行操、舉薦／薦舉、巨大／大巨」[2]（284頁）等，鄭奠《古漢語中字序對換的雙音詞》[3]、韓陳其《〈史記〉中字序對換的雙音詞》[4]、程湘清《〈論衡〉複音詞研究》[2]等文都曾對此做過專門研究。中古、近代漢語中也同樣存在著大量字序對換的雙音詞，如「垢穢／穢垢、頓止／止頓、學計／計學」[5]（84～85頁），「力氣／氣力、離別／別離、熱鬧／鬧熱」[6]（177～178頁）等，曾昭聰《中古佛經中的字序對換雙音詞舉例》[5]、張永綿《近代漢語中字序對換的雙音詞》[6]、蕭嵐《〈近代漢語中字序對換的雙音詞〉補例》[7]等文也曾對此類現象做過詳細的描寫分析。到現代漢語中，同素逆序詞更加繁多，不少學者都有專論，如呂叔湘《AB 和 BA》[8]、曹先擢《並列式同素異序同義詞》[9]、張其昀《現代漢語同素詞通考》[10]、張瑞朋《現代漢語中的同素異序詞》[11]等。

就目前的研究而言，學者們對古代及現代漢語中詞語的字序互換現象已作了比較深入的探討，也取得不少成果。但這些研究大多側重於對雙音節同素逆序詞的考察分析〔12〕〔13〕，而對不同時期漢語中的某些詞（包括雙音節和多音節的）或短語在特定語言片段中的反序重疊現象則較少論及。比如，近代漢語中就存在著不少共現於同一語言片段中構成反序重疊的詞語形式：

眼心／心眼　眼心俱憶念，心眼共追尋。（唐・張文成《遊仙窟》）

百數／數百　「早已被殺死百數，搶去衣甲刀槍數百。」（王鑌評注本《型世言》第十七回）

賣了悔／悔了賣　寧可賣了悔，休要悔了賣。（《金瓶梅詞話》第八十一回）

酒後飯／飯後酒　酒後飯，飯後酒，直吃到紅日銜山。（明・抱甕老人《今古奇觀》第二十七卷）

千歡萬喜／萬喜千歡　屠爺多多拜上：將軍搜出孤兒，千歡萬喜，萬喜千歡。（《綴白裘》第七編，《八義記・鬧朝》）

目前學界對諸如此類的詞語的反序重疊現象及其表現出來的特徵與功能關注得還不夠，這也正是本文要做的工作。需指出的是，這裡所說的詞語的「反序重疊」現象與同素逆序詞並非同一概念，二者不同之處在於：前者可以是詞也可以是短語的反序重疊，形成反序重疊的兩個詞語形式須在同一語言片段中共現；後者一般只就雙音節合成詞而言，不要求同素逆序的兩個形式在同一語言片段中共現。如果一對同素逆序詞在同一語言片段中出現，那麼它們就屬於我們所說的詞的反序重疊範疇。本文在前輩時賢研究的基礎上，擬從語音、語法、語義及修辭四個方面著重對現代漢語詞語的「反序重疊」現象進行綜合考察，並試對此種現象表現出來的一些特徵及功用加以分析說明。下文為了稱說方便，我們稱反序前的詞語形式為原式，反序後的詞語形式為變式。為了較全面地說明問題，我們在具體分析時也會談到同素逆序詞的相關情況。

一、語音方面的考察

（一）雙音節詞語

同素逆序的雙音節詞是學者們研究得最多的一類。近代漢語中的同素逆序

詞也主要是雙音節的〔6〕〔7〕。現代漢語中雙音節詞語反序重疊的例子就更多，例如：

欠人／人欠　據悉，冶金行業「人欠」數額，1994 年初為 555 億元，年底為 895 億元。「欠人」數額，1994 年初 431 億元，年底為 662 億元。兩相衝抵，冶金行業淨被欠 233 億元。（《報刊文摘》1995 年 3 月 30 日，《談「三角債」問題：煤炭、冶金部率先實行「三不政策」》）

官倒／倒官　不堅決「倒官」──罷其官，如何能治住「官倒」！（《光明日報》1988 年 10 月 14 日，《罷掉「官倒爺」的官如何？》）

清查／查清　「億元被吞案」要清查，更要查清（《揚子晚報》2011 年 2 月 21 日，文章標題）

性感／感性　郭富城發表愛情宣言讚熊黛林「性感又感性」（《揚子晚報》2011 年 2 月 24 日，文章標題）

治腐／腐治　治腐與腐治的較量──山西臨汾的煤礦貪污鏈（《報刊文摘》2008 年 2 月 29 日，文章標題）

打假／假打　杭州女作家剽竊陳丹燕？文壇抄襲再掀波瀾，文學打假莫成「假打」（《揚子晚報》2008 年 11 月 21 日，文章標題）

禁白／白禁　「禁白」如何不「白禁」（《人民日報》2008 年 1 月 24 日，文章標題）

看好／好看　就說我吧，本不懂畫，但有時也要去看看，那不是為了「看好」，而是為了「好看」。（《新民晚報》1991 年 10 月 12 日）

（二）三音節詞語

一般來說，三音節形式在反序前後韻律結構〔14〕分別為〔2＋1〕和〔1＋2〕。例如：

日本通／通日本　從此，他成為日本陸軍參謀本部第二部情報特務名單上的重要人物，由「日本通」變作「通日本」。（《廣角鏡》雜誌 1989 年總 197 期）

萬家樂／樂萬家　萬家樂，樂萬家。(中央電視臺 1990 年「萬家樂」牌熱水器廣告語)

作家談／談作家　作家談，談作家 (《江城》專欄標題)

出書難／難出書　時下作者常感歎「出書難」，出版部門感歎「難出書」。(《光明日報》1991 年 4 月 20 日)

大眾化／化大眾　使單向灌輸轉化成爲雙向互動。馬克思主義大眾化是「化大眾」與「大眾化」的雙向統一過程。(《光明日報》，日期失記)

也有一些三音節形式在反序前後的韻律結構分別爲〔1＋2〕和〔2＋1〕。例如：

鬧新房／新房鬧　「鬧新房」變成了「新房鬧」(《揚子晚報》2011 年 5 月 31 日，《郭沫若蘇州證婚奇遇記》文中小標題)

好孩子／孩子好　好孩子，孩子好。(出處失記)

(三) 四音節短語

四音節形式在反序前後的韻律結構一般都爲〔2＋2〕，形成兩兩對應的格局〔15〕。構成這一類反序的形式主要是短語，例如：

快樂釀造／釀造快樂　快樂釀造，才能釀造快樂。(《揚子晚報》2009 年 9 月 22 日)

學生運動／運動學生　這也是某些文人慣用的伎倆，反正找點藉口是很容易的。這就得說是「學生運動」和「運動學生」的問題了。(《揚子晚報》2008 年 12 月 14 日，《名教授朱希祖與馬氏兄弟》)

中心城市／城市中心　中心城市，城市中心。百貨大樓，恭候光臨。(某市廣播電臺 1989 年 9 月 14 日晨 7 時廣告節目)

天氣異常／異常天氣　天氣異常與異常天氣 (《光明日報》1983 年 3 月 18 日，文章標題)

特色公園／公園特色　特色公園與公園特色 (《新民晚報》1991 年 11 月 11 日，文章標題)

中國神話／神話中國　從「中國神話」轉向「神話中國」(《中國社會科學院報》2009 年 7 月 30 日，文章標題)

有光一生／一生有光　「有光一生，一生有光」。(《揚子晚報》2011 年 4 月 7 日，張昌華《周有光先生》一文結尾)

還有一些成語也經常反序，如：冰清玉潔／玉潔冰清、藏污納垢／納垢藏污、水滴石穿／滴水穿石、手疾眼快／眼疾手快、夜以繼日／日以繼夜等〔13〕(32 頁)。

（四）四音節以上短語

四音節以上的形式通常是在四音節短語中間插入「的」、「中的」、「之」等成分，或在後面加上「者」、「學」等語素構成。這些加入的成分一般不參與次序的變換。例如：

甜蜜的人生／人生的甜蜜　只要你有個甜蜜的人生，我就有了人生的甜蜜。(中央電視臺 1992 年春節聯歡晚會主持詞)

流動的舞臺／舞臺的流動　舞臺的流動和流動的舞臺(《人民政協報》2011 年 4 月 18 日，文章標題)

地獄中的天堂／天堂中的地獄　小說還告訴人們，「紐約是地獄中的天堂，天堂中的地獄」。(《報刊文摘》1991 年 12 月 3 日，《曹桂林與〈北京人在紐約〉》)

專業中的業餘／業餘中的專業　龐龍說：「(自己打羽毛球的技術)是業餘中的專業，專業中的業餘。」(《說出你的故事》，安徽衛視 2011 年 4 月 8 日節目)

語法修辭學／修辭語法學　汝龍所希望寫的，我認為不是一種純語法書，而應該是一部語法和修辭相結合的語法書，可以叫做「語法修辭學」或「修辭語法學」。(《翻譯家汝龍論〈紅樓夢〉語言》，未刊稿)

實踐的思考者／思考的實踐者　做「實踐的思考者」和「思考的實踐者」(《人民政協報》2007 年 4 月 11 日，文章標題)

二、語法方面的考察

（一）結構形式

根據反序前後兩個詞語結構形式的異同，大致可以分爲以下幾類：

（1）XY－YX

這裡我們用 X 和 Y 來表示一對反序重疊詞語內部的兩個組成成分（下同），它們可以是語素，也可以是詞，可以是單音節的，也可以是多音節的。當 X、Y 爲語素時，XY 和 YX 主要表示雙音詞的一對反序形式。例如：察覺／覺察、煎熬／熬煎、代替／替代、心腹／腹心、埋葬／葬埋等〔12〕（71 頁）。

當 X、Y 爲詞時，XY 和 YX 通常表示短語的一對反序重疊形式，表現在音節上可以是雙音節的、三音節的或四音節的。雙音節的，如前舉的「欠人／人欠」、「打假／假打」、「禁白／白禁」等，類似的例子又如：

> **石玩／玩石**　石玩與玩石（《揚子晚報》1997 年 8 月 16 日，文章標題）

> **臺獨／獨臺**　李總統的務實外交政策十分正確，即在一個中國之下，推動對外關係，不是臺獨也非獨臺，一個中國之下有兩個事實上的政治實體。（《參考消息》1990 年 5 月 11 日）

三音節短語反序重疊的例子，如前舉的「萬家樂／樂萬家」、「出書難／難出書」等，這一類例子往往是原式的前兩個音節構成一個音步形成一個韻律詞，與後一個音節次序顛倒過來而成爲變式。

四音節短語的反序重疊通常是原式中前兩個音節構成一個音步從而形成一個韻律詞 X，後兩個音節構成另外一個音步，形成另一個韻律詞 Y，X 與 Y 顛倒次序後就成爲變式。比如前舉的「學生運動／運動學生」、「天氣異常／異常天氣」中 X 分別爲「學生」、「天氣」，Y 分別爲「運動」、「異常」。又如：

> **傳統史學／史學傳統**　傳統史學和史學傳統（《光明日報》1987 年 4 月 22 日，文章標題）

（2）X 的 Y／Y 的 X

這一類結構形式是在 X 和 Y 之間插入「的」、「之」、「中的」、「中之」等成分，使原式變成變式，僅僅顛倒 X 和 Y 的先後順序，插入的成分則不參與

次序的變換。比如前舉的「甜蜜的人生／人生的甜蜜」、「地獄中的天堂／天堂中的地獄」等。類似的例子又如：

決戰之秋／秋之決戰　「北京的秋天啊，變成了<u>決戰之秋，秋之決戰</u>。」（《十月》1990 年 4 期，尹衛星《秋之決戰──寫在北京亞運會開幕之前》）

哲學中的問題／問題中的哲學　陳先達在《中國社會科學》發表的文章把它表達為「<u>哲學中的問題與問題中的哲學</u>」。這一範式的轉換，既深刻反映了科學發展觀的指導思想，更完全契合了中國特色社會主義的理論要求和現實要求。（《中國社會科學院報》2009 年 3 月 12 日）

真實的自己／自己的真實　你寧願宣告你對很多事情還弄不清楚，你卻要始終保持<u>真實的自己和自己的真實</u>。（《詩刊》1983 年 6 月號，羅洛《海之歌──寫給張海迪》）

余秋雨的散文／散文的余秋雨　也正因為如此，我習慣地把「<u>散文的余秋雨</u>」與「<u>余秋雨的散文</u>」甄別開來。（《揚子晚報》1999 年 6 月 5 日，零度《散文的余秋雨──解讀書與人之一》）

公共管理的危機／危機的公共管理　<u>公共管理的危機與危機的公共管理</u>（《中國社會科學院報》2009 年 3 月 10 日，文章標題）

（3）XY 學（者）／YX 學（者）

這一類結構形式是在 XY 後跟上一個後綴「學」或「者」。要調換順序的也只是 X 和 Y，它們後面的「學」或「者」等成分位置不變。應該注意的是，這裡的後綴「學」或「者」是與原式中的 Y 以及變式中的 X 具有直接成分的關係。例如，「實踐的思考者／思考的實踐者」、「語法修辭學／修辭語法學」兩例中原式的「者」、「學」分別附加在「思考」和「修辭」後面同它們構成一組直接成分，倒序之後在變式中則分別附加在「實踐」和「語法」之後同它們構成一組直接成分。類似的例子還有：

心理語言學／語言心理學　從字面上看，「<u>心理語言學</u>」和「<u>語言心理學</u>」的側重點有所不同，但不管是「語言心理學」，還是「心理語言學」，都是語言學和心理學雜交的產物，它是語言學和心理學

密切合作的結晶。(盛炎《心理語言學與語言教學——兼評常寶儒的〈漢語語言心理學〉》,載《語言教學與研究》1991 年 1 期)

社會語言學／語言社會學 語言社會學和社會語言學(《語文建設》1999 年第 3 期,文章標題)

(4) XVY／YVX

這一類結構形式中,V 表示動詞或動詞性詞組,顛倒位置的也只是 X 和 Y②。V 可以是「不從」、「如」、「碰」、「出」之類的詞語。例如:

心不從手／手不從心 我是老學者的徒孫,還處在「心不從手」的年紀,但我對老學者的「手不從心」還是深有同感。(《光明日報》1991 年 12 月 7 日,季羨林《病笈小記》)

人生如戲／戲如人生 「人生如戲,戲如人生。」(《揚子晚報》2011 年 2 月 24 日,《無法給姚晨想要的生活》)

你碰我／我碰你 星星們,你碰我我碰你的在黑空中亂動。(老舍《駱駝祥子》第三章)

田出稻／稻出田 他家鄉有句話:田出稻還是稻出田。(《揚子晚報·連載》2011 年 4 月 15 日,嚴歌苓《霜降》)

(5) XY／Y(中)的 X

這一類結構形式的特點是,原式變爲變式時,除了顛倒 X 和 Y 的順序外還在變式中插入了「的」或「中的」等成分。例如:

星期快樂／快樂的星期 星期快樂,快樂的星期。(某市廣播電臺 1989 年 12 月 24 日晨 8 時播放,此爲聽眾對該臺「星期快樂」聽眾點播節目的讚語)

消費科學／科學的消費 他們看中的是消費科學或科學的消費,而不是科學本身。(《南方周末》2004 年 1 月 8 日)

信仰危機／危機的信仰 信仰危機也不能求助於危機的信仰。(《青年報》1983 年 2 月 18 日)

鑽石音響／音響中的鑽石 鑽石音響,音響中的鑽石。(鑽石音響廣告語)

（6）X 的 Y／YX 的

這一類結構形式的特點是原式中的 X 連同後面的「的」一起與 Y 調換位置，成為變式。例如：

好樣的孩子／孩子好樣的　爾育站在河岸上目睹兆楊在河中奮勇救一個女孩子。好樣的孩子，孩子好樣的！爾育熱淚盈眶。（出處失記）

無價的眞情／眞情無價的　無價的眞情，眞情無價的。（出處失記）

這兩例中的「好樣的」與「孩子」、「無價的」與「眞情」變換次序後，內部的結構關係變得跟原式不一樣了，所表達的意義也有細微的差別。這一點我們在後面將進行具體的分析。

其他類型

①我要上課，要我上課。（《江蘇學人隨筆》叢書，南京大學出版社 2002 年）

②徐向前打的是運動戰，我給他來的是動運戰。（電視劇《晉中大捷》人物對白）

③公務員：改「公車私用」為「私車公用」（《人民政協報》2004 年 2 月 2 日，文章標題）

④夏華彩電，華夏精品。（廣告語）

⑤這也就是周恩來稱章以吳是「名子之父，名父之子」的原因。（《人民政協報》2011 年 5 月 5 日，王勇則《章楒一家》）

以上五例中，①②是在「上課」和「戰」不變的情況下，變動「我要」、「運動」的內部次序來形成反序重疊，我們記為「XYZ／YXZ」。③是把「公車私用」這個短語內部的第一個音節和第三個音節調換位置而形成的反序重疊形式，我們記作「WXYZ／YXWZ」。這種情況在一些四字格成語的使用中較為常見，比如，手疾眼快／眼疾手快、殘編斷簡／斷編殘簡等〔13〕（32頁）。不同的是，四字格成語在變換其內部某些音節的次序後，除了表達一定的修辭效果外整個成語的意義基本保持不變，而一般的短語則會改變原來的意思。④與①的不同

在於，「夏華彩電」變為「華夏精品」不只是「夏華」改變次序後變為「華夏」，後面的「彩電」一詞也被換成了另外一個名詞「精品」，我們記作「XYN₁／YXN₂」。⑤是把「名子之父」這個短語的第二個音節和第四個音節的順序顛倒而形成的反序重疊形式，我們記作「WXYZ／WZYX」。

根據一個結構形式內部組成成分語序的變換程度，我們可以把第一類反序重疊稱為嚴式的反序重疊，其餘的六類叫做寬式的反序重疊。一般來說，一對構成反序重疊的詞語形式中，原式是常見的、多用的、產生在前的，變式是臨時的、少用的、產生在後的。比如「社會語言學／語言社會學」中，原式是指語言學的一個分支學科，是常見的、產生在前的，變式則不是社會學的分支學科，只是為了強調語言的社會性而生造出來的，是臨時的，產生在後的。

（二）反序前後的形式內部結構關係的異同

一個詞或短語內部組成成分的順序顛倒以後，其內部結構關係可能發生改變，也可能保持不變。

（1）原式和變式內部結構關係相同

A. 同為聯合型

這一類型往往以同素逆序的雙音詞為主。反序前後的兩個形式通常是意義相同或相近的，例如：

① 忌妒／妒忌　刷洗／洗刷　整齊／齊整　沉浮／浮沉

② 山河／河山　散失／失散　問詢／詢問　剪裁／裁剪〔10〕（76頁）

上例①中各組詞為意義基本相同的，②為意義相近的。我們前面說到的一些成語如「冰清玉潔／玉潔冰清、藏污納垢／納垢藏污、水滴石穿／滴水穿石」等也是聯合型的，原式與變式的意義也是相同的。

B. 同為定中型

這一類型中，詞的反序和短語的反序都很常見。詞的反序如：

① 花菜／菜花　油菜／菜油　鞍馬／馬鞍　棒冰／冰棒

② 茶磚／磚茶　池鹽／鹽池　羊羔／羔羊　地基／基地

③ 白眼／眼白　讀音／音讀　渡輪／輪渡　居民／民居

④ 兵亂／亂兵　波長／長波　蟲害／害蟲　河運／運河

　　上例①②中每組詞的兩個語素皆爲名詞性的，它們在詞中互爲修飾語素和中心語素〔10〕（76 頁）。③④中每組詞的兩個語素中，一爲名詞性的，一爲謂詞性的；謂詞性的語素在一個詞裏是作修飾性的「定」，而在另一個詞裏則是作名詞化的「中」〔10〕（76 頁）。

　　反序前後的短語形式同爲定中型的，如前舉的「決戰之秋／秋之決戰」、「眞實的自己／自己的眞實」等。

　　需要指出的是，無論是定中型的詞還是定中型短語，原式與變式在意義上都是有區別的。這一點我們將在下面有專門的分析。

（2）原式和變式內部結構關係不同

　　A. 原式爲偏正型，變式爲述賓型。比如，前舉的「學生運動／運動學生」、「快樂釀造／釀造快樂」中，「學生」、「快樂」在原式中是修飾語（前者爲定語，後者爲狀語），而在變式中則變成了賓語；「運動」、「釀造」在原式中是中心語（前者爲名詞性中心語，後者爲謂詞性中心語），而在變式中則變成了述語。

　　B. 原式爲主謂型，變式爲述賓型。比如「萬家樂／樂萬家」，原式的主語「萬家」和謂語「樂」變換位置就成了述賓型變式；心安／安心、心動／動心、氣喘／喘氣、神傷／傷神、腸斷／斷腸等〔16〕（108 頁）都是內部結構關係爲「主謂／述賓」的同素逆序詞。

　　C. 原式爲主謂型，變式爲定中型。比如，心愛／愛心、風寒／寒風、臉紅／紅臉〔16〕（108 頁）、年青／青年、心重／重心〔10〕（76 頁）等都是內部結構關係爲「主謂／定中」的同素逆序詞；「天氣異常／異常天氣」、「臺獨／獨臺」等都是內部結構關係爲「主謂／定中」的反序重疊的短語。

　　D. 原式爲述補型，變式爲狀中型。比如，看輕／輕看、算清／清算、抓緊／緊抓等〔16〕（108 頁）都是內部結構關係爲「述補／狀中」的同素逆序詞；「看好／好看」是內部結構關係爲「述補／狀中」的反序重疊的短語。

　　E. 原式爲述賓型，變式爲狀中型。比如，怕生／生怕、告密／密告、除根／根除、守信／信守等〔10〕（76 頁）都是內部結構關係爲「述賓／狀中」的同素逆序詞；「打假／假打」、「治腐／腐治」、「禁白／白禁」等都是內部結構關係爲「述賓／狀中」的反序重疊的短語。

　　F. 原式爲定中型，變式爲主謂型。比如，生手／手生、稱號／號稱、花眼

／眼花等〔10〕（76頁）都是內部結構關係為「定中／主謂」的同素逆序詞；「有光一生／一生有光」、「好樣的孩子／孩子好樣的」等都是內部結構關係為「定中／主謂」的反序重疊的短語。

（三）反序前後原式與變式語法性質的異同

一對同素逆序詞在詞性上可以相同，也可以不同。這個問題學者們已經做過較深入的研究。一對反序重疊的詞在詞性方面的異同與同素逆序詞基本相同。我們這裡主要談反序前後的短語形式在語法性質上的異同。

（1）語法性質一致

A. 原式和變式同為體詞性的。我們前面分析的結構形式第一類（XY／YX）的部分形式，以及第二類（X 的 Y／Y 的 X）、第三類（XY 學（者）／YX 學（者））和第五類（XY／Y（中）的 X）均為體詞性的。例如，「特色公園／公園特色」、「余秋雨的散文／散文的余秋雨」、「實踐的思考者／思考的實踐者」、「消費科學／科學的消費」等例中原式和變式都是體詞性的短語。

B. 原式和變式同為謂詞性的。結構形式第一類的部分形式和第四類（XVY／YVX）為謂詞性的。例如，「快樂釀造／釀造快樂」、「田出稻／稻出田」等例中原式和變式都表現為謂詞性的。

（2）語法性質不一致

結構形式第一類的部分形式和第六類（X 的 Y／YX 的）在反序前後兩個短語形式之間的語法性質往往也表現出不一致性。例如：

輿論監督／監督輿論　現在<u>監督輿論</u>的力量大大超過了<u>輿論監督</u>的力量。（《報刊文摘》2004 年 4 月 30 日）

該例中原式為體詞性的，變式則為謂詞性的，「好樣的孩子／孩子好樣的」一組中原式也為體詞性的，變式為謂詞性的。

（四）反序前後原式和變式所屬語法單位層級的差異

在多數情況下，一個雙音合成詞內部語素次序顛倒後所構成的形式還是屬於詞的範疇，只是在內部語素的組合關係、詞性和意義等方面會有差異。但是也有一些雙音合成詞在內部語素次序顛倒後變成了一個雙音節的短語，其組成成分也從原來的單音語素變成了單音詞。比如：

　　球迷／迷球　這個球迷不但迷球，更迷亞運，迷得把自己都迷
了進去：爲亞運會的紀錄片寫劇本，而且是系列的。(《文化報》1990
年 8 月 8 日，《亞洲騰飛的契機──著名作家蘇叔陽話亞運》)

　　法定／定法　節假曰：法定與定法 (中央電視臺新聞頻道 2009
年 3 月 26 日《新聞 1＋1》節目訪談話題)

　　這兩例中，「球迷」、「法定」都是雙音詞，其中「球迷」是名詞，「法定」
是形容詞，它們在組成成分的次序顛倒後都變成了動賓型雙音節短語。

　　還有一些三音節的合成詞在顛倒組成成分的次序後變成了短語。比如，
「大眾化」是一個詞 (其中「化」可視爲一個類詞綴)，而反序後的「化大眾」
則變爲一個動賓型的短語。

三、語義方面的考察

　　一般來說，一對同素逆序詞除了完全等義的以外，都或多或少在義項的多
少、意義的側重點、意義的輕重程度、附加色彩 (包括感情色彩、語體色彩、
方言色彩、時代色彩) 等方面存在著差異。這一點前輩時賢都已做過比較深入
的研究。我們這裡著重考察反序前後的兩個短語形式在意義上的差別。這種差
別主要表現在，內部組成成分的語序顛倒致使前後兩個短語形式所表示的概念
有異。例如：

　　①**天氣異常／異常天氣**　原式指一個系統的氣候變化趨勢，變式
　　　則指短時某一特定的異常天氣現象。

　　②**車接／接車**　原式指用車接送，變式則指迎接乘火車、汽車來的
　　　人或物。

　　以上兩例中，每組原式與變式所表示的概念不同，是由於原式和變式的內
部結構關係不同導致的。①中原式爲主謂結構，「異常」是用來陳述「天氣」的，
說明天氣出現的情況；變式則爲定中結構，「異常」是作爲修飾語來修飾限定中
心語「天氣」的，說明天氣的屬性。②中原式是狀中結構，用「車」來說明接
送的工具或方式；變式則爲述賓結構，「車」表示「接」的對象。也有的是反序
前後內部結構關係一致，只是由於組成成分次序顛倒而形成了不一樣的意義，
如：

③專業中的業餘／業餘中的專業　原式指（球技）在專業人士當中屬於業餘的水平，變式指的是在業餘人士當中技術達到專業水平。

④傳統史學／史學傳統　原式主要指中國封建社會時期的史學，變式則指古代史學遺產中那些特點最鮮明、傳習最悠久、影響最深遠的部分，主要表現爲史學家的思想、品德、學風和經驗。

⑤流動的舞臺／舞臺的流動　原式指（生動活潑的）舞臺是可以流動的，是可以搬到全國各地，甚至世界各地去展現的；變式則指人的喜怒哀樂和悲歡離合、時空的轉換跳躍、意象紛呈、物象轉移均可通過舞臺一一呈現。

以上三例中，每組原式與變式的結構關係都是定中型的，只是因爲修飾語和中心語的換序導致原式和變式在外延及內涵上的變化，從而產生了不一樣的短語意義。再如，「人生如戲／戲如人生」中原式和變式都爲主謂結構，只是由於「人生」和「戲」對換位置，使主語（在這裡也可以說是比喻的本體）發生了改變，從而形成了完全不一樣的意義。

如果一對反序重疊形式中原式是詞，變式成了短語，這兩個形式的意義也會不一樣。例如，「球迷／迷球」，原式是詞，意義爲「球類運動的愛好者」（「迷」相當於一個類詞綴）；變式則是一個述賓短語，意義爲「迷戀足球、籃球等球類運動」。

除了所表達的概念有異外，反序前後的兩個形式在語義的側重點上有時也不一樣。例如，「日本通／通日本」和「官倒／倒官」兩例中，原式「日本通」和「官倒」分別指某一類人（對日本各方面情況都很瞭解的人）和某一種現象（官場的腐敗現象），而變式「通日本」和「倒官」則側重指人的一種行爲。又如，一位將軍「屢戰屢敗」，上奏摺時改成了「屢敗屢戰」。皇帝看了奏摺後，不但沒有怪罪他，反而對其大加讚賞並讓他繼續帶兵打仗立功。因爲原式的語義側重點在「屢敗」上，整個短語形式所傳達的是一種含有消極色彩的意思；而變式的語義側重點則在「屢戰」上，整個短語形式所傳達的是一種含有積極、無畏色彩的意思。

有些短語形式在反序前後所表達的感情色彩也有一定的差別。例如前舉的

「打假／假打」、「禁白（禁止白色污染）／白禁」、「治腐（防治腐敗）／腐治」，這三例中原式都是表示一種有益的積極的活動，但變式則均表示說話人對這些活動實施的實際情況或產生的結果持有一種不滿或嘲諷的態度，帶有貶義的色彩。

四、修辭方面的考察

詞或短語的反序重疊現象在修辭學上一般叫做「迴環」。「迴環」是指採用變換次序的辦法，把兩個詞語相同而排列次序不同的語言片段緊緊連在一起，給人以一種循環往復的情趣〔17〕（170 頁）。

詞語的反序重疊通過形式上的循環往復，可以更好地反映事物的有機聯繫，闡明事物相互間的辯證關係〔17〕（171 頁）和問題的實質，從而加深讀者或聽者的認識和理解。比如：

①他說：「我的『建設新文學論』的唯一宗旨只有十個大字：『國語的文學，文學的國語』。我們所提倡的文學革命，只是要替中國創造一種國語的文學（即白話文學）。有了國語文學，方才可有文學的國語。有了文學的國語，我們的國語才可算作眞正國語。」（《光明日報》1986 年 10 月 15 日，《胡適傳》（九））

②籠罩在美國軍方鷹派心頭的「中國威脅論」究其實質不過是「威脅中國論」。（《中國社會科學報》2011 年 5 月 26 日）

例①通過「國語的文學」與「文學的國語」的反序重疊，說明了二者之間相互依存、相互作用的辯證關係。例②通過「中國威脅論」與「威脅中國論」的反序重疊，一針見血地揭示出美國軍方鷹派鼓譟「中國威脅論」的實質就是爲了威脅中國。

通過詞語的反序重疊有時候能夠起到強調的作用〔18〕（27 頁）。比如：

①長城電扇，電扇長城。（長城電扇廣告語）〔19〕

②王子啤酒，啤酒王子。（王子啤酒廣告語）

以上兩例廣告語，都是通過巧妙地運用詞語的反序重疊，來強調產品的特點或質量，具有較好的宣傳效果。有時候還能形成對比，把相關、相反的事物表現得更加鮮明突出〔20〕（89 頁），比如：

③「一個強於<u>計算</u>或許會導致其精於<u>算計</u>，内耗了大量的人力物力，另一個拙於<u>計算</u>而無需<u>算計</u>，將大量人力物力用於創新，兩相比較，高下立現。」（《群言》2011 年第 4 期，潘洪其《計算與算計》）

④早上<u>皮包水</u>，晚上<u>水包皮</u>。（揚州諺語，「皮包水」指吃湯包，「水包皮」指泡澡）

例③通過「計算」與「算計」的反序重疊讓人們看到兩種人之間的差別，形成了鮮明的對比。例④則通過「皮包水」與「水包皮」的反序重疊來強調揚州人早晚兩種不同的日常生活活動都離不開水。

詞語的反序重疊可以使所論述的觀點言簡意賅，引人入勝，發人深省。所以經常出現在文章中尤其是文章標題中。例如：

①「<u>名人</u>」，在法律面前只是「<u>人名</u>」。（某市電視臺 2011 年 5 月 30日「圈點微博」節目主持人評論）

②<u>世紀末的胡楊</u>但願不是<u>胡楊的世紀末</u>。（香港鳳凰衛視中文臺 2000 年 12 月 29 日，「穿越風沙線備忘錄」節目）

③<u>智慧教育</u>，<u>教育的智慧</u>選擇（某市日報 2011 年 5 月 18 日，文章標題）

④大學：被<u>社會引領</u>還是<u>引領社會</u>？（《人民政協報》2011 年 6 月 15 日，文章標題）

前兩例是說話内容中所出現的詞語的反序重疊現象，例①通過「名人」與「人名」的反序重疊說明在法律面前人人平等，即使是「名人」也不例外。例②通過「世紀末的胡楊」與「胡楊的世紀末」的反序重疊來提醒並呼籲人們要加強對胡楊的保護力度。後兩例屬於標題中詞語的反序重疊。例③這一標題向讀者傳達了「智慧教育」模式在當前諸多教育模式中的優越性和重要性。例④通過「社會引領」與「引領社會」的反序重疊，引導人們就當前大學中存在的問題進行反思，究竟是大學引領社會還是被社會引領？起到了發人深省的作用。這種以詞語反序重疊的方式做成的標題，往往具有顯豁、鮮明、深刻、警醒等特點。

有時候文章的作者或說話人還通過詞語的反序重疊來達到諷刺的目的，從而增強語言的戰鬥作用〔20〕(90頁)。比如：

①你這不是「客氣」，是「氣客」。（出處失記）

②前方吃緊，後方緊吃。（抗日戰爭時期流行的諷刺語）

例①通過「客氣」和「氣客」的反序重疊，表達出說話人對聽話人所作所為的不滿和諷刺；例②通過「吃緊」和「緊吃」的共現，使抗戰時期「前方」和「後方」兩種截然不同的生存狀態形成了鮮明的對比，同時在對比中也諷刺譴責了「後方」「緊吃」的無恥行徑。

詞語的反序重疊，有時候可以使語言增添趣味性，使某一語言片段在表達出基本意思的同時又不顯得呆板，這在我們前舉的多數用例中也可以看出來，再比如：

把「頭回客」變成「回頭客」。（某市解放路一家小飯店的廣告語）

這一例通過「頭回客」和「回頭客」的反序重疊來巧妙地表達「要把第一次來的客人變成日後常來光顧的客人」的意思，整個句子也顯得生動，富有趣味。

詞語的反序重疊，有時能夠通過迴環往復的方式使一個語言片段成為一種圓形的語言結構形式〔18〕(27頁)，使其富有節奏感和對稱美。比如：

①遺忘了生日，過錯只是錯過；遺誤了機遇，錯過就是過錯！（《揚子晚報》1995 年 7 月 12 日，畢慶平《遺忘》）

②旁人笑他：「娶媳婦兒還帶個槍？」大水說：「上級說的：槍不離人，人不離槍嘛！」（孔厥、袁靜《新兒女英雄傳》第 72 頁）

③往前方，滿天紫霧喲，紫霧滿天；看兩側，一片黃沙喲，黃沙一片。（郭小川詩《崑崙行》）

④詩的紀實，紀實的詩（《浙江日報》1994 年 9 月 28 日，文章標題）

眾所周知，漢語缺少形態變化，所以語序和虛詞作為主要的語法手段而顯得格外重要。「語序不止是漢語的語法手段，也是重要的修辭手段。」〔21〕(22頁) 漢語詞語的「反序重疊」現象正是運用語序來表達一定的意義和增強修辭效果

的。以上我們通過對一些具體例子的分析，從語音、語法、語義和修辭四個方面說明了漢語詞語反序重疊現象表現出的一些特徵及功用。語音上，詞和短語中的雙音節和三音節形式都可以構成反序重疊，四音節及四音節以上形式的反序重疊往往是屬於短語層面的；結構上，我們大致分成了七類，每一類中反序前後的兩個形式往往在結構類型、語法功能、言語意義上表現出差異性；修辭上，詞語的反序重疊往往能夠帶來特別的修辭效果，它能夠揭示事物間的辯證關係，可以使語言表達精闢警策且具有巧妙性，使語言片段富有節奏感和音樂美。

附　注

〔1〕字序對換的雙音詞，在研究文獻中又稱作「同素逆序詞」、「同素異序詞」、「同素反序詞」、「倒序詞」等，指的是語素相同而結構順序相反，成對出現的雙音節合成詞。

〔2〕我們發現近代漢語中這一類型的例子也有不少。比如：母哭兒／兒哭母：母哭兒，兒哭母，相送人間幾千度。（《敦煌曲校錄》，禪門十二時）；人祭鬼／鬼祭人：只道人祭鬼，何曾鬼祭人。（《王梵志詩校輯》卷三，《只道人祭鬼》詩）；愁勝死／死勝愁：他道愁勝死，兒言死勝愁。（唐・張文成《遊仙窟》）

參考文獻

〔1〕伍宗文，2000，《先秦漢語中字序對換的雙音詞》，《漢語史研究集刊》（第三輯），85～99頁。

〔2〕程湘清，1992，《〈論衡〉複音詞研究》，程湘清主編《兩漢漢語研究》，山東教育出版社，262～340頁。

〔3〕鄭奠，1964，《古漢語中字序對換的雙音詞》，《中國語文》第6期。

〔4〕韓陳其，1983，《〈史記〉中字序對換的雙音詞》，《中國語文》第3期。

〔5〕曾昭聰，2005，《中古佛經中的字序對換的雙音詞舉例》，《古漢語研究》第1期。

〔6〕張永綿，1980，《近代漢語中字序對換的雙音詞》，《中國語文》第3期。

〔7〕蕭嵐，2002，《〈近代漢語中字序對換的雙音詞〉補例》，李申主編《近代漢語文獻整理與研究》，河北教育出版社。

〔8〕呂叔湘，1983，《AB和BA》，《中國語文》第2期。

〔9〕曹先擢，1979，《並列式同素異序同義詞》，《中國語文》第6期。

〔10〕張其昀，2002，《現代漢語同素詞通考》，《語言研究》第1期。

〔11〕張瑞朋，2002，《現代漢語中的同素異序詞》，《語言研究》（特刊）。

〔12〕薄家富，1996，《也談同素異序詞》，《天津師範大學學報》第6期。

〔13〕唐健雄，2004，《現代漢語同素異序詞語分析》，《語文研究》第2期。

〔14〕馮勝利，2009，《漢語的韻律、詞法與句法》（修訂版），北京大學出版社。

〔15〕王雲路，2007，《試談韻律與某些雙音詞的形成》，《中國語文》第 3 期。

〔16〕徐根松，1997，《雙音節同素反序詞的語法、語義考察》，《浙江師範大學學報》（社會科學版）第 1 期。

〔17〕倪寶元，1980，《修辭》，浙江人民出版社。

〔18〕傅定華，1997，《迴環的表達作用》，《修辭學習》第 5 期。

〔19〕高山立等，2002，《迴環的構建及現代運用特徵》，《河北師範大學學報》第 5 期。

〔20〕梁蔭眾，1982，《略論同素詞的修辭作用及其規範化問題》，《山西大學學報》第 1 期。

〔21〕鄭元漢，2003，《語序與修辭》，《漢語學習》第 5 期。

（原載《南陽師範學院學報》2012 年第 8 期，與榮景合作）

近代漢語語辭雜釋

　　本書選釋近代漢語語辭九條。其中宋人筆記和唐王梵志詩詞語各一條（絞絡，一傷），元曲詞語三條（覓，煙熏貓兒，楞），明代白話小說詞語四條（消洋，合具，繞，垜臟帶）。由於近代漢語與現代漢語有著緊密的聯繫，故在材料使用上，不僅徵引古代文獻資料，同時也比較注意從現代活的方言、口語中尋求例證。

絞　絡

　　宋・莊綽《雞肋編》卷上有一段記載成都人歡度上元節的文字：

　　　　浣花自城去僧寺凡十八里，太守乘彩舟泛江而下，兩岸民家絞絡水閣，飾以錦繡。

　　其中「絞絡」一語費解。《辭源》、《辭海》、《漢語大詞典》、臺灣《中文大辭典》、《唐宋筆記語辭彙釋》等均未著錄。《筆記文選讀》選收了上文，於該條下注云「未詳」。[1]

　　今按：「絞絡」義爲結紮、纏縛，二字乃同義連文。析言之，「絞」有「縛」義。《集韻》：「絞，一曰縛也。」《玉篇》：「絞，繞也。」柳宗元《柳先生集》十五《晉問》：「晉之北山有異材，……根絞怪石。」此云根鬚纏繞怪石。「絞」與「縛」常連言。宋・孟元老《東京夢華錄》卷之六「元宵」：「正月十五日

元宵。大內前自歲前多至後，開封府絞縛山棚立木正對宣德樓。」宋・吳自牧《夢梁錄》卷三「皇帝初九日聖節」：「四月初九日，度宗生日……至日侵晨，平章、宰執、親王、南班百官入內大起居，舞蹈稱賀。……其賜宴殿排辦事節云：儀鑾司預期先於殿前絞縛山棚及陳設幃幕等。」所謂「絞縛山棚」，意即結紮山棚。鄧之誠《東京夢華錄注》「絞」下案云：「『絞』應作『結』。」〔2〕實不必，「絞」即結義。「絡」亦為「縛」。《楚辭・招魂》：「秦篝齊縷，鄭綿絡些。」王逸注：「絡，縛也。」《漢書・楊王孫傳》：「裹以弊帛，鬲以棺槨，支體絡束，口含玉石。」韓愈《示兒》詩：「有藤婁絡之，春華夏陰敷。」前一例「絡」義為捆縛，後例中則為纏繞。「絞絡」連文，字或作「角絡」、「交絡」。前者見於《毗耶娑問經》卷上：「安詳諦視，心意敬重，一心正意，與諸仙人眷屬相隨，絞攝長髮並在一箱，以好縫繩角絡其體。」「角絡其體」即捆縛其體。後者見《文選・江賦》「龍鱗結絡」李善注：「如龍之鱗連結交絡也。」此亦裹纏之義。

「絞絡」（角絡、交絡）又與「結絡」義同。「結」亦縛。《釋名・釋姿容》：「結，束也。」張衡《西京賦》：「買羅之所羂結。」《文選》該句注云：「薛曰：『結，縛也。』」《唐國史補》卷上：「澠池道中，有車載百甕，塞於隘路。……有客劉頗者揚鞭而至，問曰：『車中甕直幾錢？』答曰：『七八千。』頗遂開囊取縑，立償之，命僕登車，斷其結絡，悉推甕於崖下。須臾，車輕得進，群噪而前。」「結絡」本捆縛，此用為名詞，代指捆甕的繩索。此詞《東京夢華錄》中所見尤多。如：卷之八「中秋」：「中秋節前，諸店皆賣新酒，重新結絡門面綵樓，花頭畫竿，醉仙錦旆，市人爭飲。至午未間，家家無酒，拽下望子。……中秋夜，貴家結飾臺榭。」又，卷之九「宰執親王宗室百官入內上壽」：「左右軍築球殿前旋立球門，約高三丈許，雜綵結絡。」卷之四「雜賃」：「若凶事出殯，自上而下，凶肆各有體例。如方相車輿，結絡彩帛，皆有定價，不須勞力。」皆紮縛義。

綜觀上例，「絞絡」（角絡、交絡）以及「絞縛」、「結絡」並繫以繩索、彩帛等紮縛、纏裹物體（門面、山棚、臺榭、車輿等），多用於年節、慶典、禮俗活動。所謂「絞絡水閣」，即以彩綢之類紮縛、裝飾水閣（「飾以錦繡」亦說明意在裝飾）。這反映的是當時民間「唯重歲節」的風俗。

一　傷

王梵志《行善爲基路》詩：「不能行左道，於中說一傷。」「一傷」，方言，或作「一湯」。「傷」、「湯」音同，上古、中古俱書母陽韻。《尚書·堯典》：「湯湯洪水方割，蕩蕩懷山襄陵，浩浩滔天。」范仲淹《岳陽樓記》：「銜遠山，吞長江，浩浩湯湯，橫無際涯。」「湯」均讀式羊切。水多用「湯湯」，語多流暢亦用「湯湯」。《醒世姻緣傳》第三十三回：「別人拿上書去，湯湯的背了，號上書，正了字，好不省事。」《金瓶梅》第四十八回：「那書童倒還是門子出身，蕩蕩如流水不差，直念到底。」[3]「蕩蕩」實亦「湯湯」。「一湯」猶言一套，一番，亦指話多。《金瓶梅》第七十二回：「有不的些事兒，詐不實的，告這個說一湯，那個說一湯，恰似逗強賣富的。」此與梵志詩句說法正同。今徐州方言仍說「一湯」。例如：「見著這個也說一湯，見著那個也說一湯。」形容話多，則說「一說一大湯」。張錫厚《王梵志詩校輯》卷三該句作「於中說一場」。注云：「場，原作傷，據文義改。」[4]項楚《王梵志詩校注》亦「從《校輯》所改」。[5]按：此字應爲「湯」，不當改「場」。

覓

筆者曾在一篇文章中討論「覓」的雇用義，指出：覓的常用義是尋找、尋求。今辭書僅載此一義。其實近代漢語中「覓」還有「雇用」義，例並見於元明雜劇及白話小說。[6]言猶未盡，茲再補充數端如下：

（一）前文中「覓」單用的例子所舉不多，特再舉數例如下：

1. 《東京夢華錄》卷之三「雇覓人力」條：「凡雇覓人力、幹當人、酒食作匠之類，各有行老供雇。覓女使即有引至牙人。」

2. 《劉知遠諸宮調》第十一：「孩兒撇向雪中埋，這冤仇想來最大。土軍營內，覓個婆娘交奶，到如今許大身材。」

3. 《馮玉蘭》第三折：「那兩個是船家將錢覓到，也都在劫數里不能逃。」

4. 《水滸傳》第四十三回：「鐵牛背娘到前路，卻覓一輛車兒載去。」

5. 《醒世姻緣傳》第三十一回：「但這些貧胎餓鬼，那好年成的時候，人家覓做短工，恨不得吃那主人家一個盡飽，吃得那飯從口

裏滿出才住。」

6. 《警世通言》第二十四卷：「有人說：『想你這個模樣子，誰家下你？你如今可到總鋪門口去，有覓人打梆子，早晚勤謹，可以度日。』三官徑至總鋪門首，只見一個地方來雇人打更。」

7. 《兒女英雄傳》第十八回：「顧師爺今日五鼓覓了一輛車兒，說道：『先走一程，前途相候。』」

8. 《歧路燈》第二十六回：「紹聞一看，正是夏逢若，說：『那叫門的人呢？』逢若道：『那是我一百錢覓的，他的事完了，自己走開。』」

9. 同上第五十回：「鄧汝和陪著譚紹聞，不過說些雇車覓船，官場官銜手本，年家眷弟晚生的閒話。」另，《聊齋誌異》亦有一例，見《狐嫁女》：「爵凡八隻，大人為京卿時，覓良工監製。」

上引各例多出自用北方話寫成的戲曲、小說作品，說明覓是北方話詞語。

（二）在現代漢語方言中除徐州方言習用「覓」，河南方言亦多用。例如：

1. 李準小說《白楊樹》：「大發也是個別脾氣，他跳下車來說：『你覓我？你覓我我還不來的！』」[7] 又，《冰化雪消》：「這劉一興本來是個拉大車的，家中土地在以前總是覓這個、請那個代種，他花幾個小錢。」[8]

2. 趙月朋《洛陽方言詞彙》：「覓，雇：他很節儉，眼看他走不動，但還是捨不得覓一輛車子坐。」[9]

3. 任均澤《河南方言詞彙》（續）：「覓（新鄉），動詞。相當於雇。例：那年，覓了倆人。」[10]

4. 賀巍《獲嘉方言研究》：「覓倆人」。[11]

此外，今蘇州、杭州等地雇保姆亦說「覓保姆」。

（三）「覓」作「雇」講，非始於宋、元，唐代已見。日·圓仁《入唐求法巡禮行記》卷四會昌：「本意擬從此到楚州覓船過海，縣家剛遞向揚州去。」同卷亦說「雇船」：「緣官私雜載船不及相待，前發去。汴河路次每縣不免自雇船。」「雇」、「覓」義同。這是筆者目前所見到的最早的用例。

煙熏貓兒

《西廂記》第五本第四折〔慶東原〕曲:「鶯鶯呵,你嫁個油煠猢猻的丈夫;紅娘呵,你伏侍個煙熏貓兒的姐夫;張生呵,你撞著個水浸老鼠的姨夫。」王季思校注本云:「油煠猢猻,狀其輕狂;《霍光鬼諫》劇第一折〔青哥兒〕曲:『似這般油煠猢猻般性輕狂。』水浸老鼠,狀其萎縮;《趙元遇上皇》劇第二折〔梁州第七〕曲:『縮著肩恰便似淹老鼠。』淹老鼠,即水浸老鼠也。唯煙熏貓兒,不知究狀何態耳?」〔12〕計委強《語文札記》云:「『煙熏貓兒』即今江浙方言所謂『偎竈貓』,狀其猥瑣之態。竈邊多煙,為與『油煠』、『水浸』相對應,遂稱之為『煙熏貓兒』。」〔13〕

按:「煙熏貓兒」即被煙熏黑弄髒了的貓,此借以狀人臉黑貌醜。「煙熏」謂被煙熏黑。《敦煌曲子詞‧禪門十二時》:「體單寒,面塵垢,火焙煙熏形黑瘦。」《飛刀對箭》第二折張士貴白:「恰便似煙熏的子路,墨灑就的金剛。」《金瓶梅》第四十六回:「如今慣的你這奴才們,想有些折兒也怎的?一來主子煙熏的佛像,掛在牆上。有恁施主,有恁和尚。」皆以之言人形貌。上引〔慶東原〕曲,用「油煠猢猻」狀鄭恒生性輕狂,以「水浸老鼠」狀其體態萎縮,此處則用「煙熏貓兒」狀其面貌黑醜。同劇第五本第三折紅娘謂鄭恒:「喬嘴臉,醃軀老,死身份,少不得有家難奔。」「你這般頦嘴臉,只好偷韓壽下風頭香,傅何郎左壁廂粉。」亦言其嘴臉醜陋,面目可憎。《金瓶梅》第四十一回:「俺每一個一個只象燒糊了的鬈子一般,平白出去惹人家笑話。」《紅樓夢》第四十六回:「鳳姐兒道:『璉兒不配,就只配我和平兒這一對燒糊了的卷子,和他混罷。』」「燒糊」乃女子自謙黑醜之詞,與說「煙熏」手法上一致。因而似不必把「煙熏貓兒」坐實為偎竈之貓。

楞

《緋衣夢》第三折〔調笑令〕曲:「比及拿王矮虎,先纏住一丈青,批頭棍大腿上十分的楞。」《漢語大詞典》第四卷釋上例之「楞」為「兇狠;蠻橫」。王學奇《關漢卿全集校注》「十分的楞」條注云:「嚴刑拷打、決不寬貸的意思。『十分』,甚辭,謂狠狠。『楞』,『稜』或字,剛嚴之意。」〔14〕

按:「楞」非形容詞,是個動詞。義為掄動棍棒等物用力打、砸。按劇情,欲抓住殺人賊裴炎,所以先拿住他的婆娘拷打。所謂「批頭棍大腿上十分的

楞」，意即：「批頭棍」本當打「頭」，既然打不著頭，就朝著大腿狠狠地打。這正是對「比及拿王矮虎，先纏住一丈青」說法的具體化。《醒世姻緣傳》例多。如：第八十九回：「你氣頭子上棱兩棒槌，萬一棱殺了，你與他償命，我與他償命？」又第九十六回：「昨日就叫他盡力棱了一頓。」又第九十七回：「仁兄，你忒也老實。『小杖則受，大杖則走』，你也躲閃躲閃兒，就叫人坐窩子棱這們一頓？」「棱」同「楞」，都是記音字。今北方話仍多用此語。例如：韓根東《天津方言》二「天津方言詞語選例」：「楞 lēng，用棍棒擊、打：你再哭，我拿棍子～你！」[15] 或記作「棱」。陳剛《北京方言詞典》：「棱，用木棍打。｜～了他兩棍子。」[16] 宋孝才《北京話詞語彙釋》也收了此詞，舉例爲「這頭牛真怪，非用棍子棱它才走」。[17] 徐州方言亦多用，例如：「楞你個小舅子！」「照頭楞兩下子。」均保留了《緋衣夢》的說法。

消 洋

《金瓶梅》第九回：「這漢子怎消洋這一口氣，一直奔到西門慶生藥店前，要尋西門慶廝打。」消洋，謂消除，化解。「消」有「除」意甚明，而「洋」字不爲義。此處當係以「洋」記「烊」。「烊」，義爲熔解、融化。二字音同，故常通借。例如：唐‧釋道世《法苑珠林》卷九十：「〔獄卒〕以鐵鉗開口，灌以烊銅。」《太平廣記》卷三七九引唐‧戴孚《廣異記‧崔明達》：「明達惘悵獨進，僅至一城，城壁毀壞，見數百人，洋鐵補城。」《敦煌變文集》卷六《目連緣起》：「或洋（汁）銅灌口，或吞熱鐵火丸。」又：「更有犁耕拔舌，洋（汁）銅灌口苦難當。」元‧柯丹邱《荊釵記‧受釵》：「冰見了日頭就洋了，怎麼曬得冰乾？」《老殘遊記》第十六回：「翠環把墨盒子捧到火盆上烘……半霎工夫，墨盒裏冒白氣，下半邊已烊了。」上舉前三例中，「烊（洋）銅」、「洋鐵」即熔化銅、鐵。《敦煌變文集》校「洋」爲「汁」，誤。

除「消洋」一詞外，《金瓶梅》中另有三處單用「洋」者：1. 第十二回：「到晚來歸入房中，粲枕孤幃，鳳臺無伴，睡不著，走來花園中，款步花臺，月洋水底，猶恐西門慶心性難拿。」[18] 2. 第三十二回：「灌了他些藥兒，那孩兒方才得穩睡，不洋奶。」3. 第三十三回：「孩子如今不洋奶，穩穩睡了這半日。」此三例，「洋」均借作「漾」。「漾」義爲拋擲，丟棄，曲劇中習用。例如：《董西廂》卷三：「待漾下，又瞻仰；道忘了，是口強，難割捨我兒模樣。」《青衫

淚》第二折：「這姻緣成不成在天，你休見兔兒起呵漾磚。」曾瑞散套：《一枝花・買笑》：「一見了漾不下，據旖旎風流俊雅，所爲更有誰和他？」《琵琶記・書館悲逢》：「沒來由漾卻苦李，再尋甜桃。」又或以「樣」、「颺」、「洋」借「漾」字。例如：喬吉小令《荊溪即事》：「寺無僧，狐狸樣瓦。」「樣瓦」即「漾瓦」，拋擲瓦塊。《西廂記》第一本第二折：「小姐呵，你不合臨去也回頭兒望。待颺下教人怎颺？」王季思注云：「颺下，謂丟下也，字亦作『漾』。」〔19〕《金瓶梅》「月洋水底」即「月漾水底」。「漾」，義爲「沉入」。《漢語大詞典》第五卷引此例釋作「晃動」，似可商。「漾奶」之「漾」，義則爲「吐出」。二者俱由拋擲、丟棄義引申而來。國內現行的幾種《金瓶梅》校點本均已將「月洋」、「洋奶」之「洋」改爲「漾」，〔20〕是。然「消洋」之「洋」皆無校，故提出以供校注者及詞典編者參酌。

合 具

《金瓶梅》第一回：「到天明，里老先去縣裏報知。一面合具虎床，安排花紅軟轎，迎送武松到縣衙前。」合，義爲製作。《漢書・律曆志上》：「蓋聞古者黃帝合而不死，名察發斂，定清濁，起五部，建氣物分數。」顏師古注引孟康曰：「合，作也。」所合之物或爲「床」，如上舉《金瓶梅》第一回例。或爲「車」，如《水滸傳》第三十三回：「連夜合個囚車，把這廝盛在裏面。」或爲「棺材」，如《醒世姻緣傳》第三十三回：「但凡人家有賣甚麼柳樹棗樹的，買了來，叫解匠踞成薄板，叫木匠合了棺材，賣與小戶貧家，殯埋亡者，人說有合子利錢。」以上數物，俱係多種材料或幾個部分裝配而成，故稱「合」。具，是量詞，猶「張」、「個」。可以說「一具床」、「一具棺材」等。「合具」並非一詞。「合具虎床」實即「合了一具虎床」之省。《金瓶梅》第八十八回：「使了六兩銀子，合了一具棺材，把婦人屍首掘出。」是其顯證。其中「合了一具棺材」亦可省縮爲「合具棺材」。今徐州方言仍說「合一具床」、「合一具犁」，亦可爲證。兩部《金瓶梅詞典》〔21〕均以「合具」出條，一釋爲「攏湊起」，一釋爲「組裝」，並以「合具」爲「合」，誤。

繞

《金瓶梅》中「繞」有「滿」義，其例頗多，例如：第四回：「其日正尋

得一籃兒雪梨，提著繞街尋西門慶。」第十五回：「一些兒不巧人騰挪，繞院裏都趁過。」第二十六回：「被西門慶繞屋走了一遍，從門背後採出鈇安來要打。」第二十八回：「好短命，原來是你偷拿了我的鞋去了！教我打著丫頭，繞地裏尋。」第三十三回：「我暗使著迎春花兒繞到處尋你，手搭伏薔薇花口吐丁香把我玉簪兒來叫。」「繞街」即滿街，「繞院裏」即滿院裏，「繞屋」、「繞地裏」即滿屋、滿地裏。「繞到處」之「繞」則爲「到處」的羨餘成分，在口語中是一種表示強調的說法。

《金瓶梅》說「繞地裏」，《醒世姻緣傳》則用「遙地裏」，如第九十七回：「一個做官的人叫老婆出去遙地裏胡撞，誰家有這們事來？」二者實爲一詞。在一些方言中，「繞」、「遙」讀音混同。今山東不少地方 r 聲母即讀作零聲母，如肉＝又，人＝銀，繞＝要，等等。[22] 從上舉兩書一用「繞」、一用「遙」看，此種現象當由來已久。日本大安株式會社影印的明萬曆本《金瓶梅詞話》第五十七回：「孩兒們又沒的打攪你，頁頁兒小米飯兒，咱家也盡挨的過。」其中「頁頁兒」即「日日兒」的方言記音字，亦反映了這一語音特點。

《金瓶梅》中又用「一地裏」，例如：第五回：「我今日將這籃雪梨去尋西門大官，掛一小勾子，一地裏沒尋處。」第七回：「話說西門慶家中，賣翠花兒的薛嫂兒提著花箱兒，一地裏尋西門慶不著。」這「一地裏」與「遙地裏」實亦一詞。俗謂「一」爲「幺」。骰子或骨牌上的一點亦稱幺點。《水滸傳》第一○四回：「擲色的，在那裏呼幺喝六；攛錢的，在那裏喚字叫背。」故「遙地裏」實即「幺地裏」，亦即「一地裏」。「一」有「滿、全」義，「繞」亦有此假借之義。

垛膿帶

《金瓶梅》第七十二回：「教我和他爲冤結仇，落後一染膿帶還垛在我身上，說是我弄出那奴才去了。」「膿帶」，辭書多釋作「膿血」，不確。此乃方言詞，義爲鼻涕。或書作「濃袋」。《醒世姻緣傳》第九十八回：「素姐嘁了一口，罵道：『你媽怎麼生你來這們等的！名字沒的起了，偏偏的起個濃袋。這倒也不是「濃袋」，倒是「鼻涕」罷了！塌了天，也還有四個金剛抗著哩，那裏唬答的這們等的？』」此詞今仍在河北一些地區流行著。《昌黎方言志》第捌章「分類詞表」：「膿帶，鼻涕。」[23] 俱可爲證。「垛」，他書又或記作「鐸」，

乃抛出、甩出之意。用於言語方面，則指說出不好聽的話來。《西遊記》第九十四回：「三藏聞言，越生嗔怒，罵道：『好猢猻！你還害我哩！卻是悟能說的，我們十節兒已上了七八分了，你還把熱舌頭鐸我！快早夾著，你休開那臭口！』」「把熱舌頭鐸我」，即用胡言亂語傷我。今江淮話中仍說「莫將痰鐸在地上」、「鐸膿鐸血」（指斥別人胡言亂語），〔24〕與《金瓶梅》用法十分貼合。把膿帶垛在身上，即把鼻涕（自己身上的髒東西）甩到別人身上去，義與今語「往人身上潑污水」近似。

附 注

〔1〕呂叔湘選注，上海古籍出版社，1980 年版。

〔2〕中華書局，1982 年版。

〔3〕《金瓶梅》例句凡未注明從出版本的，皆引自人民文學出版社 1985 年出版的《詞話》本。下同。

〔4〕中華書局，1983 年版。

〔5〕上海古籍出版社，1991 年版。

〔6〕見拙文《元曲詞語今證》（續），載《淮北煤師院學報》1985 年第 1 期。

〔7〕載《李雙雙小傳》，人民文學出版社，1977 年版。

〔8〕同〔7〕。

〔9〕載《方言與普通話集刊》第六本，文字改革出版社，1959 年版。

〔10〕同〔9〕。

〔11〕商務印書館，1989 年版。

〔12〕上海古籍出版社，1981 年版。

〔13〕載《杭州大學學報》1981 年第 6 期。

〔14〕河北教育出版社，1990 年版。

〔15〕北京燕山出版社，1993 年版。

〔16〕商務印書館，1985 年版。

〔17〕北京語言學院出版社，1987 年版。

〔18〕此三例見日本大安株式會社影印的明萬曆本《金瓶梅詞話》。

〔19〕上海古籍出版社，1981 年版。

〔20〕見人民文學出版社 1985 年出版的《金瓶梅詞話》、齊魯書社 1987 年出版的張竹坡評點本和浙江古籍出版社 1991 年出版的李漁評點本《金瓶梅》。

〔21〕王利器主編，吉林文史出版社，1988 年版；白維國編著，中華書局，1991 年版。

〔22〕今山東除青州、臨朐外的所有東區方言和西區的東明方言都把普通話 r 聲母字讀成

零聲母。見錢曾怡等《山東人學習普通話指南》，山東大學出版社，1988 年版。

〔23〕科學出版社，1960 年版。

〔24〕見陳午樓《〈西遊記〉方言詞語釋例》，載《中國語文通訊》1983 年第 3 期。

（原載《中國語言學報》第七輯，1995 年）

元曲詞語今證

羅常培先生說：「金元戲曲中之方言俗語，今日流行於民間者尚多，惟董理無人，索解匪易。」[1] 從羅先生的話裏我們可以體會到兩點：一、語言是有繼承性的，由於現代漢語與近代漢語的關係十分密切，今天的方言中還應保留著元曲中的許多詞語和說法。二、過去的方言調查，語音方面的成績多，詞彙方面卻做得很不夠，因而可供元曲注釋家參考的材料不多。羅先生的話啓示我們，一方面要加強對方言詞彙的調查研究，要把各地的特殊詞語盡可能地記錄下來，一方面在詮釋元曲詞語時應當更多地注意吸取活的語言材料，在方言詞彙中找根據。現僅舉出一些過去釋而不當或當釋未釋的詞語加以解釋，[2] 在運用書證的同時，兼證之以徐州方言，以就正於治元曲詞語和方言詞語的同志。

搦

搦又作搦，是元曲中運用較多的一個動詞，有握持、攥緊和搦治幾種意義。《詩詞曲語辭彙釋》等均未收錄。《西廂記》第四本第一折：「繡鞋兒剛半拆，柳腰兒勾一搦。羞答答不肯把頭擡，只將鴛枕捱。」王季思校注本「搦」下無注。[3] 吳曉鈴校注本注作：「攬、摟，『一搦』是一隻胳膊就摟得過來的意思。」[4] 似欠妥當。

按：唐以來詩文中形容女子腰肢纖細、嫋娜，每每用「一搦」。例如：唐・張文成《遊仙窟》：「千嬌眼子，天上失其流星；一搦腰支，洛浦媿其回雪。」

唐・李百藥《少年行》：「千金笑裏面，一搦掌中腰。」金・董解元《西廂記諸宮調》卷一：「解舞的腰肢，瘦嵩嵩的一搦。」元曲中的用例如：關漢卿小令《沉醉東風》：「六幅湘裙一搦腰，間別來十分瘦了。」又《碧玉簫》：「寬盡衣，一搦腰肢細。」杜仁傑小令《雁兒落過得勝令・美色》：「半折慢弓鞋，一搦俏形骸。」皆極言其細瘦。而「一隻胳膊就摟得過來卻不足以說明其細瘦（更不用說「十分瘦了」）。假若胳膊仍摟不過來，那腰豈不太粗？所以「攬、摟」不夠切合文義。姑且這幾句勉從其解，然而用於其他例子還是說不通。例如《㑇梅香》第二折，樊素拿著小姐的簡帖兒，故意說丟了，使白敏中焦急，然後才突然拿出來，唱詞道：「哎，你個不了事的呆才，可元來在這手兒裏搦著。」又趙明道散套《夜行船・寄香羅帕》：「忙搦在手兒中，荒籠在袖兒裏。」此二句一個搦的是簡帖兒，一個搦的是香羅帕，「搦」與「攬、摟」也不相干。

今徐州方言也常用「搦」，義為握。例如：「媽媽搦著兒子的小手。」「他的胳膊簡直比我的腿還粗，誰搦得過來？」徐州人瞧不起對方瘦小時常說：「也不看你那個癩個兒，一搦兩頭不剩（亦作「兩頭不冒」）！」「搦」並為用手握。《獨角牛》第二折折拆驢白：「你這般一搦兩頭無剩，腰兒小，肚兒細……則怕你近不的他麼。」又《飛刀對箭》第二折張士貴說薛仁貴：「看了你這麼黃甘甘，骨岩岩，一搦兩頭無剩，則怕你近不過那摩利支。」徐州說法與此正同。上舉「柳腰兒勾一搦」句，「搦」也是握。言崔鶯鶯腰如楊柳，僅及一握。

搦，《廣韻》：「持也。」持，《說文》：「握也。」《廣韻》：「執也。」亦可證「搦」即握持。郭璞《江賦》：「舟子於是搦棹。」「搦」即握。梁・何遜《哭吳興柳惲》詩：「含毫徒有屬，搦管竟無摛。」「搦管」即通常所謂「握筆」。上引《少年行》「一搦掌中腰」，「掌中」足證「一搦」為用手握持。周邦彥《解語花・上元》詞：「衣裳淡雅，看楚女纖腰一把。」「一搦」與「一把」同義。

「搦」雖為握持，但也有幾種情況。有時是普通的一握，如上引一搦腰諸例；有時則是用手攥緊；有時是在手中搦治，須隨所搦之物而定。徐州人說「把菠菜燙好，搦乾水，涼拌了吃」。「搦」即為用手攥緊。元曲中這種意義的例子也不少。例如《博望燒屯》第四折管通猜糜竺糜芳手中棋子的唱詞和賓白：「您把兩隻手拳的無縫」，「您手搦著黑白二子，乾坤事一掌包藏。」「拳的無縫」可見攥得很緊。《東堂老》楔子揚州奴白：「你看我正背點畫，我又無罪過，正不

知寫著甚麼來，兩手搦得緊緊的，生怕我給吃了！」言將一紙文書緊攥手中，不讓揚州奴看。《昊天塔》第四折：「搦雙拳打不停。」也是攥緊拳頭的意思。以上都不是表示衡量意義的一握。

「搦」作搦治講，又可釋爲「捏」。如喬吉小令《贈柔卿王氏》：「肉臺盤纖玉指，胭脂粉搦成的孩兒。」趙善慶小令《寨兒令·美妓》：「舞態輕，曲聲清，生香玉骨粉搦成。」「粉搦成」意即粉在手中搦治而成，也可說粉捏而成。《貨郎旦》第一折外旦白：「（老米飯）搦殺不成團。」《神奴兒》第一折李德義白即作「捏殺不成團。」《一切經音義》引《埤蒼》：「捏、捼，搦治也。」章炳麟《新方言·釋言》：「今撚與搦治並曰捏。」也就是說凡手中搦治義，「搦」又可稱作「捏」。

但「搦」在大多數情況下，仍只能釋作握和攥。如：《玉壺春》第二折：「搦著一條黃桑棒。」《澠池會》第三折：「我掣虹光搦著錕鋙。」《三戰呂布》第一折：「垓心裏手搦著槍。」又第三折：「鞍心裏手搦定戟。」《單鞭奪槊》第四折：「元來敬德手搦著竹節鋼鞭，與單雄信交戰。」以上皆非搦治意義的「捏」。陸澹安《小說詞語彙釋》引《七國春秋平話》「手搦宣花月斧」爲例，釋「搦」爲「捏」，誤。《老君堂》第一折程咬金白：「手中持定宣花斧，不怕英雄百萬兵。」又第四折李靖白：「有一將乃是程咬金，某想此人手持定宣花斧追趕元帥……」同爲宣花斧而用「持」，《平話》之「搦」也應是「握持」，而非「捏」。

母兒

義爲本領、本事、才能。如：《玉壺春》第二折玉壺生白：「做子弟的有十個母兒：一家門，二生象，三吐談，四串仗，五溫和，六省傍，七博覽，八歌唱，九枕席，十伴當。做子弟的須要九流三教皆通，八萬四千傍門盡曉，才做得子弟，非同容易也呵。」「十個母兒」即十樣本事或十種才能。通「九流三教」，曉「八萬四千傍門」，也是說本領多、本領高。

按：徐州一直盛行說「母兒」。如：「眞有母兒！」「他的母兒高。」「我要有你那個母兒，我早就不在這兒蹲了！」「母兒」還可加子尾說成「母兒子」。例如當地一個十分流行的歇後語：「腳把子泥牆——也不看你那抹兒子！」「抹兒子」本泥牆工具，這裡與「母兒子」諧音，用來諷刺那些無能而偏要逞強的

人。

徐嘉瑞《金元戲曲方言考》引上例釋「母兒」爲「資格」。[5] 然而漢語中可以說「有資格」「沒有資格」，卻沒有「十個資格」或「十種資格」的講法；另從意思上看，似乎也沒有說得十分確切。

剔

程度副詞，與現代漢語的「極其」「特別」相近。這個詞經常用來修飾「團圞」。如：《西廂記》第一本第三折：「剔團圞明月如懸鏡。」《竇娥冤》第一折〔混江龍〕曲：「催人淚的是錦爛熳花枝橫繡闥，斷人腸的是剔團圞月色掛妝樓。」曾瑞散套《懷離》〔刮地風〕曲：「明滴溜參兒相攙，剔團圞月兒初淡。」《西廂記》例王季思注：「剔字僅助語勢。」[6] 吳曉鈴注：「剔——形容極圓的副詞，等於現代口語裏的『滴溜兒』的意思。」[7]《竇娥冤》例顧肇倉注與吳同。[8]

按：王注不夠明確。吳、顧所注似也未盡妥當。因爲「剔」不僅修飾團圞，也還用於其他方面。如可形容眉毛：《碌砂擔》第一折：「我見他忽的眉剔豎，禿的眼圓睜。」《衣襖車》第四折：「狄青那裡怪眼圓睜，剔豎神眉。」意爲眉毛豎得特別直。可見「剔」不是專門用來「形容極圓的副詞」。

在徐州方言中，「剔」可以修飾的方面更多。如剔圓（這孩子頭剔圓）、剔團（小傢夥臉吃的剔團）、剔平（剔平的地怎麼會栽跟頭）、剔好（剔好的個小孩被他爹慣壞了）、剔快（跑的剔快）、剔溜（跑的剔溜／水淌的剔溜／算賬算的剔溜）、剔轉（一撢剔轉／把人玩的剔轉）、剔明湯亮（幾十盞燈一齊開，把個禮堂照的剔明湯亮），上舉各例雙音的大都可以嵌進一個「嫛」字，說成剔嫛圓、剔嫛平、剔嫛轉等。元曲中有加「留」或「禿」的，也有「留禿」連用的。如鄭光祖小令《蟾宮曲·夢中作》：「皎皎潔潔照櫓篷剔留團彩月明。」湯式散套《詠素蟾》〔梁州〕曲：「剔禿圞架彩雲恰離瀛海，明滴溜趁清風又下峨嵋。」《獨角牛》第二折折拆驢白：「那獨角牛……膀闊三停，橫裏五尺，豎裏一丈，剔留禿圞恰似個西瓜模樣。」徐州的「嫛」當即「留」或「禿」之音轉。

抹搭

《倩女離魂》第二折魂旦唱〔拙魯速〕曲：「你若是似賈誼困在長沙，我敢似孟光般顯賢達。休想我半星兒意差，一分兒抹搭。」朱居易引此例釋「抹搭」

爲「變心」。[9] 其他選注本或注爲「精神不貫注，怠慢。」「疑是怠慢或變心之意。」[10]

按：徐州話「抹搭」義本爲失手。如「手一抹搭，把碗打了」。「書掉到泥窩裏了，是我拿抹搭了」。多指具體物品而言。對事情則可引申作「忽略」「錯失」。如「眞該死，這事又讓我給抹搭過去了！」「辦這種事要萬無一失，你可千萬別弄抹搭啦！」上舉〔拙魯速〕曲「抹搭」當同後一義，言絕不會因意中人一時受困，而對他情意上有半點兒衰減，舉止上有一分兒錯失，她一切都要仿傚賢達的孟光。

附 注

[1] 見徐嘉瑞《金元戲曲方言考》，商務印書館，1948年，《羅序》。

[2] 文中所引元曲材料，凡未注明版本的，皆採自臧晉叔編《元曲選》，隋樹森編《元曲選外編》和《全元散曲》。

[3] 《西廂記》王季思校注本，上海古籍出版社，1981年。

[4] 見《西廂記》吳曉鈴注本，116頁注，人民文學出版社，1957年。

[5] 同[1]，11頁。

[6] 同[3]，35頁注。

[7] 同[4]，30頁注。

[8] 見顧肇倉《元人雜劇選》，14頁注，人民文學出版社，1978年。

[9] 見朱居易《元劇俗語方言例釋》，150頁，商務印書館，1956年。

[10] 分別見王季思等《元雜劇選注》，444頁注，北京出版社，1980年；顧肇倉《元人雜劇選》，371頁注[4]。

（原載《中國語文》1983年第5期）

釋元曲「撮哺」和「觤」兩詞

撮哺

「撮哺」一詞常見於元劇中，例如：

> 《伍員吹簫》第二折：「〔無路子云〕老的放心，等他來呵，我
> 把那弟子孩兒鼻子都打塌了他的。〔眾云〕俺眾人撮哺著，你打那廝。」

> 又第三折：「〔無路子云〕這廝好說著不聽，後生們撮哺著！我
> 將他搶出去。」

> 《灰闌記》第三折：「〔正旦云〕哥哥，姦夫姦婦都在這店裏，
> 咱和你拿他去來！〔張林云〕兄弟，你撮哺著，我拿那姦夫姦婦去
> 也。」

以上「撮哺」作何解釋？張相的《詩詞曲語辭彙釋》查不到這個詞。按此
書序言所定體例，這大約是因其「字面生澀而義晦」而尚付闕如的。此後釋者
雖不乏其人，但總覺得不夠妥貼，因而不妨再來作一番探討。

較早收錄這個詞的是朱居易的《元劇俗語方言例釋》。其「撮哺」條下注
云：「吃喝。啜哺的借音。」然而細審劇情和曲文，便可發現這純係誤解。試
以《灰闌記》為例，那張海棠被一對姦夫姦婦誣害，吃盡了苦頭，偏巧在店
裏碰見仇人，她立即就要同哥哥張林一起去捉拿他們（咱和你拿他去來！），

可見其報仇心切。這時候她斷無自個兒留下吃喝的道理，她哥哥也不會那樣勸她。下文有「張林同正旦出捉科」、「正旦扯住搽旦科」的動作說明以及張海棠的唱詞：「我這裡搊住衣服，則被他撇撒我階直下，因此上走了婆娘。」可見張海棠不僅同去，而且曾「搊住」了那姦婦的衣服。又如《伍員吹簫》第二折，如果眾人說「俺眾人吃喝著，你去打那廝」，也有悖劇情。因為這群「後生」正是為了打伍員才被叫來的。至於下文還有專諸分開眾人，看見伍員「被一夥人欺侮」的話，則可以進一步證明他們的確是參與其事的。上述「撮哺」均不可能有「吃喝」義。如果拿朱注來解《神奴兒》第二折〔隔尾〕曲「我將你懷兒中撮哺似心肝兒般敬，眼前覷當似手掌兒上擎」句，可以更明顯的發現其謬誤：「我將你懷兒中吃喝似心肝兒般敬」，是完全講不通的。

另外一種意見，是把「撮哺」釋為「扶持，協助」（見龍潛庵《宋元語詞札記》，載 1979 年第 5 期《中國語文》），或釋為「輔助或相幫」（見王鍈《詩詞曲語辭例釋》），兩說異詞同實。把「撮哺著」說成「扶持著」或「輔助著」，比說成「吃喝著」似乎要合理，但也只能有限地「解決」問題，例如《神奴兒》句，若釋成「我將你懷兒中扶持（或協助、輔助）似心肝兒般敬」，仍舊是說不通的。

下面，試就我們掌握的方言材料談談究竟應該怎樣來解釋這個詞。據調查，「撮哺」一詞至今仍流行於徐州地區，是用力抓住、攥住或拽住之類的意思。請看下面例句：

①兩個人互相撮哺著，誰也不肯先鬆手。

②幾個人都沒能把她撮哺住，還是被她一頭撞到柱子上。

③要不是那人眼尖手快在後面一把撮哺著，這孩子早掉到溝裏去了！

以上「撮哺」顯然為「抓住」、「揪住」意。撮，《考聲》云：「牽持也。」《字林》：「手撮取也。」《廣韻》：「手取。」另據《集韻》，「撮」亦有挽拉、搦握義。按徐州方言，「哺」讀輕聲，似為襯字，無義。整個詞義實即落在「撮」字上，故「撮哺」具有上述意義。「撮哺」後一般不帶賓語。如有賓語，則往往用「把」字提前，如例②。如果必得帶上賓語，那麼往往不用「撮哺」，而乾脆只用「撮」，如「他一把撮住她」、「他撮著那人的衣服不放」。又，因這個動詞涉及的對象大都是有力掙扎、反抗的人或者動物，所以用「撮哺」則表示用力

去抓揪、拉拽等，而且大都用於一個人抓扯不住，須請別人來相幫的場合。例如：

　　④你來幫我撮哺著，千萬別讓它跑了！

　　⑤這隻大公雞可有勁了，殺時得找個人幫我撮哺著。

　　⑥你幫俺撮哺著，看俺不拿棍來把他打死！

　　這幾句話所包含的「相幫」、「協助」意，都是通過「幫」來表示的。於此可知，「撮哺」僅表示一種動作，本身並不帶「幫」意。本書開頭所引曲文中的「撮哺」也都應作具體的動作解釋。「撮哺著」就是「用力地抓著、攥著或拉扯著」。如《伍員吹簫》第三折，當無路子發狠說「我把那弟子孩兒鼻子都打塌」時，這群后生立即欣然贊同，並表示到時要一起把伍員抓住（俺眾人撮哺著），好使他動彈不得，以專等無路子下手來打塌他的鼻子（你打那廝！）。再說張林叫他妹妹「撮哺著」，也是要她到時候抓住那姦婦的意思。這和下文張海棠「揝住」那婆娘的衣服，正相吻合。同此，《神奴兒》一句裏的「撮哺」也當解作緊緊抓住不放（此處可活釋為「緊緊摟抱」）。全句即「我將你在懷兒中緊緊摟抱，就像心肝兒一般敬；在眼前仔細照看，就像手掌兒上擎」。摟在懷裏，捧在手上，老院公正是以此表述自己對小主人百般照料，唯恐有一點兒差失的苦心。這樣解釋直捷而清楚，不必非要另尋出「撮哺」的引申義來，（見《詩詞曲語辭例釋》：「由『輔助』或『相幫』意引申出來，撮哺又有照料、伴隨意。」）方能牽合上去。

　　最後，順便再提及一點，龍潛庵先生因認為「撮哺」即「扶持」、「協助」，故而斷定上引臧懋循《元曲選》本三例標點有誤。以為當斷為「俺眾人撮哺著你打那廝」，「後生們撮哺著我將他搶出去」，「兄弟，你撮哺著我拿那姦婦去也」。「撮哺著」後面均不斷開，此係錯解「撮哺」致誤。我們認為臧選本的斷句是確當的。

虼

　　元曲《高祖還鄉》〔二煞〕有這樣幾句曲文：

　　你須身姓劉，你妻須姓呂。把你兩家兒根腳從頭數。你本身做

亭長躭幾盞酒。你丈人教村學讀幾卷書。曾在俺莊東住。也曾與我
喂牛切草，拽壩扶鋤。

其中「躭」這個動詞，張相、朱居易、王鍈三家均未見解釋。王力先生主
編的《古代漢語》選了《高祖還鄉》，把「躭」注釋為「樂（lè），沉溺，過度
地愛好」（見下冊第二分冊 1521 頁），誤。

此曲寫一個普通鄉民敢於發泄他對流氓皇帝劉邦的強烈不滿，真是句句嘲
罵，處處譏諷。中間兩句是對文，「幾卷書」說明「讀」的書不多；「幾盞酒」
可見「躭」的酒很少。此處顯然是以「沒讀過幾卷書」、「躭不了幾盞酒」來貶
損劉邦及其丈人無知無能，而不是說他「沉溺」於幾盞酒中。

那麼，怎樣解釋「躭」才合適呢？今徐州方言中就有這個詞，是受，承受
或承擔的意思。如：

①別看這孩子歲數不大，可最能躭事兒了。

②她是個小心眼兒，丁不點大的事兒就躭不住了。

③人老了，又有病，哪能躭得住這麼大的風寒。

④你酒量大的很來，要說這麼一點酒都躭不了，誰信？

同此，「躭幾盞酒」即耽受幾盞酒，也實即喝幾盞酒之意。「躭幾盞酒」之
有鄙視意，正如今天徐州人說「你能吃幾碗乾飯」意同。

其實，不僅上舉方言可為說明，即在元劇之中也不乏其例證。例如：

《灰闌記》第二折：「頭上雪何曾住半霎，摧林木狂風亂刮，我
這裡躭煩惱受嗟呀，走的來力盡筋乏，又加上些膿撼撼的棒瘡發。」

《勘頭巾》第三折：「為別人受怕躭驚，沒來由廢寢忘食。」

《魔合羅》第三折：「我如今身躭受公私利害，筆尖注生死存亡。」

趙明道散套《鬥鵪鶉‧題情》：「空躭了些是是非非，受了些煩
煩惱惱。」

王元和散套《小桃紅‧題情》：「咱這裡行裏坐裏五魂縹緲，躭
煩受惱。」

《救孝子》第四折：「我當初奏過這家賢孝，今日這廝卻犯下十
惡大罪。若是郎主知道呵，俺先躭下個落保的罪了。」

《秋胡戲妻》第四折：「尵著饑每日在長街上，乞些兒剩飯涼漿。」

前五例，皆「尵」、「受」並舉，或二者連用，「尵」即「受」。後二例「尵罪名」即承擔罪名，「尵饑」即挨餓。

以上「尵」皆應釋爲受，承受或承擔，是一望可知的。據此，我們說，「尵幾盞酒」的「尵」同「擔」。「尵」元曲中又有「尵饒」、「尵待」等雙音詞。「尵饒」或寫作「擔饒」。張相、朱居易皆注明「尵」又作「擔」，即此字。

（原載《中國語文通訊》1981 年第 3 期）

「紅娘撒沁」解

　　「忌的是『知母』未寢，怕的是『紅娘』撒沁」。語見王實甫《西廂記》第三本第四折，這是鶯鶯小姐得知張生相思病篤後親筆寫的「藥方」中的兩句話。其中「知母」一句意甚明瞭，而「紅娘」一句因「撒沁」字面晦澀，致使語意難懂，說法就有種種不同。徐家瑞解「撒沁」為「裝腔作勢，不睬，驕傲」；朱居易釋作「撒嬌，撒賴」；王季思校注本認為義「與放潑為近」。[1]筆者以為這些解釋都不恰當，故不揣譾陋，試加詮釋。

　　元曲中，「撒沁」又寫作「撒訫」或「撒唚」。例如：

　　　　《蕭淑蘭》第三折正旦唱【雙調五供養】曲：「空著我乾忍恥，枉留心，都是我忒輕狂，欠檢束，正好教他撒沁。」[2]

　　　　《西遊記》第四本第十三齣【混江龍】曲：「怕的是梅香撒訫，虧殺俺嬤姆包含。」

　　　　王元鼎散套《河西後庭花》【柳葉兒】曲：「走將來乜斜頭撒唚，不熨貼性兒希林。」

　　其實「撒沁」（撒訫、撒唚）就是「沁」。詞義集中於後一字，而「撒」字有時亦可不帶。前引「紅娘撒沁」，關漢卿小令《崔張十六事·開書染病》作「紅娘心沁」，「沁」單用，可證。

　　按：沁本指狗嘔吐，字當作呇或唚。《集韻》：「呇，七鴆切，音沁。」《玉

篇》:「㕧,犬吐也,字又作唚。」沁、訫、唚都是唚的借音字。以狗嘔吐比之於人說話,顯然帶有厭惡意或戲謔意,猶如今人開玩笑或氣憤時常把對方說話說成是「放狗屁」一樣。這時「撒沁」義同「胡說」而較之為重。但用於一般情況下也可不帶上述色彩,而只是泛指人的胡說亂道。「紅娘撒沁」即屬於後一種情況。

以此解釋上引各例也無有不合。例如《蕭淑蘭》第三折【五供養】曲「正好教他撒沁」所指何事,文中即有說明。見第三折蕭白:「今日管嬤嬤持菩薩蠻一首,戲而挑逗,誰想那生仍將惡語相犯。」此指張秀才看過蕭詞以後嚴詞正色地責問「怎麼持此淫詞戲我,是何道理?」又怨嬤嬤「搬調此事」,並威嚇要向主人揭發等等。因此蕭淑蘭將滿腔熱情化作羞慚與惱恨,把張的惡語相犯說成「撒沁」。

再如王元鼎散套《河西後庭花》【柳葉兒】曲,是誰「走將來乜斜頭撒唚」?「撒」什麼「唚」?曲前的小序便是極好的注腳。序云:

> 昔胡元大都妓女名莘文秀者,美姿色,與學士王元鼎有姻,亦與阿魯相契。異期阿與莘仵坐,談及風情之任,阿曰:聞爾與王元鼎情思甚篤,以予方之,孰最?莘含笑不語,阿強之再四……元鼎聞之,故作此以嘲之。〔3〕

很顯然,此「走將來」的就是阿魯。把阿所問之言及「再四強問」的做法說成「撒唚」,其厭惡之情、不恭之意溢於筆端。

至於《西遊記》一例,那是裴女與遭自己父親無理悔親的未婚夫朱郎私約幽期的唱詞。「怕的是梅香撒訫」,從句式到意思都和「紅娘撒沁」是一樣的。

「唚」即「胡說」之意,在元曲之外也不乏例證。不僅清代的小說中有之,乃至於今天的一些方言中也還有保留著這種說法的。例如:

> 《兒女英雄傳》第五回:「只是你兩個滿口唚的是些什麼!」
>
> 《紅樓夢》第七回:「少胡說,那是醉漢嘴裏胡唚,你是什麼樣的人,不說沒聽見,還倒細問!」又第六十一回:「柳家的忙丟了手裏的活計,便上來說道:『你少滿嘴裏混唚!你媽才下蛋呢!』」

「滿嘴」、「聽見」自然都與說話有關。「滿嘴裏混唚」,就是滿嘴裏胡說八道。

在今徐州方言中更是經常用「唚」這個詞。例如丈夫喝醉酒嘔吐了，妻子就往往說他「唚了一地！」見人隨地吐痰，不客氣的說法就是「你怎麼到處亂唚！」又如說「這人整天在那兒瞎嚼胡唚！」這是引申說人嘴沒遮攔，胡說亂道。有時不滿意人家開自己的玩笑，也好說「你撒什麼唚！」「別瞎胡唚啦！」

在這些例子中，「唚」的意義是尤為明顯的。

由此看來，無論是把「撒沁」當作「驕傲」、「不睬」，還是說成「撒嬌」、「撒賴」，都是很牽強的解釋。試想，紅娘作為一個地位卑下的侍妾，什麼原因使她驕傲呢？又有何嬌、何賴可撒？而鶯鶯小姐對這位一心成全自己而又常常不免挪揄自己的「紅娘」，除了怕她的心直口快之外還怕她什麼呢？

據上所述，開頭兩句引文可釋為：「忌的是老母尚未睡，怕的是紅娘胡亂講。」老母未睡，一旦有所覺察事情當然就不好辦了。而紅娘如果胡亂講呢，自己也確實難遮羞顏啊！——應該說，這正是這位出身於禮教之家的「相國小姐」，為愛情而又「難從禮」時必然會有的左防右怕、羞愧不安心理的真實反映。

附　注

〔1〕見《金元戲曲方言考》、《元劇俗語方言例釋》和 1981 年版王注《西廂記》。

〔2〕文中引例皆採自臧晉叔編《元曲選》、隋樹森編《元曲選外編》和《全元散曲》。

〔3〕序見原刊本《詞林摘豔》。

（原載《語文研究》1984 年第 1 期）

《綴白裘》詞語例釋

　　《綴白裘》是清代出版的一部收錄元明清三代戲曲作品的選集。「玩花主人」編，錢德蒼增補。凡十二集四十八卷。編者從乾隆時流行的近二百種劇目中選錄單齣戲 489 齣，彙編成冊。該書起到了保存古典戲曲的重要作用。從語言的構成情況看，《綴白裘》收錄的作品大部分系用官話寫成；其次使用最多的是吳方言（據太田辰夫先生統計，全書有吳語的共 160 多出），有的整齣戲全用方言，有的只有少數幾行用方言，有些語句官話中混雜著吳語；此外還有數處涉及江淮話，如第七集中提到的「揚州話」和第十集中的「揚白」。[1] 從語言的研究價值看，《綴白裘》中大量的說白保存了許多生動活潑的口語，是研究近代漢語的寶貴資料。而其中包含的豐富的吳方言材料，則可以填補近代吳語史料的空缺。但是迄今為止研究其語言的論文僅見兩篇，說明該書在漢語史以及方言史上的價值尚未引起語言學界應有的重視。[2]

　　《綴白裘》中有許多意義難明的方俗詞語，造成閱讀的障礙。本書僅選出《漢語大詞典》、《漢語方言大詞典》等語文辭書未見收錄或義項未備的八則詞語試加詮釋，以就教於方家。版本係採用 1955 年中華書局出版的汪協如校訂本。在引例末的括號內注明集、卷數和篇名。

掩順　捱順

　　（小生）看天生一對貌姿容，[3] 我和你做……（住口介）（貼）

嚇，要坐？請坐嚇。（小生）不是嚇！我和你做夫……（住介）（貼）
嚇！秀才不做要做夫？敢是那驢夫，馬夫，腳夫？（小生）不是嚇。
我和你做夫妻。（貼笑）嚇！掩順些！（小生）我和你做夫妻。（六
集卷一《買胭脂》）

　　（淨）好了！天明了！（內）開城，開城。（淨）不要擠，不要
擠，捱順了走嚇。（十一集卷一《月城》）

「掩順」，又做「捱順」，謂挨著次序，依照順序（說話或行動）。前例「掩
順些」是女方要求男方把「做夫妻」這幾個字依次說完，說連貫，不要吞吞吐
吐的。後例「捱順了走」是要求通過城門的人按順序行走。「捱」同「挨」，故
「捱順」即「挨順」。北方一些方言中，「挨」多讀 [iɛ]，與「掩」音近，故「掩
順」實即「挨順」。今上海松江仍說「挨順走」。〔4〕

喇化

　　親家母不要氣，待我去教訓他。呀！喇化無才，親家母遠來，
應該好好的看待他，只麼爭爭吵吵，成什麼樣子！（六集卷三《相
罵》）

「喇化」即「喇唬」，謂人兇惡不良、刁蠻無賴，亦指無恥之人。清·黃六
鴻《福惠全書·刑名·勸民息訟附禁刁訟示》：「一種貪惡之人，意想詐人，遇
事生風，訐私揚短，未告則放風薰嚇，已告則使黨圈和，不遂其欲，迭告無已，
此地方之喇唬也。」清·范寅《越諺·人類》：「喇唬，瀨虎，無恥者，呼如爛
貨。」又寫作「喇夥」。《儒林外史》第二十九回：「龍老三！這喇夥的事，而今
行不得！」「喇夥的事」即撒潑耍賴、欺詐之事。〔5〕北方一些方言中「化、劃」
一類字音多變如「乎、唬」一類音。例如《醒世姻緣傳》的「擺劃」、「熟化」
和《金瓶梅詞話》的「熱化」，方言中多說成「擺乎」、「熟乎」、「熱乎」。故「喇
化」與「喇唬」、「喇夥」實為一詞。

張一頭牛子

　　（貼）張一頭牛子在此，快與我宰了！（十一集卷一《打店》）

「張一頭牛子」，猶言設計抓住一隻獵獲物。「張」，設網捕捉。《水滸傳》

第二回：「原來摽兔李吉正在那山坡下張兔。」引申爲設計擒拿。「牛子」，江湖隱語，稱被俘獲的人。《水滸傳》第三十二回：「宋江正坐，只見關下解一夥人到來，說道：『拿到一夥牛子。』」《警世通言》卷三十七：「走入來道：『哥哥，你只好推了這牛子休！』——原來強人市語喚殺人做『推牛子』，焦吉便要教這十條龍苗忠殺了萬秀娘。」《漢語大詞典》第六卷「牛子」條僅釋「詈語。猶言畜生」，未能指明隱語之義。王鍈（1997）「牛子」條：「有時強盜把俘虜也稱爲『牛子』。」是。

金崔臂　金吹臂

　　你不曉得，他女人出嫁這些東西……還有緞襖子，緞衫子，緞裙，緞褲子；還有藍三字送他的金崔臂。（十一集卷一《借妻》）

　　小兄弟，你生得好個模樣，身材嫋娜，眞像姣娘；口香兒常在那腰間放，金吹臂帶在白臂膀。（十一集卷四《打面缸》）

　　「金崔臂」，又作「金吹臂」，是女子或孌童套在手臂上的由多個環釧做成的黃金飾物。蘇軾《寒具》詩：「夜來春睡濃於酒，壓扁佳人纏臂金。」詩云「饊子」（古稱「寒具」）的形狀就像壓扁了的纏臂金，由此可知「纏臂金」的形制。此「纏臂金」當即「金崔臂」。

秋打諢　鰍打諢

　　（小生）嚇，什麼意思？（丑）弗要拉個搭秋打諢。（四集卷一《拾柴》）

　　個是斬頭瀝血個事務，弗要拉裏秋打諢。（六集卷四《自首》）

　　哑！無儕説亦叫吾轉來，阿是眞正鰍打諢？（六集卷三《説親》）

　　「秋打諢」，或作「鰍打諢」，義爲鬼混，胡鬧。又作「鬼打諢」。《綴白裘》一集卷四《活捉》：「（付）阿呀，壞哉！喂，男兒吾走出來，有介個弗是人拉裏鬼打諢。」又，五集卷三《癡訴》：「且住，個個癡子拉裏鬼打諢……」同上《點香》：「今日出去撞著子癡子，鬼打諢了一日。」此與「秋打諢」用同。吳連生等《吳方言詞典》「鬼打諢」條引上《點香》一例，釋之爲「鬼混」，[6] 是。今江淮方言仍說「秋打混」，例如南京話「他一天到晚秋打混」，意

思是胡混日子。[7]

下頦

　　（淨）對吓説，我居去打介一斤酒，切半個下頦拉丟等吓嘘。

（十一集卷二《鬧燈》）

「下頦」，臉頰以下的肉。吳語指用豬下巴肉做的鹵菜。上引之例意爲：我回去打一斤酒，切半個鹵熟的豬下巴在那兒等你。《翡翠園》第二十一齣：「舒老相公勿比第二三個朋友，大點切一個下頦，白時老燙個一壺東道，倒濃念點。」

溫測死個

　　（淨）我裏今夜頭吃醉了，是新翻頭要毪了哉。（貼旦）唪！溫

　　測死個！（十一集卷二《鬧燈》）

「溫測死個」，吳語，猶言得了瘟病該死的。「溫」是「瘟」的記音字。中醫統稱各種急性熱病爲瘟病。《綴白裘》中多記作「溫」。如四集卷四《打子》：「叫化子好沒時運，才出門來就撞著一個死人，眞正遭你娘的溫。」「遭溫」即染上瘟病，借指遇到不吉利的事。「測死」，該死，詈語。《文星榜》第八齣：「我裏個老測死勾，革一程倒日日有生意，所以無工夫出來。」「老測死勾」，猶老該死的。又《三笑》第十回：「唪！測死個，娘娘勒裏問你嚇！」「測死個」，猶言該死的。《綴白裘》中亦習見。如：一集卷二《計代》：「唪，測死個，我是要罵個嘘。」五集卷三《訪文》：「阿呀，測死個！」九集卷四《埋怨》：「老測死個！」皆其例。

青虹

　　　趲程途，愁越重；仗青虹，心驚恐。（六集卷四《點將》）

「青虹」，代指劍。《車王府曲本選・子弟書・百花亭》頭回：「八寶環，鵝黃縧，佩青虹劍，越顯得英風蓋世壯烈非常。」又：「猛然見公主推書拔寶劍，冷颼颼青虹出鞘，映著燭影兒飛光。」同書二回：「右花說：『方才公主讀何傳？』皇姑把青虹入鞘說：『《白頭吟》。』」又三回：「伸玉腋從柳腰解下

劍青虹。」《漢語大詞典》十一卷「青虹」條僅釋「彩虹」義，當據以補入「代指劍」義。

附　注

〔1〕參看石汝傑（1991）《略談〈綴白裘〉的語言》。

〔2〕此就大陸作者而言。除石汝傑一文外，還有郁乃堯《〈綴白裘〉吳方言例釋》，載江蘇省語言學會 1981 年年會論文選《語言學分冊》，郁文搜集吳語一些代詞、語氣詞等作了簡單解釋。

〔3〕「貌姿容」乃「妙姿容」之誤，汪本失校。

〔4〕參看《漢語方言大詞典》，中華書局，1999 年出版。

〔5〕遇笑容《〈儒林外史〉詞彙研究》附錄釋「喇夥」爲欺詐。北京大學出版社，2001 年出版。

〔6〕漢語大詞典出版社，1995 年出版。

〔7〕參看《漢語方言大詞典》，中華書局，1999 年出版。

參考文獻

〔1〕石汝傑，1991，《略談〈綴白裘〉的語言》，〔日〕《中國語研究》第 32 號。

〔2〕石汝傑，1996，《吳語讀本》，〔日〕好文出版株式會社。

〔3〕王鍈，1997，《宋元明市語彙釋》，貴州人民出版社。

〔4〕劉烈茂，1990，《車王府曲本選》，中山大學出版社。

（原載《中國語文》2004 年第 1 期）

《綴白裘》詞語續釋

　　《綴白裘》是清代最大的一部折子戲曲集，由玩花主人選編，錢德蒼續選，乾隆三十五年（1770 年）問世。該集收錄乾隆時最流行的劇目八十八種，選錄折子戲四百八十九齣，內崑腔四百三十齣，地方戲五十九齣，曲白皆全。吳梅在《中國戲曲概論》的清代散曲部分介紹了該書，胡適在他的《一個最低限度的國學書目》中特別評價說：「這是一部傳奇選本，雖多是零篇，但明末清初的戲曲名著都有代表的部分存在此中。在戲曲總集中，這也是一部重要書了。」該書在中國戲曲史乃至整個國學中的地位由此可見一斑。單就語言而論，該書口語性極強，方言、俗語非常豐富，隱語、行業語、外來語等亦多有涉及，是一座亟待挖掘的巨大的語料寶庫。其中意義難明的詞語不少，而現行語文辭書又無從查找，我們詮釋了二十餘條詞語，有 8 條已先行刊出（見李申《〈綴白裘〉詞語例釋》，載《中國語文》2004 年第 1 期），茲再選取數條，作爲續篇。所依據版本爲臺灣學生書局《善本戲曲叢刊》四五輯所收的鴻文堂梓行、乾隆四十三年校訂重鐫本。「火聖嬰」一條引例係採自中華書局 1955 年出版的汪協如校訂本。

【扯寬皮】說與實際不符、不著邊際的話

　　〔外〕牛爺可能幫襯小官進去見一見老祖爺的金面，待小官到

邊上去，也能扯這麼一個寬皮。（三編《鳴鳳記・嚴壽》）

〔小生〕我有事問你嚇你便說，沒有事問你，哇，切莫要扯這寬皮。（三編《彩毫記・吟詩》）

「寬皮」即「寬皮話」，與實際不符、不著邊際的話。如清代王夫之《讀四書大全說・中庸》第十七章：「若《孝經》所稱身立名，揚於後世，卻總是寬皮話，搭不上。」又《好逑傳》第一回：「只怕還是沒人知道消息，說這寬皮話兒。」或作「寬皮說話」，《醒世姻緣傳》第十三回：「次日，那書辦做成了招稿，先送於晁大舍看了，將那要緊的去處都做得寬皮說話，還有一兩處苦實些的，晁大舍俱夾他改了膽真送了進去。」亦省作「寬話」，《西遊補》第九回：「行者展開一看，原是各殿舊案卷。第一張案卷上寫著：『本殿嚴：秦檜秉青蠅之性，構赤族之誅；岳爺存白雪之操，壯黃旗之烈。檜名「愚賊」飛曰「精忠」。』行者道：『這些通是寬話，「愚」字，也說不倒秦檜。』」

【交卯運】男人被當作女人對待

〔淨〕哈哈哈！再弗曉得我一把年紀還交卯運哩！（六編《梆子腔・買胭脂》）

〔丑〕員外叫我幹事了，弗道是介把年紀還要交卯運。（九編《尋親記・遣青》）

「卯」，卯眼，某些利用凹凸方式相連接的器物凹進的部分。此隱指女人。「交卯運」謂男人被當作女人對待。亦即五編《紅梨記・北醉》所云「將男作女來戲耍」。前例因劇中有「小生也拜完起，掬淨親嘴」之科介，謂郭華錯把老貨郎當成心上人抱住親吻，故老貨郎有此打趣之語。後例繫馬夫誤以為員外要同他肛交，故云。

【切腳】開列住址

〔丑〕大叔，我理刑所裏公差，副使老爺仰本所提解叔秀才父子，特來切腳。（六編《翡翠園・切腳》）

此例是寫副使老爺派王饅頭去長使老爺處開列叔秀才父子的住址好提解二人，這裡「切腳」用為動詞，義即開列住址。《土風錄》卷十「切腳」條：「開

列居址。案：袁子讓《字學元元》引《唾玉集》，有俗語切腳蓋爲字音之反切，腳字腳也，後借爲居處著實之謂。」所釋確當。《漢語大詞典》二卷 561 頁收了「切腳」條名詞用法，義爲「確切的住址」，當補動詞一義。

【挽起眉毛做人家】謂打起精神過日子

〔付〕老老弗要哭，死個是死，活個是活。搭唔挽起眉毛做人家。（十編《荊釵記・哭鞋》）

此齣是寫錢流行誤以爲女兒玉蓮投江而死傷心不已，夫人勸他不要哭了，死的已死，活的還要活，我還要和你打起精神繼續過日子。再如《天豹圖》第七回：「且不說秦氏要報仇，再說花雲一心想著紅花道：『……待成了事我去求少爺要他將紅花賞我爲妻，那時挽起眉毛做人家。』」挽起眉毛做人家，就是打點起精神繼續過口子。「挽」在方言中有挎、拉起、提起的意義，「挽起眉毛」本義爲揚起眉毛，如《醒世姻緣傳》第六十七回：「你這瞎砍頭的，你挽起眉毛認我認，我是薛家丫頭，狄家媳婦。」意爲：你揚起眉毛睜大眼認我一認。引申爲打起精神，如《喻世明言》卷十：「假如你生於窮漢之家，分文沒得承受，少不得自家挽起眉毛，掙扎過活。」許政揚注爲：「挽：同縮，打結的意思，如挽髻、挽結之類。挽起眉毛就是皺著眉頭。」所釋在此一例中似可說通，但於其它用例則不相合。「做人家」意爲過日子，明清小說中多見，如《初刻拍案驚奇》卷二：「潘公開口罵道：『這樣好吃懶做的淫婦，睡到這等一同才起來！看這自由自在的模樣，除非去做娼妓倚門賣俏，掩閒子弟，方得這樣快活象意。若要做人家，是這等不得！』」再如《二刻拍案驚奇》卷二十：「我今在臨賀住下，相傍做人家，也好時常照管，豈非兩便？」又如《喻世明言》卷四：「這四句，奉勸做人家的，早些畢了兒女之債。」又《風流悟》第二回：「那孫豆腐聽說是奶奶，巴不得嘗一嘗奶奶的滋味，便道：『我討你做妻子，幫做人家，你說央我送歸謝我，這是虛賬……』」今武漢方言中仍保留此用法。

【篾簹】點火照明用的竹篾

十分晏了，叫人拿篾簹送吅居去嘿哉。（十一集外編《連相》）

「篾簹」，此指點火照明用的竹篾，可用以點燃照明。《風流悟》第六回：「魏家原叫了一乘小轎，三四個吹手，高燈篾簹來到舡邊娶親。」又作「篾簹」。長篇彈詞《描金鳳》：「出夜會裏篾簹，燈籠裏的蠟燭」。「篾簹」與「蠟燭」物異而用同，故爲對文。上引《連相》例句意爲：（如果）太晚了，就叫人拿點燃的竹篾（照著）送你們回去好啦。「吭」，你。「居去」，回去。吳語。

【撒琉璃】撒尿

> 一個大姐本姓唐，生得邋遢又肮髒……希裏呼羅撒琉璃，打扮
> 起來去看臺戲。（十一集外編《連相》）

「撒琉璃」，意爲撒尿。撒尿時水珠拋撒猶如玻璃球滾動，故有此遊戲筆墨。《金瓶梅詞話》第五十四回寫應伯爵偷看妓女韓金釧小解，「伯爵躡足潛蹤尋去。只見在湖山石下撒尿，露出一條紅線，拋卻萬顆明珠」。「拋明珠」與「撒琉璃」之說可謂異曲同工。

【打磨古】煙

> 〔貼〕蘇裏煙看打磨古來。（十一集外編《宿關》）
> 〔付看貼介〕大姑娘，打磨古。〔貼〕該他吃罷。〔付〕得，孩
> 子，大姑娘該你打磨古吃。（同上）

「打磨古」，蒙古語謂「煙」。《蒙古譯語女眞譯語彙編》中「新刻校正買賣蒙古同文雜字」釋「煙」爲：damaɣa 打木嘎或 damaqa 打抹哈；釋「吃煙」爲 damaqa u 打抹哈屋。另在蒙古人待客禮儀中請吸煙也是其中一種，在客人進入蒙古包以後，主客要寒暄互問：「瑪拉賽因努（牲畜們好嗎）？」客人取出煙袋說：「塔瑪哈塔塔（請吸煙）。」打木嘎、打抹哈、塔瑪哈、打磨古皆爲蒙古語「煙」的不同音譯形式。在近代小說戲曲中「看＋N」的形式十分普遍，意爲「料理、備辦」，N常爲酒、茶一類待客之物。如《蘇武牧羊記》戲文第十三齣外白：「看酒過來。」《黃孝子尋親記》戲文第六折淨白：「看打辣酥過來。」《初刻拍案驚奇》卷二十四：「兩人見說是替女兒說親的，忙叫：『看茶。』」《紅樓夢》第四十二回：「賈母笑說：『勞動了。珍兒讓出去好生看茶。』」「看打磨古來」亦即備好煙奉上來。

【火聖嬰】古白話小說中的人物紅孩兒

金寶昏迷刀劍新，天高命遠總無靈。廟廊聚集多兇曜，權學當初火聖嬰。（十一集《蜈蚣嶺》）

「火聖嬰」，指《西遊記》中的人物紅孩兒。見該書第四十回：「眾神道：『說起他來，或者大聖也知道。他是牛魔王的兒子，羅剎女養的。他曾在火焰山修行了三百年，煉成「三昧真火」，卻也神通廣大，牛魔王使他來鎮守號山，乳名叫紅孩兒，號叫做聖嬰大王。』」又第四十一回：「我因師父唐僧往西天拜佛取經，經過號山枯松澗火雲洞，有個紅孩兒妖精，號聖嬰大王，把我師父拿了去，是老孫尋到洞邊，與他交戰，他卻放出火來。」聖嬰大王能吐三昧真火，故又稱「火聖嬰」。

參考文獻

〔1〕玩花主人編，1984／1955，《綴白裘》，臺灣學生書局／中華書局。

〔2〕許寶華、宮田一郎主編，1998，《漢語方言大詞典》，中華書局。

〔3〕羅竹風主編，1988，《漢語大詞典》，漢語大詞典出版社。

〔4〕長澤規矩也編，1989，《明清俗語辭書集成》，上海古籍出版社。

〔5〕許少峰主編，1997，《近代漢語詞典》，團結出版社。

〔6〕賈敬顏、朱風合輯，1990，《蒙古譯語女真譯語彙編》，天津古籍出版社。

（原載《古漢語研究》2007 年第 4 期，與徐榮合作）

近代漢語詞語札記

　　近代漢語詞語考釋是研究近代漢語文獻首先要做的一項基礎性工作。從現狀看，這項工作已經取得了豐碩的成果。但仍有不少疑難詞語沉積在語料中等待我們去發掘。本書擬就辭書失載或學者釋而未當的明清白話作品中的十個詞語進行詮釋或討論，以祈方家指正。

虷蚱

　　《醒世姻緣傳》第二回：「高四嫂道：『……拋撒了家業，或是淘漉壞了大官人，他撅撅屁股去了，窮日子是你過，寡是你守。可是說虷蚱秀才的話，飛不了你，跳不了你。』」按：虷蚱，蟬的幼蟲。黃肅秋校注本無注。或釋為「蚱蜢」[1]，不確。蚱蜢即螞蚱，既有翅膀又有發達後肢，是會飛會跳的。而虷蚱則行動遲緩，「飛不了」、「跳不了」，故很容易被捕捉到。「虷蚱」今河北邯鄲、石家莊一帶仍用，寫作「爬蚱」、「爬查」或「爬杈」[2]。沛縣土語亦存，據調查，沛縣只有北部的幾個鄉鎮說「虷蚱」，而且其鄉民大都是清嘉慶年間從山東巨野縣遷徙而來。「虷蚱秀才」在這裡比作計氏，高四嫂勸她為自己打算，不然等家道敗落，珍哥拍拍屁股走人了，而她作為正房妻子哪兒也去不了，只有吃苦受窮的份了。用「虷蚱」作喻，可謂形象之至。

摩訶薩

《醒世姻緣傳》第七十一回：「章奶奶道：『可說什麼來？要分外再有個錢，可敢還來纏老公哩？除了這老公賞的首飾，精手摩訶薩的，有個低錢麼？』」黃肅秋注：「精手，光手；摩訶薩，念佛；精手摩訶薩，是說空手念佛，不布施上供，也是徒然。」說解甚確。然「摩訶薩」釋義過於簡略。此詞《漢語大詞典》（以下簡稱《大詞典》）及一般語文辭書又均未收錄，故令讀者難以知其所以然。今按，「摩訶薩」為「摩訶薩埵」的省略，為菩薩的通稱，亦可作念佛用語。《佛學大詞典》「摩訶薩」：「術語。『摩訶薩埵』之略。」「摩訶薩埵」：「舊譯曰大心，又譯曰大眾生，新譯曰大有情。又作佛大心之眾生即菩薩之通稱也。」作為菩薩的通稱，習見於佛學典籍《道行般若經》。作為念佛用語，如《缽中蓮》（明萬曆抄本）第十二齣《聽經》：「（合）……願我佛慈悲哀納，南無普供養菩薩摩訶薩，南無普供養菩薩摩訶薩，南無普供養菩薩摩訶薩摩訶薩摩訶薩。」是其證。

盋工

《山歌・兩郎》：「忙月裏踏屌我聽你盋工看，兩面糖鑼各自蕩。」現行各種版本皆作「盋」。「盋」不見於各字書。按，此「盋工」實即「盤工」。「盤工」是民間一種互助的勞動組合形式[3]。《吳歌・十里亭》：「蘦當生活盤工做，零散生活自當心。」「蘦當」作「整批」解，意思是說整批的工作大家一起做，零散的工作自己處理。臺灣學生書局影印本《綴白裘・後尋親》：「（生）那兩錠銀子盇籌到今天二十錠也不止了，只是你們二十年前大覺心狠了些。」「籌」為「算」的俗字。「盇籌」即「盤算」。「盇」字書中亦未收。又《綴白裘・翠屏山》：「（貼）叔叔來了半日，待奴家收拾些點心與叔叔過中。（且持盇上）……（貼持酒上）……」中華書局汪協如校點本兩處均作「盤」。可證「盇」為「盤」字。筆者認為：「盤」的繁體字為「盤」，而「盋」似為「盤」的或體，「盇」又是「盋」的省寫。《明清吳語詞典》「盤工」條，引上文《山歌・兩郎》例，釋作「換工」[4]，可參酌。

映

《綴白裘・清風亭》：「（外）是嚇，是陽溝裏。後來刮拉拉起了一陣風，漸

零零下了一陣雨，把那燈都吹映了，人都走散了……」又《綴白裘・雁翎甲・盜甲》：「（將燈籠放在地下，做關門，丑腰內拔火筒，吹映燈籠火介）（末）阿呀！火映了！」按：映，熄、滅。「映」本有遮掩、隱藏義。《廣韻・蕩韻》：「映，映暎不明。」《大詞典》第五卷及蔣紹愚先生皆有詳述[5]，例不煩引。在這裡引申爲「熄滅」的意思。又寫作「頁」，如《綴白裘・偷雞》：「（副上）帶我上樓去瞧著。咦！風也沒有，燈到頁了！點了再找。」又：「（副）不要你幫！呸！怎麼把我的燈吹頁了！」「頁」在此顯然爲方音借字。「頁」「映」兒化後音近。臺灣學生書局影印版《綴白裘》上例第一處「頁」是「滅」字，第二處爲「息」字，從形體上看二字不可能訛爲「頁」，當是版本不同所致。

捱步

《綴白裘・別妻》：「（淨）噯！我的騷娘！有什麼心情。還想那話兒麼？少停一會就要捱步了。」又：「（貼）漢子，這是誰？（淨）是我的二兄弟。（丑）老大，大老爺放了起身炮了，頭隊二隊都捱步了。快些走吧。」按：「捱步」，有次序地行進，泛指一般行走。各辭書專著均失收。《大詞典》第六卷「捱」條義項三：「依次。輪。」「捱」又可寫作「挨」「掩」。《海上花列傳》第一回：「趙樸齋眼望著簾子，見陸秀寶一進房間，先取瓜子碟子，從莊大少爺，洪大少爺挨順敬去……」「挨順」與「掩順」、「捱順」義同，指「言行挨著次序，依照順序進行」[6]。也有艱難行走的意味。如《全元散曲・粉蝶兒》：「才在怪歪崖捱步，磨過多少河渠，野睄斜隔這些疏。」《後水滸傳》第十六回：「況又嚴寒大雪，身上濕衣服拖住，凍得發顫不止。撥開蘆葦，捱步向前。」《禪眞後史》第二十二回：「眾人正要答話時，只見一人捱步向前，高聲道：『尊客這活寶要貨百十錠大銀，價不爲過。』」又《人海潮》第四十九回：「衣雲免不得捱步到孟納拉路九壽里，一問樓下娘姨，說老爺昨天動身，不在家裏。」

放樣

《姑妄言》第二回：「他有個混名叫賽敖曹，他這根陽物生的其實放樣，橫量寬有二寸，豎量及一尺。」又：「通氏又笑道：『這樣看起來，你是個多見廣識的了。也不瞞你。這對象我也經過了些，覺得都大同小異，也沒有見過那個放樣的。只有一個人的此道又太放樣了些，我也曾約他來試過了。』」「放樣」

一詞現今頗流行於建築業、電腦製圖等領域。《大詞典》、《辭源》等語文辭書未收錄，《現代漢語規範詞典》釋：「〈動〉製造工程中照圖紙按實際尺寸或一定比例放大，定出對象準確尺寸並據以製造模型，作爲樣品。」而從上面例子看，顯然異於今義。按：「放樣」義爲超乎尋常地（大）。「放樣」還可形容身體的其他部位。如《吳江雪》第十七回：「李公只有一女，未曾字人，不敢違旨，就許了他，也不知他如此放樣的身材。」《姑妄言》第三回：「這鐵氏身子胖大，他有這個放樣的肥臀，特做了一張放樣的大杌做坐具。」也可以形容其他具體的事物。如上例「放樣的大杌」，又如《雍正劍俠圖》第七十回：「帶著錢下山了，到鎮店，買了一口四、五、六大放樣的棺材。」甚至可以形容如人的行爲等抽象事物，表此人異於常人，拿大架子。《粉妝樓》第六十一回：「且言柏玉霜進了城，來與沈廷芳作別道：『（今）天色晚了，不敢造府，明日清晨到府奉謝罷。』沈廷芳道：『豈有此理，且到舍下歇歇再走。』那錦上天在旁接口道：『柏兄好生放樣，自古同行無疏伴，既到此，那有過門不入之禮！』」

川中犬百姓眼

《姑妄言》第二回：「這昌氏是一夜也不能離此道的，前水路來有屠四相伴，他因感恩盡力，也還將就過了。到了此處，屠四夜間又去幫叔叔，竟川中犬百姓眼起來，多年未慣，甚是難過。」按：此爲拆字格，「川中犬」隱「獨」，「百姓眼」隱「眠」。合爲「獨眠」。文意說屠四夜間幫叔叔看賭場，與其私奔的昌氏只能一個人睡覺了。有與此類似的說法，如《七修繼稿》卷五「千文虎序」：「宋陶穀使於南唐，因書十二字於館社壁閒曰：『西川狗，百姓眼，馬包兒，御廚飯。』宋齊邱解之：『十二字包四字云，獨眠孤館。』」文獻中有對「獨眠孤館」的詳盡解釋。《陶學士醉寫風光好》第二折：「（韓坐宋看字科，云）太守，你解此意麼……川中狗者，蜀犬也。蜀字著個犬字，是個『獨』字；百姓眼者，民目也。民字著個目字，是個『眠』字；虎撲兒者，爪子也。爪字著個子字，是個『孤』字；公廚飯者，官食也。官字著個食字，是個『館』字。團句道『獨眠孤館。』」故《姑妄言》第五回：「在家中同那些婦人終日混慣了，如今竟虎撲兒百姓眼起來，那裡還過的。」中的「虎撲兒百姓眼」也迎刃而解，合爲「孤眠」，與「獨眠」義同。

鏈

　　《姑妄言》第三回：「剛到家門口，他妻子師氏正在門內看街上兩條大獅子狗鏈在一處，師氏看獅狗鏈幫，也可謂物以類聚。」又第十二回：「忽見兩條狗搭鏈在一處，他家那條大黑狗急得在旁邊亂跳，張著嘴，伸著舌頭喘。」按，鏈：（一般）指狗交配。用在人身上則有戲謔或責罵色彩，如《姑妄言》第五回：「正說著，雞冠丫頭驀地走來看見，笑道：『沒廉恥的，大白日裏，你兩個怎就鏈在一塊了。』」《漢語方言大詞典》卷四：「鏈蛋，〈動〉狗交配，晉語，山西嵐縣。」筆者家鄉徐州土語說狗交配為「狗弔鏈子」，皆可證。也寫作「練」，《戒庵老人漫筆》卷五「今古方言大略」：「鳥獸交感，驢馬曰罩，雞鵝曰撩水，餘鳥曰打雄，豬曰付，蠶蛾曰對，狗曰練，蛇虎曰交。」又《吳下諺聯》卷二「老和尚看狗練我不如他」：「至於狗，乃眾生畜類中尤賤者，披毛食屎撅，無可比倫，野合而練，固於人風馬牛不相及也……於人間無謂之周旋，度外之耽樂，擾擾紛紛，皆當作狗練觀……」也記作「戀」，《金瓶梅詞話》第八十五回：「因見階下兩隻犬兒交戀在一處，說道：『畜生尚有如此之樂，何況人而反不如乎？』」也作「連」，《婆羅岸全傳》第四回：「剛走出門，只兒馮家的小狗和一個狗連在一塊。馮家孩子笑道：『歐哥哥，這狗是怎樣的？』」

鍋邊秀

　　《姑妄言》第三回：「叫了個鍋邊秀的丫頭來，名喚財香，煮了一壺好岕茶，代目斟上，同吃了兩杯。」「鍋邊秀」一詞多見於明清白話小說和雜劇中，《大詞典》等其他語文辭書未予收錄，亦未見到專家學者的解釋。讓我們先看幾組例子。《玉搔頭》第八齣：「（丑背問介）我與盛婢怎麼樣？（老旦）也是今晚成親。只是一件，房戶不太齊整，休得見怪。洞房開破戶，花燭起殘煙。（丑）那也不妨。既伴鍋邊秀，難辭竈下眠。」《邯鄲記》第八齣：「（旦眾上）折桂場中開院本，插花筵上喚官身。稟老爺：女妓叩頭。（淨）報名來。（貼）奴家珠簾秀。（旦）奴家花嬌秀。（老旦）我叫作鍋邊秀。（淨）怎生這般一個名字？（丑）小的知他命名的意兒。妓女們琵琶過手曲過嗓，家常飯到只伸掌。只這名叫做鍋邊秀，便是小的光祿寺役竈下養。（淨）原來是個火頭哩。」從以上兩例不難看出，「鍋邊秀」所指皆為女性，任務就是燒鍋，其

名稱也由此而來。因其地位低下，故可以和「代指奴僕」的「平頭」（見《大詞典》卷二）並稱。如《西湖二集》第十一卷：「（瓊瓊）謝了日常裏相厚的乾爺乾娘、乾姊乾妹，辭別了隔壁的張龜李龜、孫鴇王鴇，收拾了細軟對象，帶領了平頭鍋邊秀，一徑而來。」除了燒鍋外還可以做些其他雜務，如《姑妄言》第三回：「叫了個鍋邊秀的丫頭來，名喚財香，煮了一壺好芥茶，代目斟上，同吃了兩杯。」又《金雲翹傳》第九回：「翠翹道：『有累媽媽費心。』鍋邊秀拿酒至，兩人對酌，攀古論今，直至更深方散。」此為端茶倒酒。《型世言》第三十七回：「兩個笑了，便去闖寡門。一連闖了幾家，為因生人，推道有人接在外邊的，或是有客的，或是幾個鍋邊秀在那廂應名的。」「應名」就是等候老鴇或妓女們吩咐事做。還有其他雜務非立名目所能賅，如《金雲翹傳》第九回：「秀媽分付鍋邊秀，將翠翹衣服盡剝，連裹腳也去個乾淨。把繩子兜胸盤住，穿到兩邊臂膊……」從以上所有例證來看，還有一個重要信息：其語言環境皆為妓院。《清稗類鈔・娼妓類・上海妓》：「妓院初有規則，至光、宣間而蕩然無存。客蒞院，妓侍坐，婢媼遙立，伺應對……客初就坐，妓自進瓜子，婢媼進茗……」相互對比可知，這裡的婢媼就是「鍋邊秀」。也寫作「鍋邊鏽」。《生綃剪》第十回：「只見走出一個齷齷齪齪有病的鍋邊鏽來。」所以我們可以給「鍋邊秀」下此定義：「行院中的支僕，大至為媼，小可稱婢。」現在揚州一帶仍有此詞語，但意義、範圍已發生變化，指那些性格內向的人，且不分男女老幼，如「他這人是個鍋邊秀」。（泰興友人告知）

作喪

《姑妄言》第十四回：「這胡旦已是四十外的人，又作喪的虛飀飀一個空殼兒。這一嚇，又一凍，成了個急陰，第二日就遊地府去了。」又第十七回：「僧人道：『……若作喪的多了，腦枯髓竭，所以人就身弱致病，久而久之，如油乾燈滅，命便喪了。』」第二十四回：「竹思寬雖是五十多歲的人（刪節七字），少年不曾作喪，還精精壯壯，像個四旬多的面貌……」按，作喪：因耽於女色而致身體受到損傷。其他例證還有：《明珠緣》第四十五回：「眾姬妾也被他籠絡得十分相好。呈秀在此中年，得了這個絕色，朝夕歡娛，那顧作喪？」《東度記》第九十五回：「施才見了道：『呀？作怪，作怪！好好的一個精壯王陽，怎麼就弄得這般模樣？』王陽道：『店主，你不知我二人作喪太過了些，自然有這個模

樣，你若扯我到店，還叫你惹個活鬼上門，那客人還要不得個乾淨。』」也可具體指交合。如《照世杯》第二卷：「此時滁山是作喪之後，昏昏沉沉，四肢癱軟，才叫得一聲有賊，那賊即拔開門閂，早已跳在門外。」《後西遊記》第三回：「有作喪保養之壽夭。有天眷天罰之壽夭。若顏回、盜跖之壽夭，乃資稟強弱之任其天也。」與之同義的有「斫喪」一詞。如《姑妄言》第一回：「道士見他夜來斫喪太過，恐傷了他，意欲辭行。」又第十四回：「一來怕他嫌老，二來想他生子，因他自幼不曾斫喪過，年雖六十，到還精壯……」《五雜俎》卷十一：「夫人之精氣自足供一身之用，乃以斫喪過度，而藉此腥穢污濁之物以求助長之效，鮮有不速其斃者也。」《陔餘叢考》卷四十三：「人不自愛惜，耗其精神於酒色者，曰斫喪。」二詞實爲一詞異寫。《大詞典》二者皆未收錄，當補。

參考文獻

〔1〕吳慶峰，2000，《〈醒世姻緣傳〉歇後語彙釋》，《蒲松齡研究》第 3 期。

〔2〕李行健，1995，《河北方言詞彙編》，商務印書館。

〔3〕胡明揚，1981，《三百五十年前蘇州一帶吳語一斑》，《語文研究》。

〔4〕石汝傑、宮田一郎主編，2005，《明清吳語詞典》，上海辭書出版社。

〔5〕蔣紹愚，1980，《唐詩詞語札記》，《北京大學學報》第 3 期。

〔6〕李申，2004，《〈綴白裘〉詞語例釋》，《中國語文》第 1 期。

（原載《徐州師範大學學報》2007 年第 1 期，與張春雷合作）

釋《金瓶梅》詞語三條
——兼與臺灣魏子雲先生商榷

　　魏子雲先生的《金瓶梅詞話注釋》（臺灣學生書局，1986 年再版本，下簡稱《注釋》）是一部詮釋《金瓶悔》詞語的專著。書中不乏精當的考證和解釋。這對大眾閱讀此部名著，確可以在一定程度上發揮「便於參考，助之研讀」的作用。然而，誠如魏先生在《再版序》中所說：「從事古典文學的注釋工作，本來不易。小說之類，似乎更要難些，因爲小說有方言俚語。」由於《金瓶梅》是以一種方言爲底子寫成的，故而這種詞語也就更多些。而魏先生對這部分詞語的注釋問題也最多。今不揣淺陋，試釋「嘴抹兒」、「打瓜子」、「越發越曬」三條詞語，除引用書證以外，還兼證之於筆者家鄉徐州的方言，以就教於魏先生和讀者。

嘴抹兒

　　　西門慶在房裏向玉樓道：「你看賊小淫婦兒，在泥裏把人絆了一交，他還說人踹泥了他的鞋。恰是那一個兒，就沒些嘴抹兒。」（第二十一回）

　　魏注：「嘴抹兒，即嘴上抹油之意，喻人善於言詞。」（《注釋》上冊第 206 頁）

按：抹兒，義爲本領、本事、才能。「沒有嘴抹兒」即嘴沒有本事，笨嘴拙舌。此謂李瓶兒遭潘金蓮反誣，卻不知爲自己辯白、拿話回敬潘。元曲中亦作「母兒」。《玉壺春》第二折：「做子弟的有十個母兒……須要九流三教皆通，八萬四千傍門盡曉，才做得子弟，非同容易也呵。」「十個母兒」即十樣本領，或十種能力。此已在拙文《元曲詞語今證》中申說（見《中國語文》1983 年第 5 期），現再補充二例。《後庭花》第三折：「那恰似一部鳴蛙，絮絮答答，叫叫吖吖，覷了他精神口抹，再言語還重打。」「口抹（兒）」亦即「嘴抹兒」，也是說口才。《兒女英雄傳》第三十二回：「因向安老爺說道『不但我這女兒，就是女婿，也抵得一個兒子。第一：心地兒使得，本領也不弱，只不過老實些兒，沒什麼大嘴末子。』」「沒什麼大嘴末子」意即不大會說話。與上舉《金瓶梅》例義同，是其確證。今徐州方言仍說「抹兒」、「抹子」例如：「咱哪有你那個抹兒？」亦說「嘴抹兒」。例如：「咱沒有他那個嘴抹兒，說不過他。」（詳見拙著《徐州方言志》，北京語文出版社，1985 年）並非「嘴上抹油兒」之謂。

打瓜子

> 宋惠蓮正和玉簫、小玉在後邊院子裏摑子兒，賭打瓜子，頑成
> 一片。（第二十四回）

魏注：「『打瓜』即『大子瓜』之俗稱。今人仍愛食之瓜子，即此種『大子瓜』所出。中原人俗稱之爲『打瓜』。」（《注釋》上冊第 233 頁）

按：打瓜子，當即「打刮子」（《金瓶梅》中耳光又稱「耳刮子」，「刮子」），用手擊打對方，這是賭輸贏時處罰輸者的一種方式。同回另有一例云「那小玉把玉簫騎在底下，笑罵道：『賊淫婦，輸了瓜子不教我打。』」「瓜子」與「打」分開說，魏先生可能沒有注意到。又，《醒世姻緣傳》第七十五回：「我合你贏打瓜子。我輸了，給你一個錢；你輸了，打你一瓜子。」「打」與「瓜子」中間插入了「你」和「一」。兩例均可證「打瓜子」係「打／瓜子」，而非「打瓜／子」。今徐州話謂雙手合掌（中間留有空隙）擊人頭頂（這樣打法不甚疼痛而響聲清脆）爲「打響瓜兒」（打響刮兒），又稱以手作刀砍人胳膊爲「打瓜子」（打刮子），可作參證。

越發越曬

　　伯爵道：「你若心疼，再拿兩碟子來。我媒人婆拾馬糞，越發越曬。」（第三十五回）

　　魏注：「馬糞曬了大陽會膨脹起來，媒人婆說媒不怕碰釘子，故以馬糞曬太陽越發越曬喻媒人婆的臉皮厚。」（《注釋》上冊第346頁）

　　按：「媒人婆拾馬糞——越發越曬」是一句歇後語。字面上說馬糞越發酵越要暴曬，才能成為糞乾兒。實則另有寓意。「發」係「發財」、「發家」之發。「曬」與「賽」諧音，意為好。今徐州人說：「這人的字真賽！」「你看他畫的賽不賽！」「真賽」即「真好」，「賽不賽」即「好不好」。「賽」這個詞本來自於蒙古語的「賽因」。據《元史·睿宗傳》記載：「太祖大喜，語諸王大臣曰：『昔太祖常有志於此，今拖雷能言之，真賽因也。』賽因，猶華言大好云。」「賽因」，漢人常簡言之「賽」。元曲中有不少女孩子就叫「賽娘」（猶今語之「好閨女」、「好姑娘」）。又，《東牆記》第三折：「俺小姐親封一策，向你這東君叩拜。不知他有甚衷腸，道甚麼言詞，訴甚情懷。試取開，看內才，中間梗概，比那嚇蠻書賽也不賽。」《石點頭·侯官縣烈女殲仇》：「六一官，你雖在風月場中走動，只怕眼睛從不曾見這樣絕賽的少年婦人。」《聊齋俚曲集·學究自嘲》：「吃的是長齋，吃的是長齋，今年更比去年賽，南無佛從今受了戒。」「賽」均為「好」。故「越發越曬」即「越發越賽」，亦即多多益善，越多越好。魏先生大概不瞭解這是一句諧音雙關語，所以未能見到這句話的真實含義。

　　　　　　　　（原載《人民日報》海外版，1988年3月17日2版）

關於《金瓶梅》幾個詞語的解釋

細疾

此詞見於《金瓶梅詞話》第三回：「西門慶道：『卓丟兒我也娶在家，做了第三房。近來得了個細疾，白不得好。』」

「細疾」究爲何義？由於說者對「細」的理解不同，故致釋義多有分歧。歸納起來，大致有以下幾種：1. 魏子雲《金瓶梅詞話注釋》（臺灣學生書局，1986 年再版本）云：「細，小也。細疾，指小毛病。說病小，意在勿勞聽者憂心，謙虛詞令。」王利器主編《金瓶梅詞典》（吉林文史出版社，1988 年，下簡稱「吉林本」）、白維國《金瓶梅詞典》（中華書局，1991 年，下簡稱「中華本」）皆主此說，並作「小病」。2. 張遠芬《金瓶梅新證》（齊魯書社，1984 年）釋爲「少見的病」。3. 王邁《〈金瓶梅詞典〉釋義商補》認爲乃「氣血兩虛，脈細之症。」（載《中國語文》1991 年第 3 期）

今按：「小病」之說，於理難通。試想，既爲「小病」，怎會「白不得好」？而後兩說亦未能指出究竟是一種什麼病。其實，「細疾」乃肺病的諱稱。山東博山話說成「細病」。錢曾怡、劉聿鑫、太田・齋《博山方言詞彙》（載山東省語言學會編《語海新探》，山東教育出版社，1984 年）：「細病，舊指婦女患肺結核病。」河南方言亦有此稱，見《方言與普通話集刊》第六本，意與博山同。從詞義和結構上看，「疾」與「病」同義，「細疾」實即「細病」。再從語用表達

上看，因肺病過去一直對人的生命威脅極大，是一種難以醫治的傳染病，被視為「肺癆」、「癆病」，故多忌直說，所以又產生「細疾」、「細病」等諱飾語。此「細」，非「細小」、「細弱」義，而是需要精細照料之意。有些地方（例如徐州一帶）稱之為「富貴病」，亦同此理。

雙火同兒

「雙火同兒」一語出自《金瓶梅詞話》第三十三回陳經濟所唱「銀錢名《山坡羊》」曲文中，為便於稱述和對照，現先將原文引錄如下：

> 冤家你不來白悶我一月，悶的人反拍著外膛兒細絲諒不徹。我使獅子頭定（錠）兒小廝拿著黃票兒請你，你在兵部窪兒裏元寶兒家歡娛過夜。我陪銅磬兒家私為焦心一旦兒棄捨，我把如同印箱兒印在心裏愁無救解。叫著你把那挺（涎）臉兒高揚著不理，空教我撥著雙火同兒頓（燉）著罐子等到你深更半夜。氣的奴花銀竹葉臉兒咬定銀牙來呵，喚官銀頂上了我房門隨那潑臉兒冤家乾敲兒不理……

「雙火同兒」語意費解。「中華本」未收。「吉林本」所作的解釋是：

> 即「二火黃銅」，明萬曆初，曾以之鑄火漆錢。《明史·食貨五》：「萬曆四年命戶工二部，準嘉靖錢式鑄『萬曆通寶』金背及火漆錢……以五銖錢為準，用四火黃銅鑄金背，二火黃銅鑄火漆，粗惡者罪之。」

王邁先生認為此釋非是。他在《〈金瓶梅詞典〉釋義商補》一文中指出：

> 山東，爐火用無煙煤，俗名矻子。爐火不用時，將矻子調成糊狀，封住火頭，紮一小孔，火不得滅，所謂雙火同兒，即封好的爐火紮兩個孔，可以燒滾湯水，隨時取用。動詞是「撥」，賓語是「火」。與「二火黃銅」無涉。

今按：「吉林本」所釋不誤，但尚欠周全。而王先生的意見，似不無可商之處，主要有二：

（一）「雙火同兒」是否與「二火黃銅」無涉

從上面引文看，陳經濟所唱既為「銀錢名《山坡羊》」，每句曲文自當緊扣

銀錢名稱。其中「細絲」（紋銀）、「定兒」（錠兒）、「黃票兒」、「元寶兒」、「花銀」（雪花銀）、「官銀」等就無一不是銀錢名。而且這些名稱又都是語帶雙關，同時被巧借來指人代物。例如「花銀」顯然是女主角兒，「元寶兒」的身份為妓女，「官銀」是個聽人使喚的女婢，等等。故「雙火同兒」除了明指一種爐竈以外，理所當然的也是一種銀錢的代稱。「同」與「銅」諧音。「雙」等於「二」。此「雙火同（銅）兒」，即《明史・食貨志》所云用以鑄火漆錢的「二火黃銅」，曲文中係以之借代火漆錢。王先生誤以為「與二火黃銅無涉」，當是忽略了整首曲子的修辭手法所致。

（二）「雙火同兒」是否「即封好的爐火桨兩個孔」

我們認為，此指一種有大小兩個火口的長形爐竈。「同」又與「筒」音近，可指爐膛兒。今北方地區一些方言中，仍有稱爐膛兒為「爐筒」、「爐筒子」的。比如徐州話就有「往爐筒兒裏倒點獎炭」、「爐筒子堵死了」、「滿滿一爐筒子灰」等說法。這種有兩個火口的爐竈，北京話叫「連二竈」。使用時一個爐口可燉水，一個爐口可燒飯菜。即使封住火頭，燉罐中的水仍是熱的，飯菜置其上可以保溫。對此《兒女英雄傳》第九回有十分具體的描述：

> 到了廚房，見那燈也待暗了，火也待乏了，便去剔亮了燈，通開了火，果見那連二竈上靠著一個鈷子，裏頭煮著一蹄肘子，又是兩隻肥鴨，大沙鍋裏的飯因坐在膛罐口上，還是熱騰騰的，籠屜裏又蓋著一屜饅頭，那案子上調和作料一應俱全。

很顯然，前引曲文中花銀所撥、上燉罐子的「雙火同兒」，指的正是這種「連二竈」，而並非在封好的一個爐口上桨兩個孔。再就語法說，「雙火」是修飾「同（筒）兒」的。此句「撥」的賓語是「雙火同（筒）兒」，並非「火」。

打一面口袋倒過蘸來了

《金瓶梅詞話》第十九回：「張勝道：『蔣二哥，你這回吃了橄欖灰兒，回過味來了！打了你一面口袋倒過蘸來了！』」

「打一面口袋」云云，是一句歇後語。《金瓶梅詞典》（中華本）附錄《〈金瓶梅〉歇後語集釋》「打面口袋——倒過蘸（醮）」條注云「待查」。魏子雲《金瓶梅詞話注釋》云：「『倒蘸』意為水中倒影，可以自見己之形容。日本漢儒齊

藤拙堂（名謙）寫《梅溪遊記》有云：『兩山之花，倒醮其上，隱約可見。』日本近代學人鳥居久靖作《〈金瓶梅〉歇後語私釋》，解不出『打了你一面口袋』一語（鳥居寫作「打面面口袋」）。此語確不易解，但據全語意及『倒醮』一詞之意揣想，此語的解說語意，當爲『你印得自己的樣兒來了』。」《金瓶梅鑒賞辭典》（上海古籍出版社，1990 年）「一面口袋倒過醮來了」條云：「當作『倒過醮』，諧音『倒過繳』。倒繳是反扭過來的意思。《水滸》第七回：『（魯智深）用右手向下，把身倒繳著，卻把左手拔住上截，把腰只一趁，將那株綠楊樹帶根拔起。』」

今按：（一）此歇後語《金瓶梅》中多處出現，然使用時略有變化。第七十二回作「打面面口袋，倒過醮來了」。或只用前面的比喻部分（見第七十六回：「我的兒，你這回兒打你一面口袋了。」），或只用其後面的解釋部分（見第二十六回：「他倒過醮來了，拿買賣來窩盤我。」）但《鑒賞辭典》以「一面口袋倒過醮來了」出條，不辭。

（二）「醮」字形當爲「醮」之誤。二十六回和二十七回均作「醮」，可證。中華本《金瓶梅詞典》和上海古籍本《鑒賞辭典》亦均以「醮」爲正。戴鴻森校點本此字失校。

（三）「打一面口袋」或「打面面口袋」，即把一袋麵粉倒出去，再照口袋上拍打拍打，有倒轉之意。「倒過醮」與之意同。「倒醮」又作「倒窖」，俗謂反芻類哺乳動物如牛、羊等的反芻現象。調侃人貪吃，嘴裏塞滿食物，一下子嚼不過來，叫「倒不過窖」。《兒女英雄傳》第三十七回：「何況遇著赴席，喝著酒還要吃袋煙，嘴裏再偶然有些倒不過窖來的東西，漬在牙床子、嘴唇子的兩夾間兒，不論魚肉蔬菜、乾鮮乳蜜，都要藉重這個象牙煙袋嘴兒去掏他。」即此意。「倒過窖」則與之相反，義爲得以轉動。因又藉以喻人的思想轉過彎兒或改變了原先的死硬態度。（詳見拙著《金瓶梅方言俗語彙釋》，北京師範學院出版社，1992 年 3 月）魏子雲先生作「倒映」解，《鑒賞辭典》作「反扭」解，均繫不明這一北方俗語而致誤。不久前看到隋文昭先生《〈金瓶梅〉語詞校釋》（載《天津師大學報》1991 年第 6 期）一文，亦力主「反芻」說。其文云：

　　「倒醮」之「醮」，又是「噍」的借字。北方方言稱偶蹄類某些

　動物（如牛，羊、駱駝等）將食物粗略下咽後，再返回口中細嚼，

叫「倒醮」（亦作「倒嚼」，即反芻）。《金》書用其喻義，「倒過醮來了」，即省過味來了，明白過來了。此語與上條「吃了橄欖」……同義，故崇禎本刪去「倒醮」，於文意可無大礙。何以「打面口袋」有倒嚼義？緣打面口袋須袋口朝下，或翻轉過來（所謂「倒」）拍打清掃，故情同牛羊反芻。此外北人俗稱家中糧匱爲「倒不開嗉」，今打面袋可得些許餘糧，便倒開嗉了。

此與鄙意正相合。

（原載《文獻》1993 年第 4 期）

《金瓶梅方言俗語彙釋》補

本書補收拙著《金瓶梅方言俗語彙釋》（北京師範學院出版社，1992 年 3 月出版，下簡稱《彙釋》）未收的詞語二十餘條。主要是方言、口語語辭。釋詞體例一如前書，詞條亦按筆畫順次排列。有些詞語，他書雖已著錄，然釋義如未盡妥當或缺少例證者，則依舊收入。本書所引《金瓶梅》例句，主要採自人民文學出版社 1985 年出版的戴鴻森校點本。戴校有誤者則核以日本大安株式會社所出的詞話影印本。文中較多涉及的幾部《金瓶梅》專書詞典或釋詞著作是：1.《金瓶梅詞典》，王利器主編，吉林文史出版社，1988 年 11 月出版（下簡稱「吉林本」）；2.《金瓶梅詞典》，白維國編著，中華書局，1991 年 3 月出版（下簡稱「中華本」）；3.《金瓶梅俚俗難詞解》，張惠英著，社會科學文獻出版社，1993 年 6 月出版（下簡稱《難詞解》）。

了不成

有兩種意義：

一、在屋裏背地調唆漢子，俺每這幾個誰沒吃他排說過。我和他緊隔著壁兒，要與他一般見識起來，倒～。（五十一回）

你既認做乾女兒了，好意交你躲住兩日兒，你又偷漢子，交你～。（五十二回）

了不成，猶言「罷了不成」。「了」，了結；「不成」表示反問語氣。上例意思是說：我與她住緊隔壁，（雖屢受排說，也不與她一般見識。）如果同他一般見識的話，倒這樣罷了嗎？後例意爲：你既然是乾女兒，卻又與乾爹偷情，（我豈能）讓你這樣罷了嗎？應伯爵說完此話，「按著桂姐，親訖一嘴，才走出來。」此即「了不成」的具體行動。戴校本兩例句末均用句號，實應改爲問號。

二、李銘道：「爹這裡不管，就～。俺三孀，老人家風風勢勢的，幹出甚麼事！」（五十二回）

了不成，義爲難以了結。《漢語大詞典》卷一「了不成」條亦列有兩個義項：①猶不得了，表示情況嚴重。舉清・無名氏《香袋子》「你把香袋收好了，莫把香袋走了風，走了風來猶自可，外面胡言了不成」爲證。②異乎尋常，表示程度很深。舉《歧路燈》第三回「王氏聽說弟婦到，喜得了不成」和第七十四回「你爺爺若在時，見這個孩子，一定親的了不成」爲證。細審《金瓶梅》中「了不成」的用法，似與《大詞典》所舉例證不同。後者當由前者「難以了結」一義進一步虛化而來。

「中華本」同條引五十二回「爹這裡不管就了不成」一例，釋爲「情況嚴重，無法收拾」。但驗之同回另一例「交你了不成」，卻並非「交你無法收拾」之意，故尙非的論。《難詞解》釋此詞爲「沒意思，犯不著」，則與上引《金瓶梅》及《大詞典》各例更難切合。

尤得

馮媽媽道：「～大人還問甚麼好也來，把個見見成成做熟了飯的親事兒，吃人掇了鍋兒去了。」（十八回）

尤得，當作「由得」，義同「由著」，任憑。上例「尤得大人還問甚麼好也來」，意思是說事情的發展已到了讓你無可奈何的地步了，哪裏還由得你再來問什麼好不好呢？《說岳全傳》第三回：「放屁！做了將軍，由得我做主，怎麼就不許走出？」《紅樓夢》用「由著」，如第七十四回：「你打諒我是同你們姑娘那樣好性兒，由著你們欺侮他，就錯了主意。」今北方話仍常用「由得」、「由不得」、「由著」等語。《難詞解》云：「尤得，音同『猶得』，這兒是

『虧得』或『居然』的意思。」釋義不確,「猶得」亦不辭。戴校本改成「兀得」,誤。

燈檯不照自

> 月娘道:「你不曾溺胞尿看看自家,乳兒老鴉笑話豬兒足,原來
> ～。」(六十九回)

燈檯不照自,油燈的光是照不到自身的,比喻人缺乏自知之明。《醒世姻緣傳》第九十七回:「太守卻燈檯不照自己,說道:『我們等狄經歷好了出來的時候,分付叫他整起夫綱,不要這等萎靡。』」今四川方言有「一丈二尺高的燈檯——照得倒別人,照不倒自己」的歇後語(見繆樹晟編著《四川方言詞語彙釋》,重慶出版社,1989 年)。北方不少地區仍保留著「燈檯」一詞。例如河南獲嘉(見賀巍《獲嘉方言研究》,商務印書館,1989 年)。徐州還流行著「小老鼠,爬燈檯,偷油喝,下不來」的兒歌。又,「溺胞尿」不辭。「溺」實為「溺」字形誤。戴本未校。

吃傷

> 我在你家做女婿,不道的雌飯～了!(八十六回)
>
> 我與你家做女婿,不道的酒肉～了,有爹在怎麼行來?(同上)
>
> 你這小孩兒家,空口來說空話,倒還敢奚落老娘,老娘不道的
> ～了哩!(同上)

吃傷,因總是吃某種食物或者一次吃得過多而產生厭膩的感覺。如上舉前兩例即是。亦喻指所得錢物等超過了需要。如上舉第三例即是。以上說「吃傷了」,都是氣憤的反話。今口語仍習用。馬思周、姜光輝編《東北方言詞典》(吉林文史出版社,1991 年)即收有「吃傷」一語。魏子雲《金瓶梅詞話注釋》云:「意為吃撐著了。」不確。比如說「三年困難時期我們整天吃山芋,許多人都吃傷了」,就並非指一次吃得過多而「撐著了」(實際根本吃不飽),而是說吃的次數太多,倒了胃口。《難詞解》云:「吃傷,吃窮了的意思。」誤甚。

行

> 月娘道：「不知怎的，聽見他這老子每來，恰似奔命的一般。～
> 吃著飯，丟下飯碗，往外不迭。」（二十一回）

> 不說西門慶在玉樓房中宿歇，單表潘金蓮、李瓶兒兩個走著說
> 話，～叫李大姐、花大姐，一路兒走到儀門。（同上）

行，音 háng，義同「時而」。或言某種動作不定時地重複發生。「行吃著飯」，意即「時而吃著飯就……」。或言動作、事情在一定的時間內交替發生。「行叫李大姐、花大姐」，即時而叫李瓶兒「李大姐」，時而叫她「花大姐」。此種用法的「行」，元曲中多見，且迄今仍在徐州一帶流行。詳拙文《元曲詞語今證（續）》（載《淮北煤師院學報》1985 年第 1 期），不贅。《漢語大詞典》卷三「行」〔háng〕條列有十個義項，「中華本」列有四個義項，俱未載「時而」義。「吉林本」引二十六回例：「這潘金蓮幾次見西門慶留意在宋惠蓮身上，於是心生一計，行在後邊唆調孫雪娥。」釋「行在」之「行」為：「方音讀（háng），時常的意思。另外還可解作『一會兒』。」按：「行」無「一會兒」義。此處當讀 xíng，所謂「行在後邊」意即「走在後邊」。下文云潘金蓮「掉了雪娥口氣兒，走到前邊，向惠蓮又是一樣話說」，「走到前邊」與「行在後邊」正好相對，說明潘走前串後，兩面挑撥。此「行」亦不得作「時常」、「時而」講。

行鬼頭兒

> 他爹使他～，聽人的話兒，你看他走的那快！（二十回）

行鬼頭兒，言偷偷地幹不能光明正大去做的事。《金瓶梅》中又有「行鬼路兒」，見第七十三回：「（潘金蓮）單愛行鬼路兒。你從多咱走在我背後，怎的沒看見你進來腳步兒響？」形容人走路躡足潛蹤，無聲無息。兩詞均言人行動詭秘不宣。

好不好

> 西門慶道：「你還不知我手段！除了俺家房下，家中這幾個老
> 婆、丫頭，但打起來也不善，著緊二三十馬鞭子還打不下來，～還
> 把頭髮都剪了。」（十二回）

你量我不敢進去？左右花園中熟徑，〜我走進去，連你那幾位
娘都拉了出來。（二十回）

　　〜拿到衙門裏，再與他幾撈子。（五十一回）

　　〜，把你這幾間業房子都抄沒了，老婆便當官辦賣。（八十六回）

　　好不好，猶言「假如不好的話……」。後面多跟著表示威脅的話。今徐州
方言仍習用。例如：「好不好給他兩下子！」「好不好叫你馬上滾蛋！」「好不
好你得爬著回去！」

走水

　　惟喬五太太轎子在頭裏，轎上是垂珠銀頂，天青重沿銷金〜轎
衣。（四十三回）

　　後晌回靈，吳月娘坐魂轎，抱神主、魂幡；陳經濟扶靈床，都
是玄色紵絲靈衣，玉色銷金〜，四角垂流蘇。（六十五回）

　　走水，帳子、轎帷、簾幕等上方裝飾的短橫幅。亦指靈衣上的裝飾物，如
上六十五回例。《現代漢語詞典》收有此詞，標明爲方言。東北話「走水」則指
一種波浪形裝飾花紋（見馬思周、姜光輝編《東北方言詞典》）。「吉林本」釋作
「可使水珠滾動，形容表面極光潔」，《近代漢語詞典》（知識出版社，1992 年）
解釋略同，均誤。

告水災

　　去年城外落鄉許多里長老人好不尋你，教你往東京去……說你
老人家會告的好水災。（二十回）

　　把俺每笑的要不的，只相〜的，好個涎臉的行貨子。（三十二
回）

　　告水災，本指災民向官府報告水患災情，央免租稅，乞求救濟。亦泛指人
哀告、求饒。上舉二十回例婢女說李瓶兒「會告的好水災」，是打趣她在新婚之
夜遭毒打受冷落不得不向西門慶哭訴求饒的玩笑話。元曲中亦有用例，如《對
玉梳》第二折〔醉太平〕曲：「你與我打睃，有甚不瞧科。恰便似告水災，今歲

淹了田禾。」《漢語大詞典》、《元曲釋詞》均未見著錄。

這行

> 西門慶不接，說：「我那裡要你～錢。」（六十七回）

這行，猶言這種，這類。「行」音 háng。「這行錢」即這種錢。《難詞解》「行錢」條云：「行貨錢，猶今臭錢意。參『行貨、行貨子、行子』。這些『行』都帶貶義。」按：此似與「行貨」無關。「這行錢」的結構為「這行／錢」，非「這／行錢」。徐州方言今習用「這行」、「那行」。例如：「我哪有功夫管你這行事？！」「賺這行昧心錢就不怕人罵？」「那行買賣做不得。」方言中「行」的「種、類」義，當由其「行業」義虛化而來。

定心湯

> 這蔡老娘收拾孩兒，咬去臍帶，埋畢衣胞，熬了些～打發李瓶
> 兒吃了。（三十回）

定心湯，指婦女分娩後喝的米湯。《醒世姻緣傳》第二十一回：「看著斷了臍帶，埋了衣胞，打發春鶯吃了定心湯，安排到炕上靠著枕頭坐的。」今河南獲嘉方言仍有此語，見賀巍《獲嘉方言研究》第拾章《詞彙》。《金瓶梅鑒賞辭典》（上海古籍出版社，1990年）以為「中醫方劑名」，「由茯苓、桂心、甘草、白芍、炮薑、遠志、人參等藥組成。主治神志不定、心悸多夢等症。」此誤與中藥湯劑相混。

怎麼的

有兩種意義：

> 一、賊沒廉恥的貨，頭裏那等雷聲大雨點小，打哩亂哩，及到
> 其間，也不～。（二十回）

怎麼的，猶「怎麼樣」。《醒世姻緣傳》第二十二回：「你待不依！你不依，怎麼的我？如今宅裏做官的沒了，我就是咱家裏坐頭一把金交椅的了！」今徐州方言仍多用。例如：「都說她長的俊，我看也不怎麼的。」「不讓我去，我偏要去，看你能把我怎麼的！」

二、姐姐沒的說，怕～，你身子懷的又不顯。（七十八回）

怎麼的，義同「什麼」。「怕怎麼的」猶言「怕什麼」。

急忙

大姐道：「眼熟，～想不起來。」（九十回）

急忙，倉猝之中，短時間內。《水滸傳》第六十三回：「軍兵敗走，心中必怯。若不乘勢追趕，誠恐養成勇氣，急忙難得。」《西遊記》第二十二回：「若是先吃腳，他啃了孤拐，嚼了腳亭，吃到腰截骨，我還急忙不死，卻不是零零碎碎受苦？」又第八十四回：「我們走路的人辛苦，只怕睡著，急忙不醒，一時失所，奈何？」此俱非「心中著急，行動加快」義。今徐州話說成「緊忙」，義與上「急忙」同。「緊」有「急」義。《三國志·魏志·呂布傳》：「遂生縛布。布曰：『傅太急，小緩之。』太祖曰：『縛虎不得不急也。』」「縛太急」即捆得太緊。《西廂記》第二本第一折：「諸生眾各逃生，眾家眷誰瞅問，生不相識橫枝兒著緊。」《金瓶梅》第十四回：「著緊還打倘棍兒，那別的越發打的不敢上前。」兩例中之「著緊」亦即著急。

寬

魯大哥，你多日子也耽待了，再～他兩日兒，教他湊過與你便了。（十九回）

寬，延緩；放寬（期限）。《再生緣》第六十一回：「天恩如若肯周全，再寬個一月之期方萬全。」今徐州方言仍有此語。「中華本」該條僅釋「鬆解；解開（衣服）」一義。

烙餅

李瓶兒見潘姥姥過來，連忙讓在炕上坐的，教迎春安排酒席～，晚夕說話，坐半夜才睡。（三十三回）

烙餅，將和好的面擀成一張張圓形的薄面皮，放到鏊子上燴熟。如此製作的麵食亦稱「烙餅」。又叫單餅。方文《北道行》詩：「長淮以北往來熟，日未崦嵫投店宿，……白麵調水烙為餅，黃黍雜豆炊為粥。北方最少是粳米，南人

只得隨風俗。」《醒世姻緣傳》第五十一回：「滿望賒成了面，要烙餅充饑。」今徐州多稱「烙饃」、「烙饃饃」。河南方言說「烙饃」、「烙餅」（見張啓煥等《河南方言研究》，河南大學出版社，1993 年）。

旋菠箕

　　五娘使你門首看著～的，說你會咂的好舌頭。（二十三回）

　　旋菠箕，用乾柳條、線繩等物編製簸箕。編時是由一點轉著圈兒向四周擴展的，故稱「旋簸箕」。所用線繩多含于口中咂著浸濕，可以紮得更結實，故下文云「咂的好舌頭」。此以生活之事喻指男女親嘴咂舌。語帶雙關，暗含譏諷。《難詞解》云：「旋菠箕就是『旋簸箕』，簸簸箕。……這兒比作男女歡會時的動作情態。」恐非是。

晚米

　　想必是家裏沒～做飯。（三十五回）

　　晚米，當指做晚飯用的米。「沒晚米做飯」，猶言吃了上頓沒有下頓。《難詞解》云：「可能指晚稻米。南方有早稻晚稻。」非是。其意在強調無米下炊，而不是說缺哪種稻米。

掉口氣兒

　　掉了雪娥口氣兒，走到前邊，向惠蓮又是一樣話說。（二十六回）

　　掉口氣兒，猶言順著話頭或口風（說話）。明清小說中多作「綽口氣」。《西遊記》第三十五回：「大聖聞言，就綽了他口氣道：『我的葫蘆，也是那裡來的。』」《醒世姻緣傳》第四十六回：「這是那光棍綽著點口氣來詐銀子，這事看來必定得合他到官才好。」又第四十七回：「小的綽了這口氣，記得他是十六歲，十二月十六日酉時生的。」又第六十二回：「這是我清早看著人通陽溝，他在他門口站著，我對他告訴的，他就綽了這個口氣來起這風波！」「掉」或即「綽」之誤。以上均言順著某人話頭或口風說話。《漢語大詞典》卷六「掉」條引上《金瓶梅》二十六回例，釋作「交替，更換」，「掉口氣兒」即改換口氣，誤。

著落

> 本縣知縣相公，～我們眾獵戶，限日捕捉。（一回）
>
> 批下來～本縣拿人。俺每才放心，各人散歸家來。（十四回）

著落，責成某人或某機構負責辦理。《老乞大》卷上：「官司見著落跟尋逃走的。」《水滸傳》第十六回：「著落大名府差十輛太平車子。」《初刻拍案驚奇》卷二：「著落應捕十餘人，四下分緝。」《警世通言·白娘子永鎮雷峰塔》：「數日前邵太尉庫內封紀鎖押俱不動，又無地穴得入，平空不見了二十錠大銀。見今著落臨安府捉賊人。」析言之，「著落」之「著」亦有指明歸屬、責成辦理義。《紅樓夢》第一一四回：「有了虧空，著在經手的身上賠補。」「著在」即歸在。「吉林本」云：「著落，安頓、落實。著、落二字義相通。黃庭堅《題落星寺》詩：『星宮遊空何時落，著地亦化爲寶坊。』」所釋不確。「著落」之「著」亦非「著地」之「著」。

著筒兒蒲棒剪稻

> 虧你啊，再倘～。你再敢不敢？我把你這短命王鷥兒割了，教
>
> 你直孤到老。（八十六回）

筒兒蒲棒，筒狀的蒲棒。剪稻，諧音「剪道兒」，即剪路、剪徑，攔路搶劫。著，拿，用，詳《彙釋》「著」條（607 頁）。這裡不說強盜拿大棒子剪徑，而說用「蒲棒」剪「稻」，乃作者的遊戲筆墨。「蒲棒」與「稻」都是象形之物。一隱指陽具，一隱指女陰（以陰毛借代）。「剪稻」實暗喻向女子施淫。因陳經濟與後丈母通姦，又聲言「好不好，我把這一屋子裏老婆都刮刺了」，欺侮吳月娘孤兒寡母，故作者借月娘之口戲稱其是用軟棍子剪稻（道）的強賊。又，戴校本於「剪稻」後斷句，不當。「你再敢不敢？」一句問話是插入「再倘……，我把你……」複句中間的。故「剪稻」後只能用逗號。

綿花瓜子

> 自此爲始，西門慶過去睡了來，就告婦人說：李瓶兒怎的生得
>
> 白淨，身軟如～一般。（十三回）

綿花瓜子，又作「綿瓜子」（見六十七回：「西門慶見老婆身上如綿瓜子相

似，用一雙胳膊摟著她。」），猶言棉花卷兒。棉花彈後捲成筒狀，一些方言稱爲「瓜兒」。例如老派徐州話就有「把棉花捲成瓜兒」、「一瓜兒一瓜兒的」等說法。東北方言亦有此語。指「一撲兒一撲兒（一般是半斤）的棉花。」（見馬思周等《東北方言詞典》）「一撲兒」大概即「一捲兒」。「中華本」云：「紡線時先把棉花撕成巴掌大小的棉團，叫綿花瓜子。比喻肌膚白晰柔軟。」「吉林本」云：「籽棉去籽彈後捲成的捲兒，色白柔軟。」兩相比較，當以後者爲是。拙著《彙釋》收了此條，釋爲「棉花瓤子，特別柔軟的棉絮。」（615頁）亦不夠準確，特予補正。

惹生薑，著辣手

> 賊王八，造化低，你惹他生薑，你還沒曾經著他辣手！（二十二回）

此歇後語有兩層意思。字面上說，擺弄生薑，自然會被生薑辣痛手。「著」是介詞，同「被」。用法與《秦並六國平話》卷中「二馬才交，顏聚便著李信一刀斬了」相同。此「辣手」爲動賓詞組。而實際意思是說招惹厲害的人，就會遭受他毒辣手段之害。「著」有遭受義。如宋·楊萬里《北風》詩：「如何急灘水，更著打頭風。」此「辣手」是一個名詞，與《京本通俗小說·錯斬崔寧》「怎麼便下得這等狠心辣手」之「辣手」同。「你還沒曾經著他辣手」猶言你還沒嘗到他的厲害哩！「中華本」附錄《金瓶梅歇後語集釋》以「生薑——辣手」出條，斷句爲：「你惹他？生薑——你還沒曾經著他辣手！」似不妥當。此歇後語應爲「惹生薑，著辣手」。「惹他生薑」、「著他辣手」中兩個「他」是臨時插入的成分。

（原載《語言研究集刊》第4輯，江蘇教育出版社，1995年）

《型世言》詞語零拾

　　《型世言》是明代崇禎年間刊行的一部優秀的擬話本小說集，佚失 300 多年才被重新發現。此書在大陸印行雖然不過十多年，但僅就其詞語研究而言已經取得相當可觀的成果，據筆者不完全統計，單篇論文約有 50 餘篇。其中，疑難詞語考釋類文章爲數不少，如張克哲《〈型世言〉詞語例釋》（《淮北煤師院學報》1995 年 1 期）、董志翹《明代擬話本小說〈型世言〉詞語例釋》（《古漢語研究》1995 年 4 期）、徐之明《〈型世言〉俗語詞考釋》（《古漢語研究》1996 年 2 期）、王文暉《〈型世言〉詞語解釋四則》（《古漢語研究》1999 年 2 期）、邵丹《〈型世言〉詞語拾零》（《古漢語研究》2002 年 2 期）、陳國華《〈型世言〉語詞札記》（《古籍整理研究學刊》2004 年 6 期）等。另外，在一些近代漢語詞語考釋著作和該書注釋本中所涉及的詞語亦復不少。這些成果對解讀這部小說的語言有很大的幫助。但仍有不少疑難詞語一時尚未有釋或者所釋不確，特別是「字面普通而義與今別」者，往往被忽略，更應引起我們的注意。今掇拾數則，試加詮釋，以就教於方家。文中所引《型世言》例句皆出自新華出版社 1999 年出版的王鍈、吳書蔭「評注」本。

【紙】【紙贖】

　　（1）還有兩廊吏書挪借，差人承追紙價未完，恐怕追比，倩出虛

收。（七回 118 頁）

（2）第二是遇不好的官府，坐在堂上，只曉得罰谷罰紙、火耗兌頭，縣中水旱也不曉得踏勘申報，就申報時，也只憑書吏，胡亂應個故事。（九回 157 頁）

（3）準理詞訟，除上司的定罪，其餘自準的，願和便與和，並不罰穀要紙。（十八回 307 頁）

（4）喪門神道：「生意各別，養家一般。只許他罰穀罰紙，開門打劫，不許我們做些勾當。」（二十二回 376 頁）

（5）可憐庫中既無紙贖，又無兌頭，只得些俸糧柴薪馬丁銀兩未支，不過百兩，將來備辦棺木衣衾，併合衙孝衣。（十八回 308 頁）

（6）若是戴了一頂紗帽，或是作下司憑吏書，作上司憑府縣，一味準詞狀，追紙贖，收禮物，豈不負了幼學壯行的心？（二十一回 354 頁）

按：紙、紙贖，又名「紙贖銀」，商人以產業或劵契抵押，請借官項，到期備銀取贖。其他文獻亦見。前者如：清・西周生《醒世姻緣傳》第十三回：「伍聖道、邵強仁俱不合向晁源索銀二百兩，分受入己，賣放不令氏出官，止將晁源等一干原、被、干證，俱罰紙、穀、銀兩不等，發落訖。」又同上：「只因那個長髮背的老胡只曉得罰銀罰紙，罰穀罰磚，此外還曉的管些甚麼！」後者如：明・沈德符《萬曆野獲編》卷十八：「釋褐爲廣東新興知縣，以大計入京，留其僕王守眞等三人於衙齋，時時向縣佐有所關說，又盜在官紙贖底籍貨之，易銀瓜分。」清・西周生《醒世姻緣傳》第三十一回：「也是把那紙贖搜括得罄盡，將自己的公費都捐出來放在裏邊，前院裁汰了許多承差，他開了一個恩，叫他每名納銀五十兩，準他復役。」又第七十九回：「韓蘆侵使了兵馬的紙贖銀子，追比得緊，只得賣了女兒賠補。」《漢語大詞典》（下簡稱《大詞典》）9 卷未收「紙贖」，「紙」條下亦未收「紙贖銀」一義。

【喝令】

駁到刑廳，刑廳是個舉人，沒甚風力，見上司這等駁，他就一

夾、一打，把姚利仁做「因官孫之毆兄，遂拳梃之交下」，比「鬥毆殺人，登時身死」律絞，秋後處決；還要把姚居仁做喝令。姚利仁道：「子弟赴父兄之鬥，那裡待呼喚？小的一死足抵，並不干他事。」每遇解審，審錄時，上司見他義氣，也只把一個抵命，並不深求。（十三回 234 頁）

按：喝令，從犯、幫兇。上例中弟弟姚利仁被認定作「拳梃之交下」的行兇者，故被判絞刑；姚居仁被認定作「喝令」，即幫兇或從犯，結果因姚利仁挺身而出未予追究。《西遊記》第二十七回：「八戒道：『行者打殺他的女兒，又打殺他的婆子，這個正是他的老兒尋將來了。我們若撞在他的懷裏呵，師父，你便償命，該個死罪；把老豬為從，問個充軍；沙僧喝令，問個擺站；那行者使個遁法走了，卻不苦了我們三個頂缸？』」[1]「老豬為從，問個充軍」和「沙僧喝令，問個擺站」相對照，充軍和擺站都是古代刑法，把罪犯發配到邊遠地方去服役叫充軍，處徒刑的人被發配到驛站中去充驛卒叫擺站，喝令，即「為從」，從犯之義甚明。清·陳盛韶《問俗錄·開花》卷三：「仙遊命案初出里中，地棍，馬快與城中訟師，值役，如蠅聞臭趨集，表裏為奸，覓一屍親附著其身，將數十里風馬牛不及之殷戶一網打盡，誣為主使，為喝令，為黨率，為不救，為朋毆，威逼呈內，正兇半隱半現，陽作詞稿，陰行通風，使納錢買靜，輾轉五六日呈縣，邑人之傾家者大半矣。」訟棍與縣府中的捕快、值役及地棍相勾結，借訟案敲詐勒索富戶，即「開花」。借訟案誣陷富戶或「為主使」、或「為喝令」、或「為黨率」、或「為不救」、或「朋毆」，亦可證「喝令」即幫兇、從犯。《大詞典》3 卷「喝令」條僅收「喝命」（大聲發令）一義，當補。

【遞箭】

（1）便一個頭口，趕到高雞泊前，尋著一個好朋友，叫做張志，綽號張生鐵。也是常出遞枝箭兒討碗飯吃的。兩個相見，道：「哥一向哩。」支廣道：「哥生意好麼？」張志道：「我只如常，這些客如今等了天大明才，也畢竟二三十個結隊，咱一兩個人，了他不來，已尋了幾個兄弟，哥可來麼？」〔眉批〕響馬橫行，息盜安民，固是政事之要。（二十二回 377 頁）

（2）張志道：「是。咱前年在白馬山，遇著個現世報。他道：『拿
　　寶來！』咱道：『哥遞一枝箭兒來。』那廝不曉得遞甚箭。我
　　笑道：『哥性命，恁不值錢，撞著一個了得的，乾乾被他送
　　了』……」（二十二回 378 頁）

按：遞箭，指「遞響箭」，強盜攔路搶劫時先放響箭以作信號。例（1）張
志是「遞枝箭兒討碗飯吃的」，即張志是以搶劫為生的強盜，故別人要「等了天
大明」「二三十個結隊」以防備，「眉批」云「響馬橫行」直接點名是「響馬」，
即強盜。例（2）則敘述強盜打劫的部分情景，遞箭是強盜攔路搶劫時的一個程
序。下文亦有描述。「我道：『現世報。适才獨自不怕，有幫手倒怕，照這樣做
去，客人不下馬，吃咱上去一連三枝箭，客人只求饒命。』」其他作品關於搶劫
的描述亦可參證。清・文康《兒女英雄傳》第十一回：「既作綠林大盜，便與那
偷貓盜狗的不同，也斷不肯悄悄的下來，放這支響箭，就如同告訴那行人說，
我可來打劫來了，不然為什麼叫作響馬呢？」《儒林外史》第三十四回：「響箭
過處，就有無數騎馬的從林子裏奔出來。」於上例（1），《型世言評注》（新華
出版社，1999 年，下簡稱《評注》）以「出遞枝箭兒」出條，解釋為「可能是
偷盜搶劫之類江湖黑話」，出條與釋義均不夠確當。

【打獨坐】【獨坐】

（1）姜舉人道：「陸仲含，好個素性懶入花叢，卻日日假拜客名頭
　　去打獨坐！」陸仲含道：「並不曾打甚獨坐。」（十一回 200
　　頁）

（2）趙書手道：「似你這獨坐，沒人服事相陪，不若討了個兩頭大
　　吧。」（七回 117 頁）

按：此詞謂人獨自吃飯、喝茶等，或謂人獨自生活，無人作伴。清・羅浮
散客《天湊巧》第三回：「想來想去，動了一個娶老小的念頭了。常日在一個佟
老實冷酒店裏打獨坐吃，閒話中與佟老實婆子說起娶老小的事來。」《評注》解
釋為「獨自一人到妓院遊逛」，似不確。「打獨坐」的地方並非一定是妓院，《天
湊巧》例即謂在「酒店裏」吃酒。「打獨坐」亦作「獨坐」。上舉例（2）「獨坐」
係指無人陪侍，在外獨自生活。《大詞典》未收此詞。

【半攔腳】

> 自此,在店裏包了個頭,也搽些脂粉,狠命將腳來收,個把月裏,收做半攔腳,坐在櫃身裏,倒是一個有八九分顏色的婦人。(三十七回 641 頁)

按:半攔腳,指舊時女子裹足失敗後的腳,介於天足和小腳之間。上例謂李良雨成年後由男變女,呂達爲他買了「裹腳布」,「要他纏腳」,裹成半攔腳。民國姚靈犀《採菲錄》:「再就好看一點說,小腳誠然已成時代之落伍者,但是短而肥的半攔腳,既無天足之活潑大方,再無小腳的瘦小玲瓏,實在難看。」半攔腳,也作「半籃腳」。清·西周生《醒世姻緣傳》第四十九回:「皂角色頭髮,窪跨臉,骨撾腮,塌鼻子,半籃腳,是一個山裏人家。」又第十回:「首帕籠罩一窩絲,襪桶遮藏半籃腳。雄赳赳跪在月臺,響亮亮說出天理。」

半籃腳,《大詞典》1 卷釋爲「舊時女人纏裹的不大不小的腳」,引《醒世姻緣傳》第四十九回爲例。首先,《大詞典》釋義不確,「不大不小」易理解爲「恰好」、「正合適」。然「半籃腳」並非正合適的腳。《醒世姻緣傳》將其與「皂角色頭髮」、「窪跨臉」、「骨撾腮」、「塌鼻子」一起形容人,皆言其醜。其次,「半攔腳」詞形早於「半籃腳」,而《大詞典》僅收了後者,還應當補收前者。

【活切頭】

(1) 這吏員官是個錢堆,除活切頭、黑虎跳、飛過海,這些都是個白丁。吏部書辦作弊,或將遠年省祭咨取不到人員,必是死亡,並因家貧路遠年高,棄了不來,竟與頂補。(十六回 277 頁)

(2) 道中考試,又沒有如今做活切頭代考,買通場傳遞、夾帶的弊病,裏邊做文字,都是硬砍實鑿,沒處躲閃。納卷又沒有衙役割卷面之弊。(十六回 281)

(3) 他做秀才,不學這些不肖,日夕上衙門,自壞體面。只是往來杭州代考,包覆試三兩一卷;止取一名,每篇五錢;若只要黑黑卷子,三錢一首。到府間價又高了。每考一番,來做生意一次。及至幫補了,他卻本府專保冒籍,做活切頭。(二十七回 460 頁)

按：活切頭，指古代科舉考試中冒名頂替的作弊行為。例（1）中「活切頭」與「黑虎跳」、「飛過海」並列，均為作弊行為。明・東魯古狂生《醉醒石》第九回：「如在前程，則有活切頭、飛過海、假印、援納、加納、買缺、挖選、坐缺、養缺各項等弊。」黑虎跳，指科舉考試中的一種舞弊行為，由槍手代做墨卷。明・吳炳《情郵記・卑冗》：「一考二考三考只依本分，並不幹那黑虎跳、飛過海的勾當。」清・曹去晶《姑妄言》第十三卷：「富新無顏在家，拿了數百金到北京，做了個黑虎跳，又名飛過海，又叫活切頭，冒名頂替，叫做傅誼，得了陝西西安府富平縣典史。」飛過海，舊指官場中通過行賄而得以提前做官的行徑。《醒世恒言・蔡瑞虹忍辱報仇》：「大凡吏員考滿，依次選去，不知等上幾年；若用了錢，空選在別人前面，指日便得做官，這謂之『飛過海』。」例（2）中「活切頭」與「代考」同義連文。例（3）「專保冒籍」和「做活切頭」，義亦相同。冒籍，即假冒籍貫。《舊唐書・薛登傳》：「或冒籍以偷資，或邀勳而竊級。」故「活切頭」即冒名頂替。《大詞典》未收此條，當補。

【喉下取氣】

勸李氏的道：「結髮夫妻，說不得要守，你須是他妾，丟了兒子，吳氏要這股家私，怕弟男子侄來奪，自然用心管他，何苦熬清受淡，終身在人喉下取氣？」（十六回 279 頁）

按：喉下取氣，指仰人鼻息、看人臉色行事。《初刻拍案驚奇》第三十八卷：「張郎道：『平日又與他冤家對頭，如今他當了家，我們倒要在他喉下取氣了。怎麼好？還不如再求媽媽則個。』」明・瞿祐《剪燈新話》第一集：「大丈夫死就死了，怎麼忍受得了在別人喉下取氣、仰人鼻息呢？那韓信創建了炎漢的基業，最終遭到誅殺；劉文靜開創了晉陽的福運，結果卻受到殺戮。那些功臣尚且如此，其它人還有什麼好說呢？」清・褚人獲《隋唐演義》第四十六回：「還有個兄翟弘，拜上柱國滎陽公，更是一個粗人，他道：『是我家權柄，緣何輕與了人，反在他喉下取氣？』」皆其例。《大詞典》未收此詞。

（原載《君子懷德——古德夫教授紀念文集》，南京師範大學出版社，2010 年，與褚成發合作）

《醒世姻緣傳》詞語考

　　《醒世姻緣傳》是明末西周生所寫的長篇白話小說。「西周生」是誰人化名，雖迄無定論，但作者爲山東人似無可置疑。這部小說語言豐富、生動，方言色彩濃厚，口語化程度很高，是研究近代漢語特別是山東方言俗語的寶貴資料。上海古籍出版社 1981 年出版了黃肅秋先生的校注本，爲閱讀、研究此書提供了便利條件。但語言方面仍有不少障礙尚待解決。有些詞語黃先生未加注釋，有的注解則不夠準確或有錯誤。本書考釋其中的二十餘條詞語，大多爲方言土語，例句均引自 1985 年再版的黃校本。

【看拉不上】

　　　　只是我看拉不上，倒罵兩句，打兩下子，倒是有的。（第二回，
　　20 頁）

　　看拉不上，即看不上眼。「拉」爲動詞後綴，輕讀。同書還有「鋪拉」（第十四回，211 頁）、「騎拉」（第二十九回，267 頁）、「捱拉」（第二十回，301頁）、「搭拉」（第六十三回，908 頁）、「劈拉」（第六十七回，985 頁），「白拉」（第八十五回，1207 頁）、「撥拉」（第九十五回，1353 頁）等等。「拉」的作用是表示某種動作狀態，帶有不經意，隨便等附加意義。「看拉」是很不經意、隨便地看待。與單用「看」色彩略有不同。黃注：「看拉不上——就是『看不

拉上』。不拉是民間語言裏的語助詞。拉，元曲中作剌。後文第四回的『瓜聲不拉氣的』不拉義同。」誤。「看拉」又作「睃拉」，兩詞同義。例如：第五十二回：「這沒要緊的話，不對他學也罷了，緊仔睃拉他不上，又挑頭子。」又第五十六回：「俺爹睃拉我不上，我也沒臉在家住著，我待回去看看俺婆婆哩。」「睃拉」與「不上」之間可以插入「你」、「我」，說成「睃拉他不上」、「睃拉我不上」，可見「睃拉」為一詞，「拉」與「不」無結構上的關係，不當與「瓜聲不拉氣」的「不拉」相提並論。再者，「不」若與「拉」合為語助詞，那「看拉不上」即無否定意味，豈非成了「看上」？此亦顯然不符合文意。

【搜根】

> 他說俺大爺看著壯實，裏頭是空空的，通像那牆搜了根的一般。

（第二回，25 頁）

黃注：「牆被積年風雨浸蝕，根基頹落，叫做搜了根。」所釋不誤。唯「搜」僅為記音用字，本字當作「溲」。「溲」有浸泡、沖刷義。《玉篇》：「溲，浸沃也。」林則徐《劄蘇藩司誥誡寶山海塘工程結尾不得疏忽從事》：「砌石之匠架井虛鬆，致使石塊脫落，則遇大潮溲刷，塘腳空虛，豈能久資保障。」溲、刷連文，溲亦刷也。

【旺相】

> 公公屢屢夢中責備，五更頭尋思起來，未免也有些良心發現，所以近來也甚雁頭鷗勞嘴的，不大旺相。（第四回，45 頁）珍哥自從計氏附在身上採拔了那一頓，終日淹頭搭腦甚不旺相，又著了這一驚，真是三魂去了兩魄。（第十二回，176 頁）

旺相，形容人身體或精神健旺。《醒世恒言》卷十二《勘皮靴單證二郎神》：「但近日來常見西園徹夜有火，唧唧噥噥，似有人聲息，又見韓夫人精神旺相，喜容可掬。」《初刻拍案驚奇》卷三十四：「除非這個著落，方合得姑娘貴造，自然壽命延長，身體旺相。」《聊齋俚曲集·禳妒咒》第三十二回：「望髮還黑，牙落還長，似蓬壺日月長，又年年旺相。」皆其例。今魯中、

魯西仍有此語。例如新泰話常用以形容人口安康（見高慎貴《新泰方言研究》，山東省方言研究會 1984 年年會論文，未刊本）。聊城話人們見面多以「旺香不？」問好（見任均澤《魯西方言詞彙（續）》，載《方言與普通話集刊》第六本，該文記作「旺香」）。均可爲證。此詞黃本無注。

【暴】

> 拿罩兒罩住，休要暴上土。（第五回，73 頁）

暴，是「埲」的記音字，本義塵土飛揚。《廣韻》：「埲，塵起貌。」徐州方言今仍習用，讀作 bàng。例如遇到塵土揚起，就說「眞埲！」「埲得很！」物體被飛揚的塵土落在上面弄髒也叫埲。「休要暴上土」即此義。徐州亦說：「把東西收起來，別放在外頭埲髒了。」

【俐亮】

> 一溜風進到衙門，見了爹娘，喘吁吁的就如曹操酒席上來報顏良的探子一般，話也說不俐亮。」（第七回，100 頁）

俐亮，又作「利亮」，猶言利索。《醒世姻緣傳》中用例極多。如：第九回：「拿這件事來壓住他，休了他，好離門離戶，省得珍哥刺撓，好叫他利亮快活。」又第十回：「他得了地去，賤半頭賣了，上完了紙價，他倒俐亮！」又第十一回：「想起來，做小老婆的低搭，還是幹那舊營生俐亮！」又第五十八回：「你可說怕死，這下地獄似的，早死了早託生，不俐亮麼？」《聊齋俚曲集·磨難曲》亦有用例。如第三回：「我是個眞呆瓜，年紀小知什麼？說不出句利亮話。」《蒲松齡集》（上海古籍出版社，1986）後附《土語注解》云：「利亮——乾脆。」近是。從上引諸例看，此詞不僅用以形容言語，還用於動作行爲。今魯南蘇北多有此語。例如徐州話謂人做事、幹活乾淨利索，就說：「做活眞利亮！」「辦事辦的眞利亮！」黃注：「俐亮——流俐、嘹亮。」釋「嘹亮」，誤；釋「流俐」，義偏狹。

【就就的】

> 計大舅隨口接道：「爹，你見不透，他是已把良心死盡了！算計

得就就的，你要不就他，他一著高低把個妹子斷送了！」（第八回，

120 頁）

就就的，猶言好好的。「就」，完就之義。今徐州方言仍有此語。例如說「圈套早就做的就就的了，就等你往裏鑽了！」「一切都準備的就就的了。」猶言「做得好好的」、「準備得好好的」。黃注：「就就的——預先安排、早有打算的意思。」這解釋的是「算計」。而上例中「就就的」是補充說明「算計」得如何的，其本身並無安排、打算義。

【淨情】【情】

講了二百二十兩銀子。八個木匠自己磕了三十兩的拐，又與計大官圓成了三十兩謝禮，板店淨情一百六十兩銀子。（第九回，133 頁）把這六兩銀子，合這六石糧食，我情四分，二官兒情兩分。（第二十二回，329 頁）

「情」（或作「請」）是個記音字，本字爲「賭」。《集韻》：「賭，受賜也。」例如：《薦福碑》第四折：「誰承望坐請了一個狀元及第。」（「請」讀平聲）耶律楚材《和韓浩然韻》之二：「一曲南風奏古宮，坐賭神物愧無功。」皆承受義。「情」與「受」常連用。例如：《伊尹耕莘》第二折：「賢士爲官，賢士的妻房，情受五花官誥爲賢德夫人也。」《聊齋俚曲集・姑婦曲》第一段：「我沒造化情受你這個好媳婦，休去了也罷了！」「情」亦「受」。「淨情」猶言「淨得」、「淨落」。黃注：「淨情——情同擎。」又注：「情——擎字的借音，即拿著。」皆以「擎」爲本，非是。

【尖尖】

縣尹拆開書看了，大發雷霆，一片聲叫下書的陰陽生進去，尖尖十五個板子。（第十四回，142 頁）十六日放告的日子，叫他在巡道手裏尖尖的告上一狀，說他奸霸良人婦女。（第六十三回，899 頁）

尖尖，猶言足足。上例言足足打了十五板，一點兒也沒減少；下例形容多多地羅列罪狀。今徐州等一些方言形容多，比一般的高出來，仍用「尖尖」或

「上尖」。例如說「一碗飯盛的尖尖的。」「上尖的一碗菜。」黃注：「尖尖——狠狠地。」《漢語大詞典》第 2 卷亦沿用此釋，不確。同書第十一回：「自己把嘴每邊打了二十五下，打得通是那猢猻屁股，尖尖的紅將起來。」此「尖尖」猶云「高高。」（與「足足」相通），而不能說成「狠狠地紅將起來」。

【拿手】

> 晁大舍的爲人，只是叫人掐住脖項，不拘多少，都拿出來了。你若沒個拿手，你就問他要一文錢也是不肯的。（第十三回，200頁）老爺方才不該放他，這是一個極好的拿手！（第十四回，207）吃了他幾杯酒，叫他一頓沒下領的話，哨的把個拿手放了，可惜了這般肥蟲蟻！（同上）

以之要挾、治服別人的條件或者把柄俗稱「拿手」。上幾例皆言把晁源的寵妾珍哥抓在手裏才能迫使晁源拿錢出來，一旦放了珍哥，晁源就不肯出錢了。故珍哥可以說是治服晁源的「拿手」。《漢語大詞典》第 6 卷徵引第十四回兩例釋之爲「指有財物可以敲榨的對象」，似是而非。「拿手」並不是敲榨的對象，而是敲榨的憑藉。今徐州一帶仍流行此語。例如說：「對付這種人，你非得有個拿手不可。」亦不限於敲榨財物方面。

【哨】

> 吃了他幾杯酒，叫他一頓沒下領的話，哨的把個拿手放了，可惜了這般肥蟲蟻！」（第十四回，207頁）今日鼓弄，明日挑唆，把俺那老砍頭的挑唆轉了，叫他像哨狗的一般望著狂咬！（第二十一回，316頁）後來你只搗了一百榾子，俺倒打了二百榾子，倒是人哨著你那老砍頭的來？（同上）

哨，猶言鼓動，挑唆，如上各例。亦有撩逗、引逗義，如《聊齋俚曲集·翻魘殃》第十一回：「王四的外號是叫王哨子，猜他買不起，竟來哨他。」董遵章《元明清白話著作中山東方言例釋》（山東教育出版社，1985 年）引此例釋之爲「逗弄；戲耍」，是。今徐州方言仍有此語。例如說：「不知他願幹不願幹，你先哨哨他。」又，人們用草棒撥動蟋蟀的牙齒，引其咬鬥，稱「掃

蛐兒蛐兒」。引逗、鼓動的「哨」或即源於此。

【謝紙】

> 晁大舍因麥子將熟，急急的謝了紙，要出莊上去收麥。（第十
> 八回，270 頁）

親朋鄰居至喪家祭奠死者，送去錢、物，叫「燒紙」或「弔紙」。辦完喪事後，孝子逐家磕頭拜謝，叫「謝弔」或「謝紙」。徐州說「謝金紙」。黃校本未注。

【熱化】

有兩種意義：

> （一）從這日以後，唐氏漸漸的就合晁大舍熱化了。（第十九回，
> 277 頁）

此「熱化」，猶今口語詞「熱乎」。形容親熱的態度，與人接近，不顯生分。例如說：「咱剛來，人家對咱還怪熱乎來！」「hua」這個音節的字（如「化」、「劃」、「滑」、「花」等），輕讀時主元音 a 常脫落，韻母變成 u。例如：第二十八回的「肝花」，有些地方音如「肝乎」。第十四回的「熟滑」、第四十五回的「熟化」，也說成「熟乎」。第四十五回的「擺劃」（《金瓶梅》第五十一回作「刮劃」），亦音如「擺乎」。故「熱化」實即「熱乎」。

> （二）「撞見光棍，有我照著他哩。我要不使的他發昏致命，軟
> 癱熱化的不算！」（第六十四回，912 頁）

此「熱化」，謂受熱而熔化。形容人處於軟弱無力而禁受不住、招架不了的狀態。此係《金瓶梅》第七十五回「氣的我身子軟癱熱化」的仿用。

《元明清白話著作中山東方言例釋》與《漢語大詞典》（第 7 卷）均有「熱化」條，但前者僅收第一義，後者僅收第二義，均未能統觀而釋之。

【日把】

> 間或日把眼睛也不上弔，鼻子也不歪邪，見了爹娘，宛若就如
> 平日馴順。（第二十五回，372 頁）

「把」，表示概數。「日把」猶言一天多一點；一二天的時間，今口語說「天把」。例如：「你得去多長時間？——我天把就回來。」「這活兒天把兩天就幹完了。」黃注：「日把——猶整日、整天。」不確。同書又用「個把」。例如：第二十六回：「間或有個把好先生，不似這等的，那學生又歪憋起來了。」又：「赤日當空的時候，那有錢的富家，便多與他個把錢也不為過。」「個把」猶言一二個，而非「整個」。亦可參證。

【割蹬】

「說話中間，小和尚拿著他奶母子的一隻鞋，飛也似的跑了來。

奶子蹺著一隻腳，割蹬著趕。」（第三十六回，535頁）

一隻腳跳躍著走叫割登。此為方言。今徐州仍用。例如：「被人擠掉了一隻鞋，只好割登著回家。」與上例奶子一隻腳走路說法正同。黃注：「割蹬——匆促走路的聲音。」視作象聲詞，不確。此詞後可帶「著」，說明是動詞。

【緊溜子】

程樂宇說：「這同不的那一遭。這是緊溜子裏，都著實讀書，不許再出去閒走。」（第三十八回，556頁）龍氏正在「揚子江心打立水，緊溜子裏為著人。」（第四十八回，705頁）

水流湍急處稱「溜子」。「緊」有急義。《金瓶梅》中「緊病」即「急病」，「緊等著」即「急等著」（詳拙著《金瓶梅方言俗語彙釋》，北京師範學院出版社，1992年）。強調水流之急，故說「緊溜子」。比喻到了緊急或關鍵的時刻。

【和包雞子】

心忙頭暈，情管是餓困了。我打和包雞子，你起來吃幾個，情

管就好了，咱早到家。（第三十八回，564頁）

和包雞子即今所謂「荷包蛋」。「和」「荷」音同，「和包」即荷包。方言中又稱雞蛋為「雞子兒」。黃注：「疑是水泡雞蛋。」不確。去殼後不僅可水煮，亦可油煎。《新泰方言研究》記作「合包雞蛋」。

【礓磋子】

他在礓磋上，朝東站著。（第四十一回，598頁）

礓磋子即石臺階。明・李詡《戒庵老人漫筆》「今古方言大略」：「階磴謂之僵磋。」黃注：「礓磋子——應作『姜磋石』，石名。」不確。[1]

【呼吃】

素姐說：「狗！他家有長鍋，呼吃了我罷！」（第四十四回，651頁）

呼，字當作「烰」，蓋上鍋蓋長時間地煮。例如「烰豆子」。「呼吃」是「烰了吃」。此語亦來自《金瓶梅》。黃注：「用鍋煮東西而不掀蓋叫做『呼吃』。」將其視為一詞，實為誤解。

【惡囊的人荒】

甚麼真個！不知他待怎麼？只自乍聽了惡囊的人荒。（第四十六回，670頁）

惡囊，（使人感到）噁心、討厭。「惡囊的人荒」即使人惡囊的荒。第四十九回：「烏鴉閃蛋，閃的慌。」又作「的慌」。今口語仍作為後綴（如「渴的慌，累的慌、氣的慌」等）。魯南、蘇北一帶流行「惡囊」、「惡寧」、「惡影」一類說法，意義並同。黃注：「惡囊，堵心，鬱悶，別氣；荒同慌：惡囊的人荒，讓人怪堵心的。」欠妥當。

【澎】

一個女人家有甚麼膽氣，小的到他門上澎幾句閒話，他怕族人知道，他自然給小的百十兩銀子，買告小的。（第四十七回，691頁）

澎，欺詐。徐州有「嚇（hěi）詐胡婁澎，一溜兒鬼吹燈」的俗語。「胡婁澎」猶言「胡亂澎」。「澎」與「嚇詐」同義。黃注：「澎——這裡作扯、說、通解。」不確。「澎幾句閒話」即說幾句閒話嚇詐（她）。

【呼餅】

素姐攔住房門，舉起右手望著狄希陳左邊腮頰盡力一掌，打了
呼餅似的一個燄紫帶青的傷痕。（第五十二回，753 頁）

呼餅，有些地方稱為「喝餅」，是一種麵食，扁圓形，如巴掌大小，貼在
鍋裏蒸煮而成。在用山東方言寫成的作品中「喝」或作「呼」。例如《金瓶梅》
第三十七回：「老身才吃的飯來，呼些茶罷。」即云「喝些茶」。這反映了一
定的方音特點。

【桶】

你只敢出去！我要挪一步兒，我改了姓薛，不是薛振桶下來的
閨女！（第五十二回，755 頁）爺兒兩個夥著買了個老婆亂穿靴，
這們幾個月，從新又自己占護著做小老婆！桶下個孩子來，我看怎
麼認！（第五十六回，812 頁）你要是自己桶答下來的，拿著你就
當個兒，拿著我就當個媳婦兒。（同上，815 頁）

桶，乃「捅」的記音字。意為戳而漏之。引申為生，生養，弄。含厭惡意。
《金瓶梅》已有之。例如第六十七回：「不好告你說，緊自家中沒錢，昨日俺房
下那個平白又桶出個孩兒來。」又第七十二回：「你如今不禁下他來，到明日又
教他上頭腦上臉的，一時桶出個孩子當誰的？」義並同。黃注：「桶下──舊時
婦女生產用木桶，桶下，即是出生之意。」誤甚。[2]

【狗嗌黃】

把個晁老七打的哼哼的像狗嗌黃一般，又捆縛的手腳不能動
彈。（第五十三回，776 頁）

狗嗌黃，即狗嚎叫。因其聲音難聽，故又用以貶稱人的呻吟、喊叫等聲
音。「嗌」似當作「咽」，「黃」或即「哼」的聲轉。徐州舊日有俗語云：「有
錢聽人唱大戲，無錢就聽狗咽黃」。謂無錢之人只能去聽難聽的狗叫聲。今仍
說：「別唱了！像狗咽黃的樣！不嫌難聽！」《聊齋俚曲集》或作「狗哇黃」、
「狗哇荒」。例如：《快曲》第四聯：「兩個翻身都落馬，欹在地下狗哇黃。」
《牆頭記》第一回：「第二年全然不打攬，跟著腚上狗哇荒，他還說我絮聒樣。」

《元明清白話著作中山東方言例釋》該條釋作「罵人呻吟。『喔荒』前加了『狗』字，就用來罵人。」如上所述，不單指呻吟聲，另外「狗喔黃」本即一語，並非罵人時才加上，「狗」的。此詞黃本無注。

【一屁脂拉子】

（黑烏鴉）在那樹上清早後晌的對著我那書房窗戶喬聲怪氣的叫喚。叫小隨童攆的去了，待不的一屁，脂拉子又來了。（第五十八回，834 頁）

一屁脂拉子，是方言中的粗俗用語，意謂時間短暫，如同放一個屁那樣快。今徐州話仍用，常說成「一屁拉子」。例如：「他還沒去一屁拉子就回來了。」黃注本不明乎此，而於「一屁」後點斷，並分別以「待不的一屁」和「脂拉子」出條，誤。「脂拉子」一條云：「飛撲的聲音，突然又飛來的形容詞。」乃臆說。

附　注

〔1〕此條隋文昭《〈醒世姻緣傳〉詞語注釋商榷》（載《中國語文》1988 年第 4 期）已論及，這裡再作些補充。

〔2〕此條隋文昭亦已論及，出處同上。這裡再略作補充。

（原載《近代漢語釋詞叢稿》，江蘇教育出版社，1995 年）

《躋春臺》詞語例釋

　　《躋春臺》是清末四川中江人劉省三編撰的一部懲惡揚善的擬話本小說集。全文分元、亨、利、貞四卷，每卷十篇，計四十篇，共四十餘萬字。原書成於清末，刻本卷首有光緒己亥（1899）銅山林有仁「新鐫《躋春臺》序」。書中無論是作者的敘述，還是人物的對話都使用了大量的方言俗語，特別是正文間插入的整段的角色的獨唱，雖是韻文，其口語化程度更高，尤有研究價值。

　　本文對書中字面普通而意義有別或字面晦澀意義難明的詞語三十條試加詮釋，以就教於大方之家。文中所引《躋春臺》例句皆出自江蘇古籍出版社 1993 年出版的蔡敦勇校點本。

1. 【面花】隱私，短處。

　　　正泰從此含恨，想：你提我面花，我就要你性命。心懷鬼胎，
候機發泄。（卷一《雙金釵》）

　　　災難種也有今日，提不提我的面花了。大笑而去。（同上）

　　前一例是說懷德在席間當眾大聲指責其叔正泰「唆訟篩桶」，正泰認為是揭了自己的短處，從此懷恨。後一例是說正泰害得懷德家破人亡後得意地說：你還揭不揭我的短了。再如《鼓掌絕塵》第二十八回：「李岳道：『賈先生，正是這般說，被他貼了面花，多少沒趣。』」「貼了面花」意即「揭了短處」。

　　「面花」此一義項未見於《漢語大詞典》、《近代漢語詞典》等有關辭書。《四

川方言詞典》亦未收錄該詞。[1]

2. 【好心】仔細，認真。

　　你前天才死，今天又活，陰司如何就走交了？你好心記著看。(卷一《過人瘋》)

上例指胡蘭英借屍還魂，附著在翠娥身上，受父母盤問的情景。「好心記著看」即好好用心地回想著看，引申而有「仔細」「認真」之義。下二例亦同此義：

　　官曰：「我內室有一眼鏡，若能取來本縣方信。」傳言進去好心看守。(卷三《陰陽帽》)

　　真是天生一對佳偶。但須好心教訓，從來紅顏多薄命。(卷三《心中人》)

此義項《漢語大詞典》等有關詞典均未見收錄。

3. 【法碼】樣子，榜樣。

　　勸眾人莫學我這副法碼，存好心行好事富貴榮華。(卷一《義虎祠》)

此例謂刁陳氏誣告雷鎮遠不成，反被責打，故勸眾人莫學自己「這副法碼」，即「這副樣子」。

4. 【才】恰，就。

　　各位，你說此人是誰？原來才是米二娃。(卷二《十年雞》)

　　講了半天，才是這個主意。(卷一《東瓜女》)

　　有一人身背寶劍，飄然而入。陳氏細看，才是天生。(卷一《義虎祠》)

　　我急忙幾步就趕上，他才是郭家豔姑娘。(卷二《捉南風》)

　　官指大明罵曰：「才是狗奴殺的。」眾看大明，背上有黑。(卷二《巧姻緣》)

　　於是摸臉瘦腰細足小者擇一個，擡回店中，打開一看，才是一個老婦。(同上)

你才是俞棟林之女翠瓶，我正是金順斌之子水生。（同上）

你説這女客是誰？才是他的老姑娘。（卷二《白玉扇》）

以上數例皆爲「恰」「就」之義。此義項《漢語大詞典》等辭書未見收錄。

5·【開清】清帳，結算。

（孟氏）衣服器皿尋出當完，尚欠二百金無有出路，孟氏在哀
求債主各項讓座，方才開清。（卷一《雙金釧》）

「開清」即「結算清楚」。又見《載花船》第七回：「刺史封起府庫，開清
錢糧戶口冊籍，各辦牛酒相迎，外解送犒兵銀一萬兩。」

6.【桺砶】欺負，折磨。

你二老走人戶也不想下，丟兒子在屋裏受盡桺砶。（卷一《過人
瘋》）

爲啥子事受了桺砶，你要講，爲娘才曉得。（同上）

此時家中緊逼，債主登門。東拉西扯，不能支消，只得將地方
出賣，又被買主桺砶。（卷一《義虎祠》）

錯説黃連埡，轎夫桺砶我不擡，請大爺行個方便，幫我擡去，
開你百錢。（卷三《陰陽帽》）

「桺」，《字彙補·木部》：泥展切。桺，桺磨。例如卷三《雙冤報》：「王氏
吵曰：『我曉得你爺兒父子，商商量量要把我桺死，好討那個娼婦。』」即磨折
義。「砶」，《改並四聲》引《俗字背篇》：砶，同逼也。兩字義近複合，引申而
有「欺壓」「折磨」義。

此義未見於《漢語大詞典》及有關辭書。

7.【在】動詞，到。

此時蘭英在外婆家耍去了，天祥對媒説道……（卷一《過人瘋》）

滿英説：「他在坡上去了，家中無人。」（卷二《巧姻緣》）

此二例「在」處於謂語位置上，與「去」構成連動式。近代漢語中用例
甚夥，酌舉數例：《碧桃花》楔子：「怎不見大女孩兒，敢是同梅香在後園中
看花去了。」《西遊記》第九回：「這江州有個金山寺，焦山寺，聽你在那個

寺裏去。」〔1〕又如《西洋記通俗演義》第一回:「沙彌道:『俺師父在落迦山紫竹林中散步去了。』」《金瓶梅詞話》第二十六回:「我在街上尋夥計去也。」又第四十七回:「先是苗青叫有賊,小的主人出船艙觀看,被陳三一刀戳死,推在水去。」「在」皆往、到義。

8.【央假】裝腔作勢。

　　平湖有錢央假起來了,答曰:「娘子不知,我這錢是從『子曰學而時習之,不亦說乎』得來的。」(卷二《六指頭》)

　　鼻拱眉錯雜,兩足拖起像王瓜。越醜越央假,偏偏要把胭脂搽。(卷四《孝還魂》)

　　我生平做的事卻不馬,估得住高堂上二位爹媽。出嫁後逞人林又央又假,愛穿紅與著綠又愛戴花。(卷一《義虎祠》)

上三例「央假」均為「裝腔作勢」之義。此詞未見於《漢語大詞典》等有關辭書。

9.【坐斗(坐徒)】坐墩,即指身體失控,臀部著地。

　　朱泰驚定,往下一看,「嗨呀!」又是一個坐斗,說道:「我我我,今天定死無疑了。」(卷一《啞女配》)

　　開榜等得氣急,一掌推去,打個坐斗。那人說道:「哥哥呀,是我。」(卷一《仙人掌》)

　　那知胡癩子躲在菜門,一下鑽出,芸娘駭個坐斗。(同上)

　　綠波與婢早已藏避,公子猶踴躍爭毬,將劉公撞個坐斗。(卷一《失新郎》)

　　妾向內跑,妻趕去。地下被茶打濕,溜個坐斗,把氣跌脫了。(卷二《巧姻緣》)

　　將簾揭開一看,一個坐斗。店主忙拉起問:「啥事?」(卷三《陰陽帽》)

　　聽一言來魂不住,轉身跌了一坐徒。起來看見一冤婦,手拿繩索淚如珠。(卷三《解父冤》)

許寶華等主編的《漢語方言大詞典》收有此詞，但無此義項〔2〕。

10.【進水】行賄，打通關節。

> 既有銀錢把水進，何不周濟姓常人。（卷一《雙金釧》）

> （方仕貴）心中懷疑，回家拿銀進水，他妻金氏問知情由。（同上）

> 俞棟材回家謂妻曰：「只想把此命案移在水生身，除了這個禍害，誰知官又不信，如何是好？」余氏曰：「去進點水，把他治死就好了，免得害我女兒。」（卷二《巧姻緣》）

> 與其有銀把水進，何不周濟姓金人。（同上）

> 明山帶疾進城，進了點水，把官司打贏，死於縣中。（卷三《審煙槍》）

《漢語大詞典》（五卷852頁）「水」條義項18「舊指銀子的成色，轉為貨幣兌換貼補金，匯費及額外的收入。」其實「水」還直接喻指「銀兩」「錢財」。例如《金瓶梅詞話》中「水櫃」即指錢櫃；來錢路子多，財源不竭叫「四水兒活」。守著一點固定資產度日而別無進益叫「死水兒」。〔2〕

上引《蹐春臺》諸例均指通過賄賂打通關節，「進點水」相當於今俗語「膏點油」。古以「泉」為錢。泉，水也。古有「銀水」，今有「薪水」，皆用此義。

11.【發快】發家，發迹。

> 我們佃戶，在他地上發快者有四五家，各家出些米，你族中富者，出些錢。（卷一《雙金釧》）

此句為懷德家以前的一佃戶，看到懷德家敗人亡，張羅為其母料理後事。上文亦有一處介紹此佃戶：「幸來一位救星，是他先年的佃戶，在他地上發迹，念其舊恩前來看望。」此例中「發迹」正與「發快」對等，可以為證。

12.【點兒低】時運不濟。

> 你去買少妻，反得老東西，看你這個人，還是點兒低。（卷二《蹐春臺》）

> 爹爹呀！未必然，點兒低，疾病臨時變了症？（卷三《心中人》）

這是我點兒低正行黴運，撞在他羅網內懇祈原情。（卷四《雙血衣》）

「點兒」有「機遇」、「運氣」義。今東北方言中仍有使用。故「點兒低」可釋爲「時運不好」、「運氣差」。《漢語方言大詞典》釋「點兒低（點背）」爲「時運不好；時遇不巧」[2]，所釋的當。

13.【二空子】二混子，外行。

這天喜貌雖清秀，讀書極鈍，明山又最吝財，每年接些二空子先生來教，伍氏又不准責罵，十五歲連四書都未讀完。（卷三《審煙槍》）

天喜讀書極鈍，其父明山又吝嗇，請一些外行、混飯吃的先生，故其子讀書難以長進。《漢語方言大詞典》釋「空子」爲「外行」、「傻瓜」[2]，可參證。

14.【玩蘇玩款】享樂，講排場。

銀錢壯人膽，玩蘇又玩款。日裏進秦樓，夜晚宿楚館。（卷三《雙冤報》）

有三串多錢，進合州，每日吃酒吃肉，玩蘇玩款，耍得心中快活。（卷三《巧報應》）

假説大寧娶的，請個老媽，每日玩蘇玩款，好不快樂。（同上）

亦作「好款玩蘇」、「玩格與玩蘇」：

他妻馮氏，亦大家人女，幼少教訓，好款玩蘇，不惟不知勸止，反説野味好吃。（卷一《失新郎》）

老子生來家豪富，愛的玩格與玩蘇。就是丫鬟和奴僕，時常打扮美而都。（卷三《南山井》）

《漢語方言大詞典》收有「玩格」，釋義同。

15.【駕火】生火；燒火。

朱泰問牧童曰：「你水燒開麼？」牧童曰：「方才駕火。」（卷一《啞女配》）

哦，是了，他在燒陶，今日駕火，定是殺我祭陶。（同上）

又見《唐三藏西遊釋厄傳》第三卷：「將大聖解去繩索，推入八卦爐中，命看爐的道人，駕火的童子將火扇起鍛鍊。」又下文：「慌得駕火的童子，看爐的丁甲一班人來扯，被他一個個都放倒。」

16. 【撈賀】恭喜；奉承。

懷德你撈賀，我就撈不賀嗎？（卷一《雙金釧》）

正泰叔公良心喪，明中撈賀暗爲殃，吃得肉肥膘也長。（同上）

只管把大明撈賀，明知他逼住水生，也不説他。（卷二《巧姻緣》）

因他是個訟棍，卡犯撈賀，不曾吃苦。（卷三《巧報應》）

回來罵你瞎子老漢，我的兒子未見你撈賀，總説讀不得。（卷三《比目魚》）

有錢的撈賀他好得無比，無錢的你當你牛馬驅馳。（卷三《假先生》）

兼有功名財勢，房班都撈賀，害得人傾家氣斃者無數。（卷三《解父冤》）

有場天大富貴，今日特來撈賀，看你拿甚麼謝我，好跟你説。（卷二《萬花村》）

我待你如大賓十分撈賀，我敬你如長上並未刻薄。（卷二《吃得虧》）

《成都方言詞典》收有「撈賀」，釋爲「奉承、恭維」，可參。

17. 【丁封】古代社會由上級批准下級處決犯人的文書。

丁封到日，婆媳急忙去看，見鎮遠已提跪大堂。（卷一《義虎祠》）

本縣亦知你的冤屈，但丁封太快，救爾不得。（同上）

後來丁封一到，將吳豆腐、鄭南風、豔姑一同綁至法場。（卷二《捉南風》）

父：怕的是丁封到罪問斬鉸。子：可憐間父子情半路分拋。（卷二《萬花村》）

丁封一到苦無比，綁在殺場哭唏唏。紅光一冒身首異，死作兇魂莫皈依。（卷二《吃得虧》）

怒你兒養育恩未報半點，丁封到定然要命喪黃泉。（卷三《審煙槍》）

丁封一到，斬首示眾。（卷四《雙血衣》）

《漢語大詞典》等有關辭書均未收此詞。

18.　【鄉空子】猶「鄉巴佬」，比喻沒有見過世面的人。

我看你是鄉空子，不曉得規矩，出錢還要受氣。（卷二《審豺狼》）

此例爲當差的罵喬景星不懂規矩，是個「鄉巴佬」。另，「空子」有「外行」、「傻瓜」義，參上「二空子」。

19.　【戳拐（卻拐）】惹事，出事；闖禍；出差錯。

何不與師婆當個孫崽崽，師婆教你些兒乖，免得二回去戳拐。（卷一《過人瘋》）

妻曰：「這銀子是鄭姐夫託你跟他買地方的，何得糊言亂講，怕不怕戳拐嗎！」（卷三《南山井》）

店主謂幺師曰：「你去喊生童客人，不要打牌燒煙，那些人來得稀奇，看要卻拐。」（卷二《川北棧》）

店主愈疑，心想：「今天免不脫，定要卻拐。」（同上）

此詞西南官話多用。《四川方言詞典》釋「戳拐」爲「出差錯；闖禍」[1]。李劼人《大波》多有用例。又寫作「出拐」、「撮拐」。《雲陽縣志》（1935 年）：「出拐，遭敗也。俗謂失敗曰出拐。」今徐州人謂多添一件麻煩事爲「多出一拐」。例如：「你還嫌事少嗎？又多出一拐！」

20.　【打冒雜（打冒詐）】冒名頂替；冒認欺詐。

約定期命我打冒雜，假杜生前去拐嬌娃。（卷三《南鄉井》）

桂母曰：「我是瞎子，怎能看見？我兒撿得一個乞婆，不知是也不是？你不要來打冒雜。」（卷四《香蓮配》）

還須要先把主意想，打冒詐頂名到他莊。（卷四《雙血衣》）

上舉第二例爲「冒認」義，一、三例爲「冒名頂替」義。第三例有「頂名」一詞，亦可爲證。《四川方言詞典》釋「打冒詐」爲「用假話試探使對方吐露眞情」，與上舉數例均不相合。《漢語方言大詞典》卷一「打冒詐」條〔2〕「冒認欺詐」下注明是湘語。由上引各例可知明清時四川話已有此種用法。

21. 【倒竈】倒黴；運氣不好。

　　我們切莫被人引誘，誤入善門，不惟使錢，而且倒竈。（卷二《巧姻緣》）

　　弄得我這幾年背時倒竈，幾百事不順遂好似水消。（卷二《吃得虧》）

　　倒竈的呀，挨刀的呀！（卷三《雙冤報》）

　　誰知這人正倒竈，身上銀錢莫分毫。（卷四《血染衣》）

元明以來白話作品中多有用例。例如《桃花女》四折：「敢是這老頭沒財運，倒了竈也。」《二刻拍案驚奇》卷三七：「我說你福薄！前日不意中得了些非分之財，今日就倒竈了。」今北方話、吳語等方言中仍多流行。

22. 【角孽】發生口角。鬥嘴，爭吵。

　　你若恃強，不服理論，告狀角孽，他都陪你。（卷三《陰陽帽》）

　　蕭家四喜氣性傲，講他不聽半分毫。角孽打棰如猴跳，無奈才拿板兒敲。（卷三《假先生》）

　　父：角了孽喊肚痛其情已顯，母：才是他把我兒毒喪黃泉。（卷三《雙冤報》）

　　那知他書又懶讀，專與人打架角孽。（卷三《巧報應》）

上引第三例「角了孽」即手吵完。

23. 【翻梢（翻稍）】翻本。指賭博由輸變贏。引申爲翻身；改變命運。多指改變窮困面貌或不利處境。

　　時運不濟輸濫了，無有銀錢去翻梢。（卷四《血染衣》）

　　只要有錢翻了梢，那時美姬越女都有，豈稀罕你一個殘貨。（卷四《香蓮配》）

淡泊人想翻稍心莫奸險，苦盡了到後來自要生甜。（卷三《陰陽帽》）

但願神天暗護蔭，早早翻梢贖兒身。（卷三《心中人》）

爲父言語謹記倒，財寶歸身翻大梢。（卷三《雙冤報》）

前二例皆爲賭場用語。「梢」，舊時賭場中對錢的稱呼。後三倒即爲改變命運、處境之義。

此引申義《兒女英雄傳》中亦有用例，見第三十回：「你只看公公，正在精神強健的時候，忽然的急流勇退，安知不是一心指望你來翻梢？」

24. 【希乎】差一點兒；幾乎。

天星曰：「這才是話，不然我做成的媒，希乎被他騙脫了。」（卷二《白玉扇》）

只因錯想看戲，惹下禍端，希乎害了丈夫。（卷二《萬花村》）

誣扳盜案丟監卡，希乎一命染黃沙。（卷二《棲風山》）

培德曰：「莫講讀書，提起害怕，先年讀書，希乎把命丟了。」

（卷四《錯姻緣》）

蒲松齡《聊齋俚曲集》亦有用例，見《磨難曲》第十九回：「又把你希乎捆煞，幾乎勒煞！」「希乎」與「幾乎」對文。今山東青州、曲阜話仍說「希乎」，見《山東方言詞典》。[3] 河北保定、邯鄲等地亦說，《河北方言詞彙編》記作「吸乎」[4]。徐州話音近如「歇乎」。

25. 【皮絆】不正當的男女關係。

怕的是親家講皮絆，我看你狗臉有何顏。（卷三《假先生》）

我二人在先前就有皮絆，商量到遠方去蓄髮同眠。（卷三《南鄉井》）

父：說你妻與有仁定有皮絆，母：難怪得一見了話不斷纏。（卷三《雙冤報》）

上例均當指不正當的男女關係。《四川方言詞典》亦收有此詞，釋爲「互相勾搭，存在不正當男女關係的人」[1]。

26.【肘架（肘架子）】擺架子。

　　何甲從此肘起架兒，名列書館，之乎者也一概不知。（卷三《南
山井》）

　　有仁見銀錢來得便易，於是肘起大架子。（卷三《雙冤報》）

　　開腔充老子，見人肘架子，常與長年訕談子。（卷四《螺旋詩》）

　　入江湖出外肘大架，十多年家業水推沙。（同上）

「肘」有支撐、舉起之義。例如四川有句歇後語「正月間的龍燈——由人
肘起耍」。「肘起」即舉起。

27.【打樣】冒名頂替；做替身。

　　媒人得了黑錢，說得天花亂墜，女家要看才允，他無可如何，
只得來求正宗打樣，陪他去看。（卷二《平分銀》）

　　又想到：「我不該替人打樣相親，誤人終身，所以我也被人打樣，
誤我終身。」（同上）

　　該因是在先年偶把心變，與老來去打樣誤人嬋娟。（同上）

《四川方言詞典》引李劼人《大波》第二卷「幺姑娘這頭姻親，確確實實
得虧她這位二姐打了樣」爲例，釋「打樣」爲「作樣品」[1]。與上舉三例俱難
吻合。

28.【口案】宿店費用。

　　店主喚幺師曰：「那楊客人，你快喊他走，若是無錢，口案我也
不要，免得死了，打髒我的店房。」（卷二《川北棧》）

　　楊泣曰：「我一出去就是死了，況又口案未開，如何是好？」（同
上）

　　店主把賬一算，口案錢二千八百文。（同上）

　　好，我就把你放了，快些回家，這點口案錢我跟你墊就是。（同
上）

上四例「口案」皆爲住宿費用。《四川方言詞典》未收此詞。《漢語大詞典》
三卷同條僅釋「口頭判決書」一義，義項不全。

29. 【旺相】有身體健康、精神旺盛、景況良好和生意、事業興旺發達
　　等義。

　　　怎奈鶴齡只會作詩文，不會理家政，到服守滿時，錢已吃盡了。
　幸得學中朋友與他圖個蒙館，鶴齡盡心教訓學門，到還旺相。（卷一
　《失新郎》）

　　上例指人處境還好。清·翟灝《通俗編·祝誦》：「陰陽家五行遞旺於四，
凡動作宜乘旺象之氣，如春三月，則木旺，火相，土死，金囚，水休。夏三月，
則火旺，土相，金死，水囚，木休。故俗語以凡得時爲旺相，失時爲休囚也。」
「得時」則健旺、順遂、美好。

30. 【嫖假】嫖娼宿妓。

　　　爲人輕浮，言語狂妄，家富新亡，無人管束，遂習於嫖假。（卷
　一《失新郎》）

　　　未必然是前生喪了德行，都是我愛嫖假，報應臨身。（同上）

　　　豔姑聞夫在外嫖假，常對夫罵道：「你們男人家無情無義，只圖
　在外嫖娼宿妓，丟得我孤孤單單。」（同上）

　　上三例「嫖假」均爲嫖娼之義。第三例上言「嫖假」，下言「嫖娼宿妓」，
可爲證。

附　注

〔1〕此二例見香阪順一《白話語彙研究》，中華書局，1997 年 3 月版。
〔2〕詳見李申《近代漢語釋詞叢稿》，江蘇教育出版社，1995 年 4 月版。

參考文獻

〔1〕王文虎，1987，《四川方言詞典》，四川人民出版社。
〔2〕許寶華、宮田一郎主編，1999，《漢語方言大詞典》，中華書局。
〔3〕董紹克，1997，《山東方言詞典》，語文出版社。
〔4〕李行健，1995，《河北方言詞彙編》，商務印書館。

（原載《南陽師範學院學報》2002 年第 1 期，與于立昌合作）

古代白話文獻校勘零劄

古代白話文獻的校勘工作常常出現的問題是：原作有誤者沒能正確校改，原作無誤者反而作了錯誤的改動。下面就這兩類問題舉出數例討論，以就教於有關專家和讀者。

1. 借音字未能補出本字例

> 敦煌變文《廬山遠公話》：「昔時聲少，貌似春花，今既老來，何殊秋草。」

王重民等校錄之《敦煌變文集》「聲少」無校。[1] 劉堅、蔣紹愚主編《近代漢語語法資料彙編（唐五代卷）》收入該文，亦未校改。[2] 古敬恒《關於〈近代漢語語法資料彙編〉的唐代變文校補》指出：「『聲少』，不為詞。此處今昔對比，老少映襯，顯然指年齡而言，與『聲』無涉。」「『聲』疑為『年』字之誤。」[3] 黃征、張湧泉《敦煌變文校注》該文校注〔二三六〕：「袁賓校：『聲少』費解，『聲』應作『身』。按：『身』『聲』音近而誤。」[4]

今按：「聲」與「身」字音雖近，但「身少」亦不為詞。「年少」義固相合，但絕非原文，因為無論從字音還是字形上看，「年」都不會錯為「聲」字。故，校作「身少」和「年少」均欠妥當。此處實應為「生小」之訛。「聲」是「生」的同音借字，「少」與「小」則時相混用。即以本篇為例，如：「相公

問牙人曰：『此個廝兒，要多小（少）來錢賣？』」（《敦煌變文校注》258 頁）
又：「相公問：『汝念得多小（少）卷數？』」（同上 259 頁）又：「於是帝曰：
『朕之少（小）國，喜遇上人降臨。』」（同上 268 頁）可知「聲少」亦即「生
小」。此詞義爲「幼小」、「年少」，魏晉以來不乏用例。如：《玉臺新詠・古詩
爲焦仲卿妻作》：「昔作女兒時，生小出野里。」唐・元稹《旱災自咎貽七縣
宰》詩：「生小下俚住，不曾州縣門。」又張溥《題亞子分湖歸隱圖》詩：「阿
儂生小西湖住，憔悴天涯到處家。」並可爲證。

2. 形誤字不據字形校改例

　　《摘彙奇妙戲式全家錦囊荊釵二卷・與姑敘話》：「他恁他錢物
　昌盛，愧我家寒自料難廝趁。」[5]

孫崇濤、黃仕忠《風月錦囊箋校》改「恁他」爲「恁的」。

今按：「恁他」不辭，應校改爲「恁地」。文獻中「他」、「地」二字因形體
相近而時有訛誤。如《金瓶梅詞話》第三十八回：「誰想你弄的我三不歸，四捕
兒著他。」[6]「四捕兒著他」即「四脯兒著地」之誤。意爲四肢張開地摔在地
上。這是形容人遭受打擊沉重的俗語。戴鴻森校點本此句作「弄的我三不歸，
四捕兒，著他。」[7] 不僅將此俗語割裂開，且因「他」字失校而致語意不明。
「恁地」與「恁的」雖然音義皆同，但據原文字形，「他」顯然是「地」字之訛，
故不當將其改爲「的」字。

3. 俗字誤爲殘字例

　　《續編全家錦囊・山坡羊・子母問答》：「爲甚的裙兒褶歪邪也
　哎？爲甚的烏雲亂挽？這丫頭有些才詐，既不偷情身挨○磚。」

《風月錦囊箋校》〔校四〕：「○，殘字，存下部『土』，疑爲『玉』字。」[8]

今按：「圡」乃「土」字俗寫，而非「玉」字之殘。《漢衡方碑》「□□□
圡，家於平陸」，清・顧藹吉《隸辨》卷三注云：「『土』本無點，諸碑『士』
或作『圡』，故加點以別之。」後「土」旁亦多加點作「圡」，如「杜」作「𣏓」，
「吐」作「𠯑」，「堵」作「𡉟」。[9] 原本《玉篇》「土」字或作「圡」，「圭」
字或作「𡉜」。[10] 明萬曆木刻本《金瓶梅詞話》「土」又作「圡」，如第一回
「逕投本處一個圡戶家」（1 卷 14 頁）、「將庫中眾圡戶出納的賞錢三十兩，

就贈與武松」（同卷 15 頁），「土」旁又作「圡」，如「莊」又作「庒」（4 卷 658 頁）、「肚」又作「肚」（5 卷 88 頁）。[11] 均可爲證。梅節重校本《金瓶梅詞話》第一回將上引兩處「圡戶」均改爲「上戶」（6 頁、7 頁），並注爲「有財勢人家」（17 頁），亦不識「圡」爲「土」字而誤改、誤注。[12]

又，「土磚」乃常見常用之物，「玉磚」似罕有，且身體靠（「挨」）在上面也不會弄髒衣裙。故此字絕非「玉」字。

4. 俗語誤為衍文例

《金瓶梅詞話》第四十三回：「那李瓶兒道：『小廝，你姐姐抱，只休溺了你姐姐衣服，我就忙打死了。』」

梅節重校本以「忙」爲衍字，徑刪，未出校，將後一句改爲「我就打死了。」（523 頁）日本學者阿部泰記認爲：「『忙』是『惱』之誤，『打死』是衍文吧！」又以「打死」爲衍文。[13]

今按：「忙打」即「忙」，「打」是詞綴，讀輕聲。「忙打死了」猶言「忙死了」。「打」又寫作「搭」、「答」等。如《金瓶梅詞話》第九十六回：「我的姐姐，山子花園還是那咱的山子花園哩！？自從你爹下世，沒人收拾他，如今丟搭的破零二落，石頭也倒了，樹木也死了。」「丟搭」即丟，丟棄，棄置不顧。《醒世姻緣傳》第四十四回：「誰家一個沒折至的新媳婦就開口罵人，雌答女婿？」又第七十四回：「雌搭了一頓。」「雌答」或「雌搭」，義爲斥責、申斥。今徐州方言仍說「丟搭」、「忙搭」，如：「東西都讓你丟搭光了。」「一天到晚瞎忙搭。」[14] 據上可知，《金瓶梅詞話》第四十三回例，李瓶兒是對兒子官哥兒說：姐姐抱你，你可別在她身上撒尿，否則弄髒了人家的衣服，我就忙死了。

5. 疑有脫字而誤增例

《老乞大》：「說書罷，更做麼工課？」

鄭光主編《原本老乞大》據《翻譯老乞大》在「做」後補「〔甚〕」字。[15]

今按：此處不煩補字。近代漢語時期「甚麼」、「甚」、「麼」並用，均表「什麼」義。「做麼工課」即做什麼功課。統觀《老乞大》一書，「甚麼」多用，也有單用「甚」的，如「既這般路澀呵，咱們又無甚忙勾當，索甚麼早行？」（40 頁）「前頭又無甚店了，咱每則投兀那人家……」（42 頁）均不必將「甚」補爲

「甚麼」。同理，「麼」前也不必補「甚」。「麼」很早就有單用者，如《筠州洞山悟本禪師語錄》：「又來這裡作麼？」《撫州曹山本寂禪師語錄》：「又問曹山作麼？」[16]「作麼」猶如今語「幹什麼」。敦煌變文中寫作「沒」，如：《燕子賦》：「不曾觸犯豹尾，緣沒橫罹鳥災？」《李陵變文》：「緣沒不攢身入草？」「緣沒」即「緣麼」，因為什麼。明代一些作品中複寫作「麼」。如：潘遊龍《笑禪錄》：「一僧與眾友戲集，問：『音』字下著一『心』字，是麼字？」《金瓶梅詞話》第五十三回：「口裏唧噥噥的念，不知是麼。」戴鴻森校點本與梅節重校本均於「麼」前增「甚」字，[17] 實亦不必。[18]《兒女英雄傳》則寫作「嗎」，如：第十四回：「俺這兩條腿的頭口餓了，肚子先就不答應咧，吃點嗎兒再走。」又第三十三回：「人要種個嗎兒荣，地就會長個嗎兒荣。」亦其例。

6. 疑為衍文而誤刪例

《金瓶梅詞話》第七十五回：「四包銀子已久交到後邊去了」。

崇禎本和梅節重校本均刪去「久」字。

今按：「久」非衍文，不當刪。「久」又用為時間副詞，義為「早已」、「早就」，今徐州一帶仍說。例如：「這人久死了。」「他久不幹了。」「久已退下來了。」[19] 下面再補充書證數條：《百喻經》「婦詐稱死喻」：「夫答之曰：『我婦久死，汝是阿誰？妄言我婦？』」清·紀昀《閱微草堂筆記》卷十六：「惟樹後坐一人，抗詞與辯，連抵其隙。理屈詞窮，怒問：『子為誰？』暗中應曰：『僕焦王相也。』駭問：『子不久死耶？』笑應曰：『僕如不死，敢捋虎鬚耶？』」又卷十八：「妾曰：『我以禮納，不得為媚惑，倘或媚惑，則攝精吸氣，此生久槁矣。』」「久死」、「久槁」如同今語「早已死了」、「早已枯槁了」。啟功《朱季黃先生哀辭》：「我在幾十年前，曾登堂拜見過朱師母，那天我最難過，忍著眼淚，沒敢掉出來，因為我的先母已久去世了。」[20] 此用「已久」，與上舉《金瓶梅》七十五回例說法正同。

附 注

〔1〕人民文學出版社，1984 年，上冊 179 頁。

〔2〕商務印書館，1990 年，265 頁。

〔3〕《敦煌研究》1992 年第 1 期，又載《近代漢語文獻整理與研究》，河北教育出版社，2002 年，47 頁。

〔4〕中華書局，1997 年，283 頁。

〔5〕見《風月錦囊箋校》，中華書局，2000 年，272 頁。

〔6〕日本大安株式會社影印明萬曆木刻本，1963 年，2 卷 468 頁。

〔7〕人民文學出版社，1985 年，中冊 475 頁。

〔8〕《風月錦囊箋校》，中華書局，2000 年，180 頁。

〔9〕張湧泉《漢語俗字研究》，嶽麓書社，1995 年，78 頁。

〔10〕朱葆華《原本玉篇文字研究》，齊魯書社，2004 年，附錄四原本《玉篇》寫本殘卷俗字表 235 頁、221 頁。

〔11〕日本大安株式會社，1963 年，一卷 14、15 頁，四卷 658 頁，五卷 88 頁。

〔12〕香港夢梅館，1993 年，四之一 6、7 頁、17 頁。

〔13〕見阿部泰記《論〈金瓶梅詞話〉敘述之混亂》，原載〔日〕《人文研究》1979 年第 58 輯，又載《日本研究〈金瓶梅〉論文集》，齊魯書社，1989 年，262 頁～290 頁。

〔14〕《金瓶梅方言俗語彙釋》，北京師範學院出版社，1992 年出版，195 頁。

〔15〕外語教學與研究出版社，2002 年，34 頁。

〔16〕《大正新修大藏經》卷四十七《諸宗部》四，508 頁。

〔17〕人民文學出版社，1985 年，中冊 697 頁。

〔18〕詳李申《〈金瓶梅詞話〉校勘商兌》，原載〔日〕《中國語研究》1998 年第 40 號，108 頁。

〔19〕同上，109 頁。

〔20〕載《人民政協報》2004 年 1 月 1 日 B 版。

（原載《古籍整理研究學刊》2007 年第 6 期）

宋元戲文缺字校補四則

宋元戲文「上接宋詞之局，下開傳奇之端」，有著重要地位。但明以降，日漸散失，遂不太爲人所知。錢南揚先生所著《宋元戲文輯佚》一書（中華書局，2009 年版。下簡稱《輯佚》），不僅彌補了戲曲史上這個重要的環節，而且對所輯佚曲做了很好的整理工作，爲治戲曲史和古漢語者提供了珍貴的材料。唯戲文中有部分脫字尚付闕如，略損其完整性，特試爲校補數條如下：

一

《輯佚·百花亭》：「【中呂過曲】【山花子】曉□習習和氣扇，

正飛柳絮飄綿。」

原曲於「曉」後缺一字，錢無校。

按：此字爲「風」字。「曉風」，詩詞曲中習用。如唐王建《詠華清宮》詩：「行盡江南數十程，曉風殘月入華宮。」宋柳永《雨霖鈴》詞：「今宵酒醒何處，楊柳岸，曉風殘月。」元王惲小令《柳圈辭》亦有「流水桃花颺曉風」句。皆其例。古代作品中，又多以「習習」形容風輕微。如《詩·邶風·谷風》：「習習谷風，以陰以雨」。《輯佚·琵琶怨》【仙呂入雙調過曲】【蝦蟆吟】曲有「習習東風」句，元湯式小令《四景題情·春》有「杏花風習習」句，可知上引《百花亭》佚曲當作「曉風習習」。

二

《輯佚・崔君瑞江天暮雪》：「【南呂過曲】【紅衫兒】正值淒涼
□時運，少年受盡摧殘，奈眼前一時貧苦。」

錢校：《正始》原注為：「『時』字上原脫一字，俟續（補）。」

按：此處當補「蹇」字。「運蹇」「命蹇」「時乖運蹇」「時運蹇」皆宋元習
語。如元柯丹邱《荊釵記》第六齣：「奈何緣時運乖蹇，功名未遂。」九山書會
編撰《張協狀元》第十齣：「張協運蹇被賊來驚吒。」又第九齣：「時運蹇，望
君今，善眼相看！」「時運蹇」可倒作「蹇時運」，故知「時」上所脫為「蹇」
字。

三

《輯佚・王質》：「【正宮過曲】【雙鸂鶒】幸遇君，做契姻，兩
情相稱。今生共□諧鴛枕。」

錢校：《正始》原注云：「『共』字下脫一字，俟補。」

按：此當補一「衾」字。「衾」「枕」古代作品中多連用或並舉。如唐白
行簡《李娃傳》：「幃幕簾榻，煥然奪目；妝奩衾枕，亦皆侈麗。」元王實甫
《西廂記》三本四折【東原樂】：「俺那鴛鴦枕，翡翠衾，便逐殺了人心，如
何肯賃？」元曾瑞小令《四時閨怨・秋》：「景雅觀，悶難搬，流蘇空掩枕衾
寬。」皆其例。又元于伯淵套數《【仙呂】點絳唇》【寄生草】曲：「鬢花腮粉
可人憐，翠衾鴛枕和誰共？」元無名氏套數《【中呂】粉蝶兒》【普天樂】曲：
「共衾裯，同裯褥。」明王子一《誤入桃源》二【隨煞尾】：「準備著鳳枕鴛
衾玉人共，成就了多少風流志誠種。」後三例與《王質》佚曲遣詞相類，均
可證「共」字下所脫為「衾」字。

四

《輯佚・樂昌公主破鏡重圓》：「【中呂過曲】【鶻打兔】夏涼風；
素秋皓月嬋娟；冬瑞雪，梅□綻，獸爐添炭。」

錢校：《正始》原注云：「『梅』字下脫一平聲字。」

按：此當補「花」字。元楊果套數《【仙呂】賞花時》：「黃花綻也，粧點

馬蹄香。」元庾天錫小令《【雙調】雁兒落過得勝令》:「秋霜黃菊殘,冬雪白梅綻。」明湯顯祖《紫釵記》二【珍珠簾】白:「夢隨彩筆綻千花,春向玉階添幾線?」均以花綻或綻花相配。「花」爲平聲字,正合律。

（原載《江海學刊》2013 年第 6 期）

《金瓶梅詞話》校勘商兌

明萬曆本《金瓶梅詞話》[1] 文字上錯訛比較嚴重。人民文學出版社 1985年出版的戴鴻森校點本（下簡稱「戴本」）和香港夢梅館 1993 年印行的梅節全校本（下簡稱「梅本」）校訂了原書的許多錯誤。但也有相當一部分是原書不誤，而二本或因不明方言俗語、或因忽略口語特點、或因盲從崇禎本（下簡稱「崇本」[2]）而作了錯誤的校勘的。下面僅舉十餘例，以就正於戴、梅二位先生和讀者。

（一）誤　增

（1）今日縣裏皁隸，又拿著票喝了一清早起去了。（第五一回）

崇本、戴本同上，梅本後半句作「喝了一清早，起身去了。」

按：早晨，方言中說「清早起」、「早清起」或「早清起來」。[3]「一清早起」即一個早上。梅本於「早」後點斷並於「起」後增「身」字，俱誤。

（2）口裏唧噥噥的念，不知是麼。（第五三回）

戴、梅二本均於「麼」前增「甚」字。

按：不必增字。方言中「麼」常單用爲疑問代詞。「不知是麼」即「不知是什麼」。今天津、徐州等地仍如此說。此字近代漢語文獻中或寫作「沒」。例如：《燕子賦》：「不曾觸犯豹尾，緣沒橫罹鳥災？」《李陵變文》：「緣沒不

攢身入草？」

（3）也罷，你出去遞巡酒兒，快下來就了。（第三二回）

梅本於「就」後增「是」字。

按：原句可通。「就了」猶言「就完事」。「就是了」則僅表示肯定的語氣，句意有所不同。

（4）到家對我說，你、姐夫兩個不說話。（第二〇回）

崇本作「你與姐夫」，戴、梅二本均從增「與」字。

按：「與」非奪字，補之反而不合口語習慣。

（5）婦人脫得光赤條，坐在他懷裏。（第五〇回）

崇本作「光赤條條」。梅本亦從補一「條」字。

按：「光赤條」不誤。第五二回亦有一例：「見婦人脫得光赤條身子，坐著床沿。」又作「精赤條」，見第七二回：「西門慶將一隻胳膊支婦人枕著，精赤條摟在懷中，猶如軟玉溫香一般。」三字語可說，不必強增為四字。

（6）就前日，荊南岡央及營裏張親家，再三趕著和我做親。（第四
一回）

戴本從崇本於「就」後增「是」字。

按：口語表達事情發生的時間離說話時較近多用「就某日（月、年）」。例如：「就昨天」、「就去年」等等。不加「是」有強調意味，語氣亦真切。加「是」語勢減弱，反覺累贅。

（7）他家現有正頭娘子，乃是吳千戶家女兒。過去做大是做小？
卻不難為你了！（第七回）

崇本作：「過去做大是，做小是？」梅本唯中間不點斷，餘同崇本。

按：原句可通。此句意為「（你嫁）過去是做大還是做小？」但口語相應搭配的詞語常不完足，不必一一補上。

（8）因問：「那（哪）兩個小廝那裡？」（第三五回）

戴、梅二本均於「小廝」後補「在」字。

按：此句是問：「在那裡的是哪兩個小廝？」口語則把要問的內容放在前面，後面再追加表示處所的詞語，且不必用「在」字。原句正是口語的實錄。

（二）誤　刪

（9）你還沒見哩，斷七那日，學他爹，——爹就進屋裏燒紙去，見丫頭、老婆正在炕上坐著摟子兒，他進來，收不及。——反說道……（第七二回）

戴本從崇本刪去「學」和「爹就」三字。

按：「爹就」二字不必刪，「學」字尤不當刪。「學」意爲「像」、「似」、「如同」，方言中常用。《老生兒》第二折：「你怎生分我的錢，你學我有兒麼？」與《詞話》所用正同。「爹就」至「收不及」是插入語，說明當時事情發生的情景。

（10）四包銀子已久交到後邊去了。（第七五回）

崇本、梅本均刪「久」字。

按：「久」在方言中又用爲時間副詞，意爲「早已」、「早就」。今徐州一帶仍說。例如：「這人久死了。」「他久不幹了。」「久已退下來了。」「已久不在了。」

（11）老婆道：「嗔道恁恁久慣老成，原來也是個意中人兒，露水夫妻。」（第二三回）

崇本及戴、梅二本均刪去一「恁」字。

按：「恁恁」同形而異詞：前一個是方言人稱代詞，讀 nín，義爲「你」、「你們」；後一個是指示代詞，讀 nèn［4］，義同「這樣」、「這麼」或「那樣」、「那麼」。「嗔道恁恁久慣老成」意爲「難怪你們這樣久慣老成」。三本均以「恁恁」爲一字誤重，誤。

（12）請了六個僧，在家做水陸，超度武大並天，晚夕除靈。（第八回）

崇本刪「並天」二字，戴本亦從刪。

按：「並天」應爲「昇天」。「並」、「升」形近而誤。

（13）惠蓮道：「我是奴才淫婦，你是奴才小婦！我養漢養主子，強如你養漢養奴才，你倒背地偷漢，——我的漢子！你還來倒自家掀騰。」（第二六回）

崇本作「你倒背地偷我的漢子」，戴、梅二本皆從刪前一「漢」字。

按：「我的漢子」正是強調前一「漢」字所屬的，用一破折號即可分清層次，不當視為衍字刪去。

（14）回來推他、叫他門，不開，都慌了手腳。（第二六回）

崇本作「回來叫他門不開」，戴本從刪「推他」二字。梅本則將第一個「他」字改為「門」字，作「推門叫他，門不開。」

按：各本均誤。「推他、叫他門」是「推他（的）門、叫他（的）門」的省縮。因先推門推不開，所以才叫門，也叫不開。不當並為一事。

（15）冷合合的，睡了罷，怎的只顧端詳我的腳怎的？（第二三回）

戴本刪去後一個「怎的」，梅本刪去前一個「怎的」。

按：不必刪。口語往往不避重複。例如第二六回：「幾句又把西門慶又念翻了。」兩個「又」用來強調事情的反復。又如第五○回：「我不把秋秋小廝，不擺佈的見神見鬼的，他也不怕我！」前一句話書面上無需兩個「不」字。但口語中說話常不連貫一氣，有停頓，故再次出現否定詞。似此種情況，均以保留口語原貌為好。

（16）孩兒道：「娘，你不信、不信麼？」（第五七回）

崇本、戴本均刪去一個「不信」。

按：「不信」實非衍字。重複說更符合小兒語氣急切的聲口。

（三）誤　改

（17）我知你從來奸恪，不肯胡亂便使錢。（第三回）

戴、梅二本均從崇本改「奸」為「慳」。

按：不煩改字。「奸恪」，義即「慳吝」。今蘇、魯、豫不少地方（如鄭州、青州、徐州等）均謂人吝嗇為「奸」，或記作「尖」。（見《鄭州方言志》、《山東人學習普通話指南》、《徐州方言志》）故「奸」與「恪」乃同義連文。

（18）在廂房內亂，廝有成一塊。（第二二回）

戴、梅二本均從崇本改「廝有」為「廝頑」。

按：「廝有」是「撕由」的借音字，意為（互相）撕扯。「由」為動詞後綴，含有動作反復進行的附加義。魯東、魯南和蘇北一帶（如棗莊、郯城、徐

州）有許多用「-由」構成的動詞。如「團由」、「搓由」、「晃由」、「磨由」、「逛由」等。徐州至今仍說「撕由」。

（19）須臾淫水浸出，往來有聲，如狗嗦鏇子一般。（第七五回）

崇本改「嗦」爲「㖞」，梅本作「舔」。

按：狗吃食爲「㕙」。《玉篇》：「㕙，犬食。」「嗦」是「㕙」的同音借字。「狗嗦鏇子」即「狗㕙鏇子」。「㕙食」（特別是糨糊）要發出較大的響聲，而「舔」則未必。故不當以「舔」爲喻。

（20）既不是你偷了我的鞋，這鞋怎落在你手裏？趁早實供出來。

　　　自古物見主，不索取。但迸個不字，教你死無葬身之地！（第
　　二八回）

崇本改「不索取」爲「必索取」。梅本亦從改。

按：原句即通。意爲物歸原主乃理之當然，（別人）不該要這東西。這話是說給陳經濟聽，要他怎麼做的。「必索取。」則是強調物主自己如何做了，恐非原句之意。

（21）李瓶兒道：「你不要鋪子裏取去，我有一件織金雲絹衣服。

　　　罷，大紅衫兒、藍裙，留下一件也不中用，俺兩個都做了拜
　　　錢罷。」（第三五回）

崇本改句中之「罷」爲「哩」，屬上。戴、梅二本皆從改。

按：此「罷」非上句的語氣詞，而是就下句而言的。義同「算了」。李瓶兒之意是說自己有大紅衫兒和藍裙配套穿的兩件衣服，單留下其中一件也沒有用，不如與金蓮兩人都當做拜錢送人算了。

（22）（潘金蓮對西門慶說如意兒）因春梅，兩個爲一個棒，和你

　　　兩個大嚷大鬧，通不讓我一句兒哩。（第七二回）

中間一句，戴、梅二本均作「和我兩個大嚷大鬧」。

按：「你」不當改爲「我」。此句中人稱代詞「你」並非實指聽話人，而用爲說話者自指。因此「和你兩個大嚷大鬧」實即「和我兩個大嚷大鬧」。再如第七三回：「前者因過世那位菩薩念經，他說我攪了他的主顧，好不和你兩個嚷鬧，到處拿言語喪我。」「和你兩個」，各本亦改爲「和我兩個」，這是因

爲不明口語中人稱代詞指代對象可以變換的特點而誤改。[5]

（23）那酸子每在寒窗之下，三年受苦、九載遨遊，背著個琴劍書
　　　箱來京應舉，怎得了個官，又無妻小在身邊，便希罕他這樣
　　　人。（第六四回）

梅本改「怎」爲「恁」。

按：「怎」字不當改。此字北方話讀 zèn。讀去聲的「怎 2」是「用來回答
『怎 1』的表『答』代詞，功能與『這』同。」（見馬思周《近代漢語代詞分
化的「上問去答」原則》[6]）「怎得了個官」即「這樣得了個官」。《詞話》中
不乏用例。例如第八回：「你怎戀煙花，不來我家。」第七三回：「一個大姐，
怎當家理紀，也扶持不過你來？」「怎」皆爲去聲，義同如此、這樣。

（24）你看哥在他家，被那些人纏住了，我強著你催哥起身。（第
　　　一三回）

戴本刪後一個「你」字。梅本則改此字爲「促」。

按：刪、改並誤。「我硬是按著你的意思（去辦）」，口語可以說成「我強著
你」（我爲你而強。「強」音 jiàng）。因李瓶兒曾囑託西門慶關照其夫早些回家，
故西門慶表白自己是堅決遵命而行的。刪、改「你」字，則失去「這樣做都是
爲了你」的意味。

附　注

[1] 此據日本大安株式會社 1963 年影印本。下面例句皆引自此本，標點則爲筆者所加。

[2] 此據北京大學出版社 1989 年影印的該校館藏本。

[3] 例如河北方言中即有這幾種說法，詳李行健主編《河北方言詞彙編》，商務印書館，
　　1995 年版。另，山東聊城說「清早起來」，見張鶴泉《聊城方言志》，語文出版社，
　　1996 年版。這些說法徐州方言亦有。

[4] 《現代漢語詞典》注音爲 nèn，《漢語大詞典》注音爲 rèn。

[5] 詳呂叔湘《近代漢語指代詞》「三身代詞」中「三身的轉換」一節，學林出版社，
　　1985 年版。

[6] 載《中國語文》1996 年第 2 期。

（原載〔日〕《中國語研究》1998 年第 40 號）

《中國話本大系》校勘訂補

　　話本小說是我國古典文學中的一份珍貴遺產，然而，由於傳統觀念的影響，歷來對其重視不夠。1990 年起，江蘇古籍出版社陸續整理出版了一部分話本小說的代表作，定名爲《中國話本大系》。這是我國第一部話本小說系列叢書，皆依據善本作爲底本，文字一律未作刪節，只根據具體情況附出校記，較好地保留了古書的原貌，爲專業工作者提供了可靠的研究資料。但由於全書規模宏大、校點者水平不一等原因，書中還存在不少的校勘問題。對此，張一舟[1]、曾昭聰[2]、王文暉[3]、蔣宗福[4] 等先生已陸續提出了一些補正意見。我們在閱讀時，又發現《中國話本大系》中部分明清作品的校勘仍有值得商榷之處，故從當校未校、校而未當、闕字未補三個方面將訂補意見臚陳於下，以就教於各位專家和讀者。

一、當校未校例

　　1.《珍珠舶》卷五第六回：「到了更深時分，朗炤悄悄地將那房門鎖閉，乘著月色，踅到古柏庵來。輕輕的剝喙數聲，證空已是望得眼穿，慌忙啟扉，接進內室。」（《中國話本大系‧珍珠舶等四種‧珍珠舶》第 139 頁）

　　按：「喙」，當爲「啄」之形近誤字，與「剝」同義連文，指叩擊（聲）。明‧陸采《明珠記》第九齣：「忽聞剝啄柴門扣，整衣冠下堂延客。」《西湖佳話》

卷六：「（阮郎）又作一揖道：『不是晚輩不叩門。因初到於此，無人先致殷勤，倘遂突然剝啄，只道少年狂妄。』」清‧和邦額《夜譚隨錄‧汪越》：「向山西行七八里，果見叢樹中，有茅屋數椽，門懸葦箔，繞以笆籬。方將剝啄，而老人已抉筇出。」均其例。

2. 《西湖三塔記》：「只見樹上一件東西叫。看時，那件物是人見了比（皆）嫌。」《中國話本大系‧西湖佳話等三種‧清平山堂話本》第 33 頁）

按：「物是」，當爲「物事」。古白話中習見，指東西，如同書《戒指兒記》：「你替我將這件物事，寄與阮三郎。」又《楊溫攔路虎傳》：「只在我茶坊裏歇，我把物事來將息你。」其例甚夥，茲不贅舉。此處上海古籍出版社 1992 年版、嶽麓書社 1993 年版均無校。

3. 《戒指兒記》「那阮三心下思量道：『……進去路容易，出來的路難。被人稍見，如問無由，不無自身受辱。』」《中國話本大系‧清平山堂話本》第 283 頁）

按：「稍」，當爲「眑」字之誤。《集韻‧效韻》「眑，小視也。」義同「瞥」。如《載花船》第十一回：「若蘭、粲生羞赧異常，俱把衣袖蒙面而行。卻喜天色昏黑，無人眑見。」又第十二回：「（若蘭）眑見側首一房，紗窗朱楹，甚是精美，門卻開著。」

4. 《清夜鐘》第七回：「那曉男人心腸多變。他到家先闖醉了酒。動不動爭起兩隻眼……」（《中國話本大系‧京本通俗小說等五種‧清夜鐘》第 83 頁）

按：「闖」字不合文義，當爲「噇」之音近誤字。「噇」指沒節制地吃喝。《集韻‧江韻》：「噇，食無廉也。或從口。」可爲證。《寒山詩》七十四：「背後噇魚肉，人前念佛陀。」《清平山堂話本‧快嘴李翠蓮記》：「縱然親戚吃不了，剩予公婆慢慢噇。」《儒林外史》第十一回：「（楊老六）在鎮上賭輸了，又噇了幾杯燒酒，噇的爛醉。」均其例。

5. 《豆棚閒話)》第五則：「你道天下卑賤的是什麼人？也不是菜傭酒保，也不是屠狗椎埋，卻是卑田院裏一個乞兒。」（《中國話本大系‧西湖佳話等三種‧豆棚閒話》第 49 頁）

按：「椎埋」，語義晦澀。人民文學出版社 1999 年版（第 46 頁）文字相同。

「推」，上海雜誌公司民國二十四年版（第 56 頁）、《古本小說集成》（第 131
頁）均作「推」，是。古籍整理中「扌」與「木」常互誤，如《中國話本大系》
之《躋春臺・巧報應》「我帽在掉忘記取。」（第 431 頁）「掉」即爲「棹」字之
誤。「推」有「刺」、「殺」之義。于省吾《雙劍誃諸子新證・晏子春秋二》「自
內向外刺之曰推。」即其證。《警世通言・萬秀娘仇報山亭兒》：「哥哥，你只好
推了這牛子休！」亦其例。「埋」，諸本同，疑爲「狸」之俗字。《墨子・備城門》：
「機長六尺。狸一尺。」孫詒讓間詁：「案狸……《備梯》篇作『埋』，俗字。」
可爲證。作「推狸」正與「屠狗」對文，原校係不明訓詁與俗字而誤也。

6. 《洛陽三怪記》：「暖煙竈前煨麥蜀，牛屎泥牆畫醉仙。」（《中國話本大
系・清平山堂話本》第 84 頁）

按：「蜀」，「黍」之同音訛字。「黍」與「麥」同爲五穀之一，可並稱，如
《虎嘯龍驚錄》第一章題目即爲《西田無麥黍》，作「麥蜀」則不可解。此處上
海古籍出版社 1992 年版、嶽麓書社 1993 年版亦失校。

二、校而未當例

7. 《死生交范張雞黍》：「張乃趨步逐之。不覺忽踏了蒼苔，擷倒於地，陰
風拂面，不知巨卿所在。」校云：「『擷』，疑誤。」（《中國話本大系・清平山堂
話本》第 320 頁）

按：疑「擷」有誤，是，然未達其旨。「擷」實爲「攧」之形近訛字。跌倒
之義。陸澹安《戲曲詞語彙釋》：「攧，墜跌。」[5] 可證。下文有「逐之不得。
忽然跌倒」與之呼應。《新五代史平話・梁史上》：「怎見得高？幾年攧下一樵
夫。至今未曾攧到地。」《警世通言・俞仲舉題詩遇上皇》：「若我回去，路上攧
在河水裏。明日都放不過你們。」《型世言》第一回：「剛到城下。早是前驅將士多
攧下陷坑。」皆其例。此處嶽麓書社 1993 年版亦失校。

8. 《快嘴李翠蓮記》：「新人那步過高堂，神女仙郎入洞房。」校云：「那」
當爲『挪』字之誤。」（《中國話本大系・清平山堂話本》第 69 頁）

按：「那」字不誤，乃「挪」之古字。明・徐光啟《農政全書》卷三十一：
「那表爲裏：左捲者。卻右捲；右捲者，卻左捲。」石聲漢校注：「『那』字，
解作『移』，今日寫作『挪』。可爲證。近代漢語文獻中多見，「那」或單用，

或與「移」連文、對文。如《鼓掌絕塵》第十一回：「一步也那移不動。」《照世杯·七松園弄假成眞》：「畹娘並不疑心，蓮步慢那，湘裙微動，上了轎。」清·尤侗《民謠》：「移重那輕無不有，田主瞪眼不敢爭。」

　　亦有誤改「那」爲「拿」字之例，中華書局 1993 年版《型世言》第二十二回：「張知縣道：『這一個大縣，拿不出這些銀子來？』」（第 307 頁）「拿」，底本作「那」。誤改。底本「那」字非「拿」之同音誤字，而同「挪」，挪借之義。如《型世言》第二十回：「喻外郎便去庫上那出二三百兩銀子。」《雲仙笑·又團圓》：「過了今日，下限還有兩三個日子，我到親族人家去那借就是。」

　　9.《珍珠舶》卷一第一回：「（趙相）遂即置備魚肉等件，買了一罎好酒。」「罎」，校云：「原本作『埕』，酌改。」（《中國話本大系·珍珠舶等四種·珍珠舶》第 79 頁）

　　按：「埕」字不誤，不煩改動。「埕」即大甕。《通雅·器用》：「甞，大甕，今俗曰石罍，曰埕。」可證。元·李文蔚《燕青搏魚》第二折：「隔壁三家醉，開埕十里香。可知多主雇，稱咱活杜康。」《豆棚閒話》第八則：「（蔚藍大仙）吩咐仙童往杜康處借一大埕，叫這二人投身入內。」並其例。

　　10.《鼓掌絕塵》第七回：「你且撐到船頭。若見了那個所在，我們上岸就是。」校云：「岸，原本作『崖』。」（《中國話本大系·鼓掌絕塵》第 83 頁）

　　按：「崖」於義可通，不煩改字。「崖」即「岸」，《荀子·勸學》：「玉在山而草木潤，淵生珠而崖不枯。」楊倞注：「崖，岸。」清·王筠《說文句讀·屵部》：「岸，高邊也。此云高邊則水之邊而峭高者也。」可爲證。《載花船》第五回：「（良輔）遂上崖急走，趕到蘭溪，投店過夜。」又第八回：「（良輔）叫隻西子湖中小船，渡到響水閘上崖，再到松木場討船回去。」《珍珠舶》卷三第一回：「將及五更時候，即令開船。因值風阻難行，到得石門鎮上，人家已吃早膳。急忙上崖，賣了些魚肉小菜，下船就開。」均其例。

　　11.《載花船》第八回：「玉姐垂淚道：『我被擄去直至金華，受了好少恥辱。』」校云：「『少』，疑爲『多』字之誤。」（《中國話本大系·珍珠舶等四種·載花船》第 67 頁）

　　按：「少」字不誤。此「好少」意即好多。漢語中「有一些詞語，從字面上看意義是相反或相對的，但它們在句中所表達的意義卻是相同的」[6]。如《西

湖佳話》卷九：「他吃醉睡了三日，又不曾半步出門。若說四川去化，好近路兒，怎生就化得來？」「好近」即好遠。《二刻拍案驚奇》：「隨從的虞侯虎狼也似好不多在那裡。」「好不多」即好多。

12. 《雙金釧》：「犯出這樣滅族之禍，卻還了得，與我拿去活埋！」校云：「卻，原作『都』，逕改。」（《中國話本大系·躋春臺·元集》第 8 頁）

按：「都」字不誤，用同「豈」，表反問，本書多見。如同篇：「懷德哭罷，上天無路，入地無門，遂引頸自縊。幸來一位救星……急忙解下，曰：『大少爺，如何想得太蠢，此事都做得嗎？』」又：「再說仕貴進內，對妻說道：『先年瞎了眼，把女兒放與常家。如今貧困已極，將要討口，不如把親毀了。』金氏曰：『那都使得？』」

三、闕字未補例

13. 《人中畫》：「汪費別了黃輿，出京上任。到了任上，打□就是三十、五十兩銀子。」校云：「□，原本空缺。」（《中國話本大系·珍珠舶等四種·人中畫》第 56 頁）

按：「□」，人民文學出版社 1984 年版（第 294 頁）亦闕，當爲「點」字，下文「帶了許多銀子進行打點」可資佐證。「打點」指打通關節、賄賂疏通，如元·無名氏《灰闌記》第一折：「你可去衙門打點，把官司上下布置停當。」《金瓶梅》第九回：「若有兩家告狀，他便賣串兒；或是官吏打點，他便兩下裏打背。」

14. 《珍珠舶》卷三第一回：「（阿喜）又□然向著張氏耳邊高叫一聲道……」校云：「□，原字模糊不清，似爲『猝』字。」《中國話本大系·珍珠舶等四種·珍珠舶》第 61 頁）

按：「□」，《古本小說集成》（第 185 頁）作「卒」，依稀可見，可補。「卒然」乃突然之義。《史記·滑稽列傳》：「若朋友交遊，久不相見，卒然相睹，歡然道故，私情相語，飲可五六斗徑醉矣。」《二刻拍案驚奇》卷五：「從不敗露，豈知今年元宵行事之後，卒然被擒。」《醒世姻緣傳》第三十回：「船過了宿遷，卒然大風刮將起來，船家把捉不住，頃刻間把那船幫做了船底。」皆其例。

參考文獻

〔1〕張一舟，1995，《從〈躋春臺〉的校點看方言古籍整理》，《方言》第 2 期。

〔2〕曾昭聰，1997，《〈清平山堂話本〉三家校點商補》，《貴州文史論叢》第 1 期。

〔3〕王文暉，1997，《〈清平山堂話本〉校點拾遺》，《古籍整理研究學刊》第 3 期。

〔4〕蔣宗福，2005，《〈躋春臺〉三種整理本勘誤舉例》，《方言》第 1 期。

〔5〕陸澹安，1981，《戲曲詞語彙釋》，上海古籍出版社。

〔6〕李申，2000，《漢語「反詞同指」現象探析》，《語言教學與研究》第 4 期。

（原載《鹽城師範學院學報》2007 年第 3 期，與段力雄合作）

《「漫地裏栽桑……」小考》補議

《中國語文》1996 年第 4 期葛占嶺同志《「漫地裏栽桑……」小考》一文考釋了《金瓶梅詞話》第二三回的一則歇後語「漫地裏栽桑——人不上他行」。他認爲「人」和「入」字形相近，抄錄和刻版時極易產生錯誤，並假設「人不上行」乃「入不上行」之誤，其義爲「不能成行」。這是很有見地的。然不經證實，終爲假說，尙難令人信服。我們翻檢日本大安本《詞話》，發現此書確有許多「入」被誤刻爲「人」的例子，如：（1）執塵柄抵牝口，賣了個倒人翎花……（第二七回）（2）先在待漏院候時，等的開了東華門進人。（第七一回）（3）炎熱天氣，挨過了炎熱天氣，祈涼人繡幃。（第七五回）（4）是甚麼人？不問自由，擅自搬人我屋裏來。（第九八回）此四例中加點的「人」都是「入」字之誤。它們分別應作「倒入」、「進入」、「祈涼入繡幃」、「搬入」。此外，《詞話》中也確有「入不上某」的格式。例如第六七回潘金蓮滿懷妒意地對西門慶說：「李瓶兒是心上的，奶子是心下的，俺每是心外的人，入不上數！」由上可知，「人不上」實應爲「入不上」。「入不上數」、「入不上行」同爲「入不上某」格式。就如「一遞一口」、「一遞一拳」、「一遞一句」同爲「一遞一某」格式一樣。

又，葛文云：「栽桑時必使樹與樹之間保持一定的間距，……如果不按一定間距栽樹，即所謂『漫地裏栽桑』。」這一解釋亦不夠確切。「漫地」今仍流行於魯南、蘇北方言中，義爲空曠、偏僻之處。《徐州方言詞彙續稿》：「漫

· 161 ·

地，空曠處：放到～去。」（載《方言》1984 年第 3 期）放到漫地去的多爲無用之物。因爲孫雪娥認爲自己是「沒時運的人」，不能與其他受寵的妻妾相比併，所以她把自己比作栽在空曠偏僻處「入不上行」的一棵桑樹。

故，這句歇後語的字面及隱含之義當爲：空曠偏僻處栽的（一株）桑樹，不在其他成行的桑樹之列。比喻人處境各有不同，自難相提並論。

（原載《中國語文》1998 年第 4 期）

「虎口」諱語說補證

　　《金瓶梅》於性描寫中每每提及「燒香疤」一事（即男子用香火燒灼妓女或姘頭的肉體以留下「印記」），《詞話》本第八、三十二、六十一、七十八諸回均有記述。其燒灼部位多指明在陰戶，或者心口、腹肚。崇禎本六十一回回目上句即作「西門慶乘醉燒陰戶」。唯三十二回說張小二官兒與妓女董貓兒相好，「因把貓兒的虎口內火燒了兩醮」，此「虎口」究指何處？兩部《金瓶梅詞典》（王利器主編，吉林文史出版社 1988 年；白維國編，中華書局 1991 年）和《金瓶梅大辭典》（黃霖主編，巴蜀書社 1991 年）俱釋作大拇指與食指相連的部位。但燒灼手掌與各回交代的私密處顯然不符，也不合情理，故有學者提出質疑，指出這兒的「虎口」實「當為女陰的諱飾語」（見蔣宗福《〈金瓶梅詞話〉語詞札記》，載《文獻》1997 年第 2 期），並舉《醒世姻緣傳》第三十三回狄員外教訓其子狄希陳的一句粗話「別說先生打你，只怕你娘那沒牙虎兒難受」為證，此「沒牙虎兒」即女陰的諱語。蔣文還據「古代便器叫虎子、伏虎」等文獻資料推測女陰諱稱「虎口」或當與之有關。

　　今按：諱飾語之說應從。然蔣文終缺以「虎口」一詞隱指陰戶的力證。特為補苴二例於後：

　　1. 明・陳所聞《金落索・謝美人贈錦囊》曲：「雖然虎口些娘小，無限相思若個包。」此言「虎口」雖小，卻能包解相思之饑渴，其意與元・王元和《題

情》套【下山虎】曲「向這芙蓉錦帳配合春嬌，說不盡忔憎處萬般小巧」所詠略同。

2. 清・玩花主人編《綴白裘》三編《紅梨記・亭會》【玉交枝】曲：「想他凌波偏稱，羅襪內藏著可憎。行來旖旎身不定，軟紅鞋血染猩猩，量來虎口只有三寸爭，幫兒四周都周正。」此「虎口」乃雙關語，雖明寫女子鞋腳，實則另有寓意。古代小說、戲曲、筆記等作品，常以「鞋」、「腳」隱涉性器或性事。如《詞話》中的「洗腳」、「洗坐腳」實即「澡牝」。第七回孟玉樓責問張四舅說「莫不奴的鞋腳，也要瞧不成？」又，清・文康《兒女英雄傳》第十七回：「十三妹道：『……這裡頭有我的鞋腳兒，不好交在他們手裏。』」兩處「鞋腳」係諱指女人的褻衣、經帶一類用品。明・浮白主人輯《笑林》「臭腳」條亦以暗譏婦人牝臭。

由上可知，三部《金瓶梅》專書詞典均未得「虎口」之確解。又《漢語大詞典》第 8 卷同條僅收錄三個義項：①老虎之口；②指大拇指和食指相連的部分；③人體穴位合谷的別稱。亦當補「隱指女陰」一義方爲完整。

（原載《中國語文》2011 年第 1 期）

「虛篢」訓釋商榷

　　《金瓶梅詞話》第 45 回寫元宵節間西門慶家請李桂姐、吳銀兒幾個妓女上門彈唱，李桂姐以「家中無人」、「媽媽盼望」爲由急著返回妓院，吳月娘再三挽留不住，於是對答應不走的吳銀兒說：「銀姐，你這等我才喜歡。你休學李桂兒那等喬張致，昨日和今早，只相臥不住虎子一般，留不住的只要家去！可可兒就忙的恁樣兒？連唱也不用心唱了。見他家人來接，飯也不吃就去了。——就不待見了！銀姐，你快休學他。」吳銀兒道：「好娘，這裡一個爹娘宅裏，是那裡去處？就有虛篢，留著別處使，敢在這裡使？桂姐年幼，他不知事，俺娘休要惱他。」

　　其中「虛篢」一詞究爲何義？各家說解頗有分歧。張鴻魁先生《釋「虛篢」並論俗字「囂」》（《中國語文》2009 年第 4 期，下簡稱「張文」）認爲「現見有幾種說法」（1. 空箱子說，見魏子雲《金瓶梅詞話注釋》；2. 指「屁」說，見張惠英《金瓶梅俚語難詞解》、李申《金瓶梅方言俗語彙釋》和王利器《金瓶梅詞典》；3. 「欺騙行爲」說，見白維國《金瓶梅詞典》）皆不合適，於是提出「『篢』是『囂』字俗形造成的訛誤，『虛篢』當是『虛囂』」一說。張文雖然論證了「囂」訛變爲「篢」的可能性，但「可能」並非「必然」，而且文中涉及的一些問題，仍有商榷的必要。下面即從兩方面試作進一步探討。

一、「虛簀」即「虛恭」說的合理性

（一）是否有「虛簀」一詞？

張惠英先生（1992）指出，「『恭』在『出恭』、『恭桶』中用作大小便的婉辭，可能這兒用古紅切的『簀』諧『恭』。」將二字看作通假關係，認為詞形應作「虛恭」，是很有道理的。此詞無論在近代漢語文獻，還是現代方言口語中都有例證。如：

清·無名氏《施公全案》第156回：「那人猛然腹內一陣汩汩作響，一連出了幾個虛恭，薑趕寒散。」

慈禧身邊的宮女榮兒在回憶清宮生活時說：「第二樣和第三樣的困難，是吃飯和出虛恭。」「誰能想到在皇宮裏當差，五六年沒吃過一頓飽飯，試想我們是十二三歲的孩子呀！怕出虛恭，丟了差事，惹了麻煩，在小姐妹群裏擡不起頭來。」（見金易，2006）

邊治中（1987）指出道家的回春功「由於做功時腸胃的蠕動，還會打嗝出虛恭（放屁）。」

徐世榮（1992）指出北京土語有一類是：「隱諱（有的是「雅化」），如：白果兒，生口，還酒，出虛恭，夜靜兒，外快，三隻手，混事的，攤上事兒，瞎道兒，挨人兒。」

董樹人（2010）《新編北京方言詞典》收有「出虛恭」條，釋為：「中醫行醫用語，指放屁。」

李申（1986）指出：老派徐州話作為諱飾語也說「虛恭」（記作「虛窬」）。

中國社科院語言所（2002）《現代漢語詞典》增訂本收有「出虛恭」條，釋為「婉辭，指放屁。」但並未注明是方言，說明此詞語的使用已較普遍，故被收入普通話詞彙。

可見，從明清至現今，從一些方言到普通話，此詞一直都在使用。「簀」並非誤字，而是「恭」的記音用字。

（二）「使虛簀」從詞語搭配和色彩上看是否成立？

張文指出：「凡詞非常形（字形），要想注釋確立，一要講清字音通假，二要講清詞義引申脈絡，三還要觀察詞語搭配關係，四還要觀察權衡色彩。僅據前兩條，指『屁』說似有可能成立，但從後兩條看，理由就不充分了。

從詞語搭配關係看,『虛簀』前的動詞是『使』,『使』『屁』這種搭配在近現代漢語中似尚未見先例。從詞語色彩看,『使屁』極不莊重,不適合小說設置的場景,也不符合發話人和受話人的身份性格……因此,『虛簀』不可能是『屁』的同義語。」

應當說,張文提出的注釋確立的四條標準是非常正確和全面的。但據後兩條否定張(1992)、李(1992)、王(1988)的說法卻難稱允洽。

首先說「使」與「虛簀」搭配問題。在近代漢語中,「放」亦有「使」義。如《敦煌變文集‧前漢劉家太子傳》:「遂便不放外人知聞,便稱帝位。」又:「問其事已了,卻便充為養男,不放人知。」兩例中之「不放」即「不使」。南宋‧辛棄疾《滿江紅‧中秋寄遠》詞:「快上西樓,怕天放浮雲遮月。」「放浮雲」即「使浮雲」。《金瓶梅詞話》第 54 回:「如意兒恐怕哭醒了李瓶兒,把奶子來放他吃,後邊也寂寂的睡了。」「放他吃」即「使他吃」。

反之,「使」亦有「放」義。如元劇《秋胡戲妻》第 4 折:「早是俺這釣鼈客咱不認,哎!你個使牛郎休更想。」《水滸全傳》第 51 回:「白玉喬道:『便罵你這三家村使牛的,打甚麼緊?』」「使牛」、「使牛郎」即放牛、放牛郎。近代漢語中還有不少「使性」、「使性氣」之類的說法,義為放任性子,發脾氣,「使」皆有「放」義。

故,「使」與「虛簀」搭配似未嘗不可。

再說「使虛簀」的詞語色彩問題。《金瓶梅》中直接用「放屁」罵人胡說者比比皆是。如第 4 回寫鄆哥揭發王婆子撮合西門慶和潘金蓮勾搭成奸,「那婆子吃他這兩句道著他真病,心中大怒,喝道:『含鳥小猢猻,也來老娘屋裏放屁!』」又如第 16 回寫李瓶兒要嫁西門慶,西門慶擔心她家大伯子會說李孝服不滿,從中阻攔,李瓶兒對西門慶說:「他不敢管我的事。……他若但放出個屁來,我教那賊花子坐著死,不敢睡著死。大官人你放心,他不敢惹我!」但在大節間,又當著正嫡女主人吳月娘的面兒,吳銀兒自知應當避免「放屁」這樣的直白,故而採用「使虛簀」的婉辭,這正符合地位卑下的女子在尊長者面前的聲口,既俚俗而又不失其雅馴。誠如上舉徐世榮文中所說,這是一種「雅化」了的說法。而且這話裏還隱含著對李桂姐敢於在吳月娘面前耍花招的貶斥,又巧妙地迎合了吳月娘對李桂姐「喬張致」的批評。於此正可看

出吳銀兒性格的乖巧和老於世故。

綜上所述，將「使虛簀」釋作「放屁的諱詞」，引申貶指人指空撒謊，弄虛作假，似並無不妥。

二、對「簀」爲「囂」字形誤說的兩點質疑

（一）張文在否定現有幾種說法之後，提出「簀」是「囂」字俗形造成的訛誤說，認爲「使虛簀」實應作「使虛囂」，義爲弄虛作假、撒謊耍滑頭。那麼，「囂」是如何訛誤成「簀」字的呢？按張文推測，其訛變的路線是：首先由「囂」先脫落下面的兩個「口」字，成爲「𫐷」，然後上面的兩個「口」字再訛變成「竹」字頭而成「𥲤」字，最後又因與「簀」字形相近而致混淆，於是「囂」就訛誤成「簀」字了。

誠然，《金瓶梅》中因字形相近而致訛誤的例子是不少的，例如「弔腳事」中的「弔」誤爲「另」字（26 回），「外合裏差」的「差」被誤刻成「表」字（58 回）。但像「囂」再三訛誤才成「簀」字，究竟有多大的可能性？是否過於迂曲？而且，如上文所說，「使虛簀」本身就有弄虛作假，撒謊耍滑頭的意思，又何需拐這樣一個大彎兒呢？在古代文獻整理時，凡原文可通的，就不必判爲誤文，這也是應當注意的一個原則。

另外，《金瓶梅》中使用「囂」字甚多，僅張文引用的就有「百浪虛囂」、「囂紗片子」、「囂紗段子」、「遮囂兒」、「囂了人」、「囂了他的頭」、「囂我」、「塵囂滿榻」等，「囂」字皆不誤，說明「囂」與「簀」字形是有明顯區別的，如果一定要說「虛簀」一詞中的「簀」是「囂」字輾轉訛誤而成的，恐難令人信服。

（二）即使如張文推測的那樣，「虛簀」乃「虛囂」之訛，那麼，按照張文提出的第三條標準看，「使虛囂」能否搭配呢？張文並未舉出「使虛簀」以外的任何一例。張文所舉《竇娥冤》二《南呂·一枝花》：「說一回不明白打鳳的機關，使了些調虛囂撈龍的見識」，此句中「虛囂」前面的動詞是「調」，「使」的賓語是「見識」，並非「使虛囂」拆分的說法。我們檢索了王學奇（2002）《宋金元明清曲辭通釋》「虛囂（囂虛）」條，所引 10 例中，「虛囂」前搭配的動詞僅有「調」、「弄」、「舞」三個，無一例用「使」。另王書未提到的元明戲曲作品中，有「恣虛囂」（《東堂老》）、「話虛囂」（《蝴蝶夢》）、「說虛囂」（《西遊記》）等說法，亦無一例用「使」者。可見「使虛囂」的說法，如果不能說絕對沒有，

起碼也是極爲少見的。那麼，爲什麼一定要把可以說通的「使虛簀」硬說成是「使虛囂」呢？

由上觀之，張文之說要想確立的話，恐怕還需要有更爲充分可靠的證據。

參考文獻

〔1〕魏子雲，1987，《金瓶梅詞話注釋》，中州古籍出版社。

〔2〕張惠英，1992，《金瓶梅俚語難詞解》，社會科學文獻出版社。

〔3〕李申，1992，《金瓶梅方言俗語彙釋》，北京師範學院出版社。

〔4〕王利器，1988，《金瓶梅詞典》，吉林文史出版社。

〔5〕白維國，1991，《金瓶梅詞典》，中華書局。

〔6〕〔清〕無名氏，《施公全案》江蘇古籍出版社，1994。

〔7〕金易等，2006，《「榮宮女」回憶故宮生活》，揚子晚報（12月4日），又見該報2012年4月24日傳奇解密《慈禧身邊宮女講述清宮時尚》。

〔8〕邊治中，1987，《中國道家秘傳養生長壽術》，黑龍江人民出版社。

〔9〕徐世榮，1992，《北京話及其特點》，載《語言研究與應用》，商務印書館。

〔10〕董樹人，2010，《新編北京方言詞典》，商務印書館。

〔11〕李申，1986，《徐州方言的諱飾語》，載《語言研究》第2期。

〔12〕王學奇，2002，《宋金元明清曲辭通釋》，語文出版社。

（原載四川大學《漢語史研究集刊》第十六輯，巴蜀書社，2013年。

又收入第九屆（五蓮）國際《金瓶梅》學術研討會論文集。）

《金瓶梅》詞語釋義訂補

陸澹安先生的《小說詞語彙釋》（上海古籍出版社，1979 年 10 月新 1 版，下簡稱《彙釋》）收錄《金瓶梅》語詞計 700 餘條。其中考釋精當者頗多，但誤出臆解或說欠準確者亦很不少（據粗略統計，約為 150 條）。對於此類詞語，近年來雖陸續有人提出商討，然仍有相當一部分未能論及或者未獲圓滿的解決。現擇其主要者分類例舉於後，並略陳訂補意見，以求教於方家和讀者。

一、釋義有誤

1・不明方言俗語致誤

【人牙兒】　小孩。「牙」是「孩」的轉音。（《金瓶梅》十七）

等了半日，沒一個人牙兒出來，竟不知怎的。（《彙釋》30 頁，下僅標頁碼）

《彙釋》僅引十七回一例，五十一回亦有用例：「王三官兒便奪門走了。我便走在隔壁人家躲了。家裏有個人牙兒！」[1]此兩處「人牙兒」義皆為人影兒。「家裏有個人牙兒」，等於說「家裏有個人影兒」，意即連個人影兒也見不到。《紅樓夢》第七十一回：「叫該班的吹燈關門。誰知一個人牙兒也沒有！」同此。胡竹安先生《古代白話訓詁方法探索》云：「現今山東東部方言急讀『人影兒』就像『人牙兒』。」[2]可知「人牙兒」乃「人影兒」的記音用字，非指

小孩子。老派徐州話亦有此語。例如:「街上連個人牙兒也沒有。」並不是連個小孩兒也沒有。《金瓶梅》第三十二回另有「小人芽兒」一詞:「那潘金蓮笑嘻嘻的向前戲弄那孩子,說道:『你這多少時初生的小人芽兒,就知道你媽媽?』」此「小人芽兒」方為小孩兒。「芽」是「伢」的記音字。「人牙兒」與「人芽兒」雖然同音,但不當看作一詞。

【達達】　元朝蒙古人對尊長的尊稱,據說是爺爺的轉音。又有人說:「達達」即「韃靼」,所以舊時常稱蒙古人為「達達」。(《金瓶梅》五十)老婆道:「好達達!隨你交他往那裡,只顧去,閃著王八在家裏做甚麼?」(660頁)

達達,實即爹爹。「爹」的上古音、中古音皆如「達」(詳張清常《古音無輕唇舌上八紐再證》,載南開大學《語文研究論叢》)。明·陳士元《俚言解》卷一:「河北人呼父為大,又訛為達。」《濟寧縣志》卷四:「大,父也。濟寧稱父曰大,亦有稱達者,疑即爹之轉音。」說明爹的古音在一些方言中得到保存。用山東方言寫的白話作品中亦多用此稱。例如:《醒世姻緣傳》第四十八回:「你達替俺那奴才話腚。」《聊齋俚曲集·牆頭記》第一回:「他達合俺達站一堆,俺達矮了勾一楂,叫他達教人不支架。」《金瓶梅》中此語多借用於僕婦、婢女尊稱家主(如七十六回:「春梅道:『達達放開了手。』」),女子昵稱丈夫(如七十九回:「西門慶情極,低聲求月娘叫達達。月娘亦低聲幃昵,枕態有餘。」)或情夫(如前引五十回例)。《彙釋》說解之所以不免迂曲,當由於作者不諳北方話所致。

【緊自】　著緊。接二連三,陸續不斷。(《金瓶梅》八)西門慶道:「緊自他麻煩人,你又自作耍。」(695頁)

緊自,或作「緊子」,義為本來,原來。山東方言。《醒世姻緣傳》第七十五回:「周嫂兒道:『是了,捨著俺兩的皮臉替大爺做去,緊子多裏愁著沒有棉褲棉襖合煤燒哩。』」此言本來正愁著多天裏沒有……呢。「緊自」還多與「又」搭配,表示一種遞進關係,意同「本來就已經……,又……」。如陸引第八回例。再看下面兩例:第五十八回:「金蓮緊自心裏惱,又聽見他娘說了一句,越發心中攛上把火一般。」第六十七回:「不好告你說,緊自家中沒錢,昨日俺房下那個平白又桶出個孩子來。」以「本來」、「原來」釋之,均

暢通無礙。此顯然不是說「接二連三心裏惱」，「陸續不斷沒有錢」。這一格式至今仍保存在山東方言中。

【欠肚兒親家】　心中有事，坐立不安的人。(《金瓶梅》五十一) 他往你屋裏去了，你去罷，省得欠肚兒親家是的。(114 頁)

徐州一帶把少吃一頓飯或沒有吃飽肚子叫做「欠肚兒」。所謂「欠肚兒親家」，意即該受款待而未受到款待的親家，代指受虧待的人。此乃暗諷潘金蓮性生活上不知饜足，若稍微謙讓別人一點兒，就像是受了誰的虧待似的。

【抖擻（二）】　驕傲自大。(今俗稱人驕傲自大為「抖」，即「抖擻」的簡詞)(《金瓶梅》九十四) 姐姐幾時大了？就抖擻起人來。(263 頁)

抖擻，本指抖動、甩動物體。揚雄《方言》：「東齊日『鋪頒』，猶秦晉言『抖擻』也。」郭璞注：「謂抖擻舉索物也。」北方話中，揭人陰私也叫抖擻。齊如山《北京土話》(北京燕山出版社，1991 年)：「宣佈人之秘密亦日『給他抖露出來』。」又引申為擺佈（向人）發威風。九十四回之「抖擻人」即用此義。今徐州方言中三義（抖動、揭露、擺佈）並存。「抖擻」如作「驕傲自大」講，何以能帶賓語「人」？另外，說「抖」即「抖擻」的簡詞亦屬誤解。俗稱某人「抖起來了」，並不能換成「抖擻起來了」。我們可以說某人「抖擻（擺佈）人」，但不能說他「抖人」。可見「抖」並非「抖擻」的省縮形式。

【拔了蘿蔔地皮寬】　排除他人，擴展地盤。(《金瓶梅》五十一) 拔了蘿蔔地皮寬。交他去了，省的他在這裡跑兔子一般。(321 頁)

此俗語比喻去掉了某人反倒更好，並無「擴展地盤」之意。明‧無名氏《東籬賞菊》第二折：「縣令方才八十日，只因性急就辭官。今番管事輪著我，豈不聞拔了蘿蔔地皮寬。」言縣令辭官由我接替豈不更好？今徐州一帶仍普遍流行此語，詳《徐州方言志》。《漢語諺語詞典》(江蘇人民出版社，1981 年)作諺語收錄，釋沿陸說，並誤。《中國俗語大辭典》(上海辭書出版社，1989 年)同條釋作「比喻除掉了心中憎恨的人，才能舒心」。意義近似，然試之上例，語氣仍嫌過重。

【韶刀】 指輕率、荒唐，說話不加檢點。（《金瓶梅》十三）
可是來，自吃應花子這等韶刀，哥剛才已是討了老腳來，咱去的也
放心。（708 頁）

韶刀，即嘮叨，囉唆。《金瓶梅》中屢見。例如：「西門慶道，怪狗才，忒
韶刀了。」（第三十五回）「俺這媽越發老的韶刀了。」（第五十一回）「月娘聽
了，心中就有些不耐煩了，說道：『你看韶刀！哭兩聲兒，丟開手回去了。』」
（第六十二回）其他如《醒世姻緣傳》第八十五回：「這大舅眞是韶道，雇個主
文代筆的人，就許他這們些銀子。我說叫他來我看看，說了我一頓村，又說我
不在行。」《紅樓夢》第二十四回：「賈芸聽他韶刀的不堪。」都是嫌人嘮叨不
清。此詞今在江淮官話區仍極其流行，亦可爲證。

【潑腳子貨】 即「潑辣貨」。（《金瓶梅》七十五）潑腳子貨，
別人一句兒還沒說出來，你看他嘴頭上就相淮洪一般。（740 頁）

魯南、蘇北稱剩茶底子爲「潑腳子」，因它是一定要被潑掉的「底腳子貨」。
以之喻人，是對口無遮攔，慣會撒潑者的惡稱。

【獻世包】 即「見世報」，釋見「見世報」條。（《金瓶梅》七
十八）今後你有轎子錢，便來他家；沒轎子錢，別要來。料他家也
沒少你這個窮親戚，休要做打嘴的獻世包。（840 頁）

【見世報】 「見」即「現」。俗稱不肖子孫爲「現世報」，意
思是他父親或祖上曾經作惡，所以子孫在現代便受到報應。（282 頁）

獻世，即「現世」，不誤。通常作「當世」、「現代」講。但方言中另有出
醜、丟臉義。徐州方言說人「太現世了！」「別現世了！」「現世」即在世人
面前現醜。「包」是對人的賤稱，如「膿包」、「熊包」等。「獻世包」乃惡稱
丟臉、出醜者，似與「現世報」無涉，不當強生牽扯。此語黑龍江等省使用
也很廣泛，詳《簡明東北方言詞典》（遼寧人民出版社，1988 年）。上舉七十
八回例中，潘金蓮因嫌母親走親戚沒錢打發轎夫，丟人現醜，故說此難聽話，
不是說誰現世得到報應，更非罵「不肖子孫」。

2. 未識隱語、別稱致誤

【半邊俏】 一半好，一半不好。（《金瓶梅》五十八）你笑話

我老，我那裡放著老？我半邊俏，把你這四個小淫婦還不夠擺佈。
（135頁）

半邊俏是含有淫穢意味的隱語，應伯爵藉以調妓。此猶言「左邊翹」。左邊，隱指男子陽物，又叫做「龜」。如《金瓶梅》第三回：「我小時在三街兩巷遊串，也養得好大龜。」俗傳真武帝足下有龜蛇二將，龜在左，故又以「左邊」代龜。第五回：「鄆哥道：『我笑你是只會扯我，卻不道咬下他左邊的來！』」即指此。左邊，乃半邊也。「俏」與「翹」諧音。此言男子陽物勃起，淫興發作。故才有「把你這四個小淫婦還不夠擺佈」之語。左為男，右為女，各為一半，則「半邊俏」又可隱指妓女。姚靈犀《金瓶小劄》云：「半邊俏，《陶庵夢憶》，謂歪妓也。《續金瓶梅》四十六：『有云封門河邊有的是半邊俏，找個來陪唱。』」即云此。

【蹇味兒】　沒意思和乏味的人。（《金瓶梅》八十三）這個姓包的就和應花子一般，就是個不知趣的蹇味兒。（811頁）

蹇味兒，驢子的別稱。當作「蹇衛」。宋・岳珂《桯史》卷五：「蹇衛衝風怯曉寒，也隨舉子到長安。」「味」、「衛」音同，故借字書之。清・阮葵生《茶餘客話》卷二十：「驢也，蹇也，衛也，其名有三。」「衛地多驢，故呼驢曰衛子。」唐・范攄《雲溪友議》：「南中丞卓昊楚游學十餘年，衣布縷，乘牝衛。薄遊上蔡。」乃單用「衛」者。「蹇」「衛」連用，如《桯史》。「蹇」、「驢」連稱，如《黃粱夢》第四折：「那蹇驢兒柳陰下舒著足乞留惡濫的臥。」稱人「蹇味兒」，是罵人像驢子一樣蠢笨憨直，不知禮趣兒。

【印鋪】　當鋪。（《金瓶梅》四十）不拘誰家衣裳，且交印鋪睡覺。（188頁）

「印子鋪」（見第五十回）、「印子房」（見第二十三回），《金瓶梅》中亦稱「印鋪」，是放印子錢的處所。印子錢是一種高利貸名目。清・張燾《津門雜記・打印子》：「印子錢者，晉人放債之名目也。每日登門索逋，還訖，蓋以印記，以是得名。」《清史稿・成性傳》：「百姓十室九空，無藉乘急取利，逐月合券，俗謂『印子錢』，利至十之七八，折沒妻孥。」對無力償還欠債者，印鋪雖折沒什物（甚至妻孥）以抵充，但畢竟與一般「解當鋪」不同。

【酒子】　賣酒的人。（《金瓶梅》五十）不防颺的只一拳丟，

打的那酒子只叫著阿唷，裹腳襪子也穿不上，往外飛跑。（465 頁）

上文中的「酒子」即「酒太公」，乃造酒的工人。兩稱並見於五十回同一節文字中：「只見黑洞洞，燈也不點，炕上有兩個戴白氈帽子的酒太公，一個炕上睡下，那一個才脫裹腳，便問道：『是甚麼人？進屋裏來了！』玳安道：『我合你娘的眼！』不防颺的只一拳去，打的那酒子叫聲阿唷，裹腳襪子也穿不上，往外飛跑，那一個在炕上扒起來，一步一跌也走了。」其所指顯然相同。《彙釋》亦收「酒太公」條，釋作「做酒的工人」（465 頁），不誤。但由於未顧及上下文，而把「酒子」當成了另一種人。

3. 望文生義致誤

【怯床】 有人換了個床便睡不著，叫做「怯床」。（《金瓶梅》五十八）董嬌兒道：「他剛才聽見你說，在這裡有些怯床。」（313頁）

怯床，隱指因男子性欲太強，而致使女子害怕受不了擺佈。五十八回應伯爵曾說：「你笑話我老，我那兒放著老？我半邊俏，把你這四個小淫婦兒，還不勾擺佈。」「我那兒，到根前看手段還錢。」董嬌兒故有此語以打趣。與換床睡不著覺無涉。

【鬼胡油】 鬼混、胡攪。（《金瓶梅》八十二）人情裏包藏著鬼胡油，明講做兒女禮，暗結下燕鶯儔。（473 頁）

鬼胡油，叫人捉摸不定的鬼心腸，此指姦情。曾瑞小令《紅繡鞋·風情》：「著小局斷兒包藏著鬼胡由，明講著昆仲禮，暗結了燕鶯儔。」上引《金瓶梅》數語，當由此脫出。《元曲釋詞》一（中國社會科學出版社，1983 年）：「胡由，狀其飄忽不定也。現在北方話還有悠悠忽忽的說法，悠忽，即胡由的倒語。」「鬼胡由，謂像鬼一樣的飄忽，難以把捉。」得之。

【乾霍亂】 本是一種時疫病，借作「無緣無故地忙亂」的意思。（《金瓶梅》八十二）唬的經濟氣也不敢出一聲兒來，乾霍亂了一夜。（476 頁）

乾霍亂，即白白地忙亂。「乾」猶言「空」、「白白地」，北方話把光著急而無辦法叫「乾急」，不知如何舉動叫「乾挓抄手」。「霍亂」，山東話。意為

折騰，鬧騰，搞得混亂不寧。上例中言陳經濟與潘金蓮同床一宿而未能如願，所以說他是白白地忙亂了一夜。「白忙亂」與「無緣無故地忙亂」不同。前者是有目的的，只是未能得到預期的結果。後者則是不知爲何忙亂，行動是盲目的。而把作「鬧騰」講的「霍亂」當成「時疫病」，顯然是更大的誤解。

【觀眉說眼】　看人家臉色。(《金瓶梅》六十二) 這小丫頭繡春，我教你大娘尋家兒人家，你出身去罷，省得觀眉說眼，在這屋裏，教人罵沒主子的奴才。(862 頁)

觀眉說眼，意爲指東說西，比雞罵狗。「省的觀眉說眼」，是指「免得被人家觀眉說眼」，非謂小丫頭繡春看人家臉色。《彙釋》僅憑「觀眉」一語說解，完全忽略了「說眼」二字的含義。

【涎纏】　胡鬧糾纏。(《金瓶梅》二十一) 還要回爐復帳，不知涎纏到多咱時候。(925 頁)

涎纏，義爲耽擱、拖延 (時間)。明·徐渭《歌代嘯》第二齣:「他外才兒灑脫清狂，內才兒卻雄偉堅剛。餓肚腸煞會涎纏，俏軀老偏多伎倆。」此一言歡會的時間長，一言交合的手段多。今徐州方言仍有是語。例如說:「你快點回來，別只顧涎纏。」「纏」讀陰平，乃「遲延」的合音。亦可單獨使用，例如:「別忙走，大纏一會兒。」意即多停留一會兒。這同《金瓶梅》第七十五回「誰耐煩和你兩個只顧涎纏」的說法是極其吻合的。

4. 未審文意致誤

【外合裏差】　口是心非。(《金瓶梅》四十六) 你說你恁行動。兩頭戳舌獻勤，出尖兒，外合裏差。(《金瓶梅》五十八) 不干你事，來勸甚麼醃子？甚麼紫荊樹，驢扭棍，單管外合裏差。(143 頁)

外合，與外人相合;裏差，對自己人不好。此語意爲偏向外人，虧待自家人，猶今俗語「胳膊肘子向外歪」。四十六回一例，言玳安兒經常跟著主子在外爲非作歹，替主子牽線作眼，還向主子喜歡的妓女獻殷勤。不僅處處瞞著主母，甚至敢於公然頂嘴，不聽使喚。故月娘責罵他「外合裏差」。五十八回寫潘姥姥因感李瓶兒的情，說了李幾句好話，而潘金蓮忌恨李瓶兒，故指責自己母親偏向外人。說潘母誇李瓶兒是口是心非，則有乖文意。

【十個明星當不的月】 許多小人物也幹不了一件大事情。(《金瓶梅》四十) 隨他多少，十個明星當不的月。(35 頁)

「當不的」即「抵不住」、「抵不上」。此以「十顆明亮的星星也比不上月亮的光輝」來比喻媵妾的地位終難與正室相匹敵。星即「小星」，指妾。《詩·召南·小星序》：「小星，惠及下也。夫人無妒忌之行，惠及賤妾。」後因以「小星」作為妾的代稱。明·吳炳《療妒羹·賢風》：「夫人時常寬慰，許備小星。」清·鈕琇《觚賸·雲娘》：「公子治吉席，將為小星催妝。」均指妾。「月」，喻正妻，實暗諧月娘。上引四十回例，是王姑子就吳月娘想要懷孕生子而說的勸慰話。意思是說庶出之子無論如何也不如嫡親之子。此回開頭王姑子云：「你老人家養出個兒來，強如別人。」便是極好的注腳。

【索落】 即「數落」。埋怨、責備。(《金瓶梅》三十二) 西門慶道：「你這狗才，頭裏嗔他唱，這回又索落他。」(《金瓶梅》五十二) 不是我索落你，事情兒已是停當了，你爹又替你縣中說了，不尋你了，虧了誰？還虧了我。(453 頁)

為便於比照，下面再舉兩例：第十一回：「西門慶有心梳籠桂姐，故此發言，先索落他唱。」第三十五回：「既是他索落你，教玳安兒前邊問你姐要了衣服，下邊妝扮了來。」細審文意，這四例俱無埋怨、責備義。例如十一回，西門慶有心梳籠李桂姐，愛之猶恐不及，何言責怪？「先索落他唱」，絕非先責怪她唱，恰好相反，是首先要她唱，即所謂「打頭炮」。由此可知，「索落」義為點著某人要求他做某事，搬弄別人，猶今俗語「提溜」、「點某人的戲」。以之解說各例，無不怡然理順。作責怪講的是「數落」。例如七十八回：「潘姥姥歸到前邊他女兒房內來，被金蓮盡力數落了一頓。」與「索落」並非一詞。

5. 出條不當致誤

【快戳】 尖利。(《金瓶梅》六十四) 只是五娘快戳，無路兒行動。(255 頁)

「快戳」不辭。上面引例斷句有誤，原文當斷作「只是五娘快戳無路兒，行動就說『你看我對你爹說』，把這打只題在口裏」。「戳無路兒」是一個詞。五十一回：「月娘道：『想必兩個不知怎的有些小節不足，闕不動漢子，走來

後邊戳無路兒，沒的拿我墊舌根。』」可證。「快戳無路兒」義爲會捅漏子，惹是生非給人添麻煩。「快」乃「會」的方言音。「戳無路兒」則是「戳乎漏兒」的音訛。

【求張良拜韓信】　到處求人，借用漢高祖劉邦的故事。(《金瓶梅》七）明日我會大官人，咱只倒在身上求他，求只求張良，拜只拜韓信。(267 頁）

張良、韓信，喻指能起主要作用的人。「求只求張良」，意即求人只求張良那樣的關鍵性人物。「拜只拜韓信」是同義重複。上文亦說「咱只倒在身上求他」，何言「到處求人」？把完整的俗語割裂出條，是致誤的原因。

【訕】　羞慚。(《金瓶梅》四十八）金蓮聽了，恐怕婢子瞧科，便戲發訕，將手中拿的扇子倒過來，向他身上打了一下。(459 頁）

發訕是一個詞，義爲嘻皮笑臉地嘲諷、耍弄人。《金瓶梅》用例甚多。例如：第二十七回：「怪行貨子，且不要發訕，等我放下這月琴著。」第五十三回：「金蓮道：『碎短命，不怕婢子瞧科！』便戲發訕，打了怎一下。」第七十三回：「他醉了，快發訕，由他先睡。」均非羞慚義。此不當單出「訕」條。

二、釋義不確

1.詞義範圍過於寬泛

【水客】　販運貨物的流動商人。(《金瓶梅》九十四）才知道那漢子潘五是個水客，買來他做粉頭。(117 頁）

客，指客商。水客，是在河道上往來販運貨物的客商。又特指以拐賣婦女爲業的人販子。《拍案驚奇》卷二：「若是這位婦女無根蒂的，等有販水客人到，肯出價錢，就賣了去爲娼。」此非一般流動商人所爲。

【禁聲】　靜默。(《金瓶梅》十三）怪小油嘴兒，禁聲些！實不瞞你，他如此這般。(636 頁）

禁聲，即「噤聲」。「閉口爲噤也。」(《楚辭·九歎·思古》注）常用作禁止發聲之辭，猶言「住口」。

【曹曹磕磕】　老邁龍鍾的樣子。(《金瓶梅》二十）那老馮老

行貨子耷耷磕磕的，獨自在那裡，我又不放心。（547頁）

耷耷磕磕，顫顫巍巍，磕磕碰碰的，形容老年人行走不穩。今江蘇贛榆方言仍有此語。老態龍鍾並不專指行動，亦可見之於外貌。

【吐口】 露口風。（《金瓶梅》三十七）這婆子見他吐了口兒，坐了一會，千恩萬謝去了。（194頁）

吐口兒，義為同意，應允。多用於先拒絕或不表態，到後來才答應的情況下。《醒世姻緣傳》第三十四回：「他說他沒有主意，單等著你老人家口裏的話；你老人家吐了口，肯去光降，他沒有不去的。」《金屋夢》第二十一回：「李師師起初全不吐口，又是五千兩、三千兩，一味海說。」《兒女英雄傳》第十六回：「任他上司百般的牢籠，這事他絕不吐口應許。」今天津、徐州、東北等地方言仍有此語，義皆同此。「露口風」多為有意流露某種信息，未必就應允。

【七個八個】 即「七搭八搭」，是「胡攪」的意思。（《金瓶梅》三十一）此是上房裏玉簫和書童兒小廝七個八個，偷了這壺酒和些柑子梨，送到書房中與他吃。（25頁）

七個八個，猶言「這個那個的」，常用以隱指關係曖昧。如八十二回：「原來你和他七個八個，我問著你，還不承認。」此是潘金蓮說陳經濟與孟玉樓關係不清不白。「胡攪」失之寬泛。

【喃】 吃。（《金瓶梅》六十八）我見他早時兩把摟去，喃了好些。（547頁）

喃，是「揞」的音近借字。即用手掌將食物送入口。《廣韻》：「揞，手進食也。」慧琳《一切經音義》卷四：「以掌進食曰揞。」《蒲松齡集·日用俗字·莊農章》：「兒童大把揞青麥，麥芒薊恰著叫讙讙。」今徐州方言仍有此語。例如：「他餓慌了，逮著青麥揞兩把。」「一把都揞在口裏。」

2. 忽略詞中某個語素的意義

【囚根子】 罵人的話。即囚徒、囚犯。（《金瓶梅》十三）李瓶兒在簾外聽見，罵涎臉的囚根子不絕。（《金瓶梅》三十一）端端門檻兒，教那牢拉的囚根子把懷子骨揰折了。（140頁）

囚根子，猶言「生來就是囚犯」、「囚徒胚子」。《金瓶梅》中又有「老花根」

（第七回：「張四，你這老花根，老奴才，老粉嘴！」）、「老蒼根」（同上回：「張四賊，老蒼根，老豬狗！」），猶言「老叫花胚子」、「老奴才胚子」。

【拉刺】 牽扯。（《金瓶梅》二十）一個人也拉刺將來了，那房子賣弔了就是了，平白扯淡，搖鈴打鼓的看守甚麼。（319頁）

拉刺是很隨便地拽過來。上例中是對「娶」的貶低說法。「刺」動詞後綴，含有不經意、隨隨便便之類的附加意義。同書中還有「刮刺」、「和刺」、「撥刺」等動詞。

3. 不明引申關係

【科範】 規格。（《金瓶梅》三十三）春梅做定科範，取了個茶甌子，流沿邊斟上，遞與他。（392頁）

此處當釋作「圈套」，「機謀」。用的是「科範」的引申義。詳《元曲釋詞》二（中國社會科學出版社，1984年）。

【看家】 舊時代的技術專家，不免有自私自利的心思，往往保留著一手，不肯公開教人，這叫做「看家本領」，簡稱「看家」。（《金瓶梅》三十三）我還有兩個看家的，是銀錢名山坡羊，亦發孝順你老人家罷。（389頁）

應釋作「特別擅長的」。「看家本領」即最擅長的本領。此處用引申義。

4. 比喻義把握欠準

【四水兒活】 面面俱到。（《金瓶梅》七十二）休說你們隨機應變，全要四水兒活，才得轉出錢來。（141頁）

錢如流水。《史記·貨殖列傳》載計然曰：「財幣欲其如流水。」來錢的路子多，財源不竭叫「四水兒活」。《金瓶梅》中，錢櫃稱「水櫃」，守著一點固定資產過活而別無進益叫「死水兒」，皆以流水為喻。

【泥佛勸土佛】 同病相憐，互相勸慰。（《金瓶梅》十三）我的哥哥，你自顧了你罷，又泥佛勸土佛。（334頁）

泥佛、土佛本是一樣的材料，比喻處境相同或有同樣毛病的人。自己有此毛病，卻要規勸別人改正這種毛病，或者是不滿自己處境的人，卻要別人安於同樣的處境，俗謂「泥佛勸土佛」。清·李漁《無聲戲》第一回：「裏侯怕弄出

事來，只得把他交與鄒小姐，央泥佛勸土佛。」此用後者。上引《金瓶梅》例係用前者。因西門慶一慣調女弄婦，嫖妓宿娼，卻聲言要勸導別人的孩子在家安分守己，不去拈花惹草，故吳月娘用此語譏諷他太無自知之明。

5. 釋義與引例不相貼合

【火燎腿】　形容慌張急迫的樣子。（《金瓶梅》六）我說你是個火燎腿行貨子，這兩三個月，你早做什麼來？（121頁）

此乃吳月娘嫌西門慶平時辦事拖沓，到了緊迫關頭方才慌張著忙所說的話。火燎腿，係形容事情的急迫。「火燎腿行貨子」，惡稱直等到火燒腿時才知道跑的人。以之形容人的愚鈍、拖沓。第二十回：「怪火燎腿三寸貨，那個拿長鍋鑊吃了你？慌往外搶的是些甚的？」第七十二回：「不信我說，你做事有些三慌子、火燎腿樣！」此兩例之「火燎腿」方是形容人慌張急迫的樣子。

【雌（一）】　挨。（《金瓶梅》十一）我去時還在廚房裏雌著，等他慢條絲禮兒才和麵兒。（《金瓶梅》八十五）他便羊角蔥，靠南牆，老辣已定，你還在這屋裏雌飯吃。（662頁）

第一例「雌」意爲磨蹭，釋「挨」亦可通。但第二例「雌飯」，卻不能說是「挨飯」。此處「雌」是「覗」的借音字。《方言》卷十：「凡相竊視，自江而北謂之貼，或謂之覗。」《廣韻》：「覗，覷也。」由窺視引申爲伺機可乘，趁機討要索取。「雌飯」猶言蹭飯、吃白食。

6. 失察感情色彩

【花麗狐哨】　花花綠綠。（《金瓶梅》二十）他自己吃人在他跟前那等花麗狐哨，喬龍畫虎的，兩面三刀闕他，就是千好萬好了。（347頁）

此形容色彩過分鮮豔駁雜，多指女人以色媚人，浮華浪蕩，賣弄風情的表現，含厭惡意。

【行貨】　次貨。亦作「行貨子」。（《金瓶梅》六十三）好個沒來由的行貨子，如何吃著酒，看著扮戲的哭起來？（922頁）

行貨，本泛指貨物，東西。《范張雞黍》第二折：「本待要求善價沽諸，爭奈這行貨背時也。」《水滸傳》第三回：「見這市井鬧熱，一百二十行經商買賣，

諸物行貨都有，端的整齊。」非專指「次貨」。用於人則含有戲謔意或貶意。「好個沒來由的行貨子」猶言「好一個無緣無故（生事）的東西」。

【上頭上臉】 恃寵撒嬌。（《金瓶梅》二十六）待要說是奴才老婆，你見把他逞的沒張置的，在人跟前上頭上臉。（44 頁）

上頭上臉，本指男子娶妻，給女方打頭面（頭上飾物），梳髮髻。後多藉此諷刺婢女僕婦恃寵而說話、舉止張狂，不合身份。「撒嬌」不一定是貶意的，而「上頭上臉」一般都用貶意。

【片子】 衣裳。（《金瓶梅》四十一）頭上將就戴著罷了，身上有數，那兩件舊片子，怎麼好穿？（122 頁）

片子，指不值得愛惜的片狀衣物等，有貶低厭惡意味。亦非專指衣裳。如七十五回：「就死了，終值了個破沙鍋片子。」此指沙鍋的碎片兒。又九十七回：「只該打我這片子狗嘴。」指兩片嘴唇。

7. 其 他

【上門怪人（上門兒怪人家）】 到人家裏，卻和人家鬧彆扭。（《金瓶梅》四十六）三姑娘慌怎的，上門兒怪人家。（43 頁）

猶言到人家裏來，又嫌棄人家。這是主人要求客人順從自己時常說的一句客氣話。《醒世姻緣傳》第六十六回：「張茂實趕上，死拖活拽的說道：『好狄大哥，怎麼就上門子怪人？雖是做的菜不中吃，酒又不好，可也是小弟的一點敬心。』」《彙釋》似未注意到此種用法。

【扣身】 配身。（《金瓶梅》一）梳一個纏髻兒，著一件扣身衫子，做張做勢，喬模喬樣。（206 頁）

扣身，猶言緊身。扣，有套、束義。《清平山堂話本·刎頸鴛鴦會》：「卻這女兒心性有些蹺蹊，描眉畫眼，傅粉施朱，梳個聳髻頭兒，著件叩身衫子，做張做勢，喬模喬樣。」「叩」當為「扣」的同音借字。穿「扣身衫子」是為了著意表現自己身體的曲線美。其程度超過了一般的合身。

【楞子眼】 醉眼朦朧。（《金瓶梅》四十九）落後又是一大碗鱔魚面與菜卷兒，一齊拿上來與胡僧打散，登時把胡僧吃的楞子眼兒。（626 頁）

楞子，即「愣子」，俗稱眼光發愣發直的癡呆者。楞子眼兒，形容像愣子那樣眼光發愣發直。常由酒、飯過量造成。如係後者，則談不上醉眼朦朧。

【知局】　知趣。(《金瓶梅》六十九) 玳安知局，就走出來了，教二人自在說話。(340 頁)

局，指局面，局勢。所謂「知局」，即明白是怎樣一個局勢，瞭解內情。今徐州方言仍有此語。亦說「明白局兒」。上例解作「知趣」亦可通，但不準確。

【迎面兒】　當面。(《金瓶梅》十九) 你看他迎面兒就誤了勾當，單愛外裝老成，內藏奸詐。(348 頁)

迎面兒，即外表，表面。「外裝老成」亦說的是外表。《金瓶梅新證》(齊魯書社，1983 年) 釋作「一開頭」，相去愈遠。

【沒口子】　嘴裏來不及地說。(《金瓶梅》八十九) 那和尚沒口子說：「小僧豈敢。」(269 頁)

首先釋語措辭欠當。既然「嘴裏來不及」，那麼如何能「說」？其實這是形容人慌忙開口的狀況。下面一例更為明顯：六十七回：「慌的婦人沒口子叫：『來安兒賊囚，且不要叫他進來，等我出去著。』」「沒口子叫」即「連忙叫」。又作「沒口」。例如：第八十七回：「這婆子聽見，喜歡的屁滾尿流，沒口說：『還是武二哥知禮。』」第九十六回：「月娘連忙答禮相見，沒口說道：『向日有累姐姐費心，粗尺頭又不肯受，今又重承厚禮祭桌，感激不盡。』」《西遊記》第四十五回：「那婆婆、巽二郎沒口的答道：『就放風！』」均言慌忙搭話。其次，「沒口子」又引申為「不停口地」、「不住嘴地」。如《醒世姻緣傳》第六十回：「那小玉蘭沒口的只替老娘念佛。」《兒女英雄傳》第五回：「沒口子只叫：『大師傅！可憐你殺我一個，便是殺我三個。』」《彙釋》此條下亦引《兒女英雄傳》一例，但未能劈分清楚。

除上述兩類問題以外，還有些是屬於義項不全的。因篇幅所限，不再一一指出，僅舉兩例：

【刮剌】　勾搭。(《金瓶梅》四) 我說與你罷，西門慶刮剌上賣炊餅的武大老婆，每日只在紫石街王婆茶房裏坐的。(297 頁)

刮剌尚有另一義，見九十二回：「前後坐了半個月監，使了許多銀兩，唱的

馮金寶也去了，家中所有的都乾淨了，房兒也典了，剛刮剌出個命兒來。」此義爲拉扯，略同「掙脫」。「刮剌出命兒」，言其僥倖留得一條性命，脫身實非容易。

【活變】　走動。(《金瓶梅》五十一) 吳大妗子道：「只怕姐夫進來，俺們活變活變兒。」(384 頁)

《金瓶梅》中，「活變」尚有「處置」、「設法弄到」一義。如第三十一回：「就是如今上任，見官擺酒，並治衣服之類，共要許多銀子使，一客不煩二主，那處活變去？」又第六十七回：「那黑天摸地，那裡活變錢去？」《宛署雜記》「方言」：「處置曰活變，又曰騰那。」可見不只《彙釋》所釋一義。

附 注

〔1〕筆者所引《金瓶梅》例句均採自人民文學出版社 1985 年出版的詞話本，下同。與《彙釋》引例文字上或有出入。

〔2〕據 1985 年油印提綱。

(原載《漢語研究論集》第 1 輯，語文出版社，1992 年)

《漢語大詞典》近代漢語條目商補

　　《漢語大詞典》（以下簡稱《大詞典》）是我國迄今為止收詞量最大、權威性最強的一部歷史性漢語語文辭典。這部辭典所取得的學術成就是巨大的和多方面的。特別應當指出的是《大詞典》對近代漢語給予了應有的重視：不僅於中古以來俗文學作品的語詞搜羅浩博，而且對這一時期的白話文獻資料徵引宏富，從而彌補了舊來同類辭書的重大缺陷。可以說，以往大型歷史語文辭書編纂中那種重雅輕俗、貴遠賤近的傾向至此才得到根本性的糾正。這是《大詞典》的一項突出的貢獻。但是我們也看到，由於工程龐大，書成眾手，近代漢語的研究比較薄弱等原因，這一部分尚有未克完善之處。首先是遺漏的詞語較多（擬另文討論），其次是少數條目還存在這樣那樣的疏失。下面即將近年來翻檢中發現的有關條目的一些問題，歸納為「釋義欠當」、「義項不全」、「例證晚出」、「其他問題」等四類（每類條目依照《大詞典》卷頁數順次排列），分別提出商討意見，以就正於編者和廣大讀者。

一、釋義欠當

　　1. 一卷 18 頁「一六兀剌」條：「形容說話別人聽不清或聽不懂。元·無名氏《端正好·朔風寒同雲密》曲：『我見他一六兀剌地說體禮，他那裡阿來不來的唱一直。』又《端正好·我常在地曹行》曲：『我見他一六兀剌的舌頭

兒念兒了些吸哴糊塗的呪。』亦作『一溜兀剌』。元・無名氏《哨遍・畋獵》曲：『馬背後齊梢掛，掛的來力修綠鞁，打番語一溜兀剌。』」[1]

按：就釋義與所引之例看是貼合的。但此爲象聲詞語，一詞異寫，音無定字。又書作「亦留兀剌」、「咿嚦嗚剌」、「壹留兀渌」等，例如：《梨園樂府》下無名氏小令《柳營曲・題章宗出獵》：「剔溜禿魯說體例，亦溜兀剌笑微微。」湯式小令《湘妃引・京口道中》：「咿嚦嗚剌杜宇聲乾。」《李逵負荊》第二折：「他這般壹留兀渌的睡。」以上或者像人的笑聲、哭聲[2]，或者像鳥鳴之聲，不限於含混難懂的人語聲。概而言之，當是形容很快發出的一連串的聲音。原釋缺少概括性。

2. 一卷 25 頁「一地裏」條：「③一時之間。《金瓶梅詞話》第九一回：『要尋個娘子當家，一地裏又尋不著門當戶對婦。』」

按：「一地裏」即「滿地裏」，意同「到處」。「一地裏尋不著」即「到處找不到」。金元以來白話作品中用例極多（詳拙著《金瓶梅方言俗語彙釋》），然只用於空間，尚未見用於時間的。且「一地裏」係言範圍廣大，「一時之間」係言時間短暫，很難有引申關係。

3. 一卷 794 頁「乾噎」條：「氣逆。《紅樓夢》第二九回：『那寶玉又聽見他說「好姻緣」三個字，越發逆了己意，心裏乾噎，口裏說不出話來。』」

按：噎，謂食物堵住食管。吃東西時，僅吃乾的，不喝稀的，把難以下咽的東西硬咽下去叫乾噎。方言中，噎又引申指說話頂撞人或使人受窘沒法說下去。齊如山《北京土話》、陳剛《北京方言詞典》等均有記述。乾，指無可奈何的狀態。例如：「乾憋」，言人心裏憋氣而沒有辦法發泄。「乾瞪眼」，意爲睜大眼睛看著某事發生卻無可奈何。「乾拕抄手」言人伸著兩手而不知所措。故「乾噎」喻指人忍氣受窘卻說不出話來的狀態。《紅樓夢》中又寫作「乾咽」，見第一〇一回：「鳳姐聽了，氣的乾咽，要和他分證，想了一想，又忍住了。」意同。今徐州方言仍流行此語。釋作「氣逆」不夠詳確。

4. 三卷 902 頁「行鬼路」條：「躲躲閃閃地走路。《金瓶梅詞話》第七三回：『這玉樓回頭看見金蓮，便道是這一個六丫頭，你在那裡來？猛可說出句話來，倒唬我一跳。單愛行鬼路兒，你從多咱走在我背後？』」

按：此言人走路躡足潛蹤，聽不見聲響。故孟玉樓問「你從多咱走在我背後？」可見她毫無知覺。僅釋「躲躲閃閃」，語意尚嫌不足。

5. 三卷 904 頁「行財」條：「②出納錢財。《水滸傳》第六一回：『五年之內，直擡舉他做了都管，一應裏外家私都在他身上，手下管著四五十個行財管幹。一家內都稱他李都管。』」

按：此當指掌管錢財出納的人。《金瓶梅》第四六回：「你無故只是他家行財，你也擠撮我起來。」可證。胡竹安《水滸詞典》該條釋作「管錢財進出的。」亦看作名詞。

6. 三卷 1580 頁「寬打周遭」條：「亦作『寬打周折』。謂多費口舌。元·關漢卿《拜月亭》第三折：『我與你寬打周遭向父親行說。』元·施惠《幽閨記·幽閨拜月》：『和你寬打周折……說你小鬼頭春心動也。』」又，十卷 1121 頁「遠打周遭」條：「謂繞大圈子，不直截了當。元·秦簡夫《東堂老》第一折：『這老兒可有些兜搭難說話，慢慢的遠打周遭和他說。』」

按：「寬打周遭」、「寬打周折」與「遠打周遭」乃同詞異體，而所釋不一。當從後者。「周遭」或「周折」皆曲折、迴旋義。「寬」與「遠」意亦相通。龍潛庵《宋元語言詞典》、白維國《金瓶梅詞典》均釋爲「繞圈子」。王學奇等《關漢卿全集校注》《拜月亭》第三折注爲：「指繞圈子說話，即從遠處逐漸兜到本題。」[3] 是。然並非單指「說話」，其本義是說走路如何。《黑旋風》第二折：「兩下裏慌速速怕甚麼路途賒，必然寬打著大周折。」「寬打著大周折」即「繞大圈子（走路）」。可見釋「多費口舌」不盡準確。由繞圈子走路，引申爲不好直言時繞著彎子說話。《金瓶梅》第十回：「婦人聽了，瞅他一眼，說道：『怪行貨，我不好罵你！你心裏要收這個丫頭，收他便了。如何遠打周折，指山說磨，拿人家來比。』」潘金蓮所以有此怨言，正是因爲西門慶說話拐彎抹角。又同書第三十四回：「實對二爹說：小的這銀子，不獨自一個使，還破些鉛兒，轉達知俺生產的六娘，繞個灣兒替他說，才了他此事。」「繞個灣兒」正是「遠打周折」極好的注腳。

7. 五卷 353 頁「歪蹄潑腳」條：「猶言亂糟糟。《金瓶梅詞話》第二三回：『你別要管他，丟著罷，亦發等他們拾掇，歪蹄潑腳的，沒的展污了嫂子的手。』」

按：歪蹄，言腳不周正。戲曲小說中「蹄子」、「歪辣骨」多用以詈稱婦女。《醒世姻緣傳》第七十九回：「我知道你這囚牢忘八合小淫婦蹄子有了帳，待氣殺我哩。」《金瓶梅》第四十三回：「金蓮道：『你怎的叫我是歪刺骨來？』因蹺起一隻腳來，『你看，老娘這腳，那些兒放著歪？你怎罵我是歪刺骨？那刺骨也不怎麼的！』」此金蓮自言其腳周正，實即暗喻自己行為端方也。潑腳，即大腳。「潑」有大義。《金瓶梅》中有「潑步撩衣」一語（見二十五回），「潑步」即大步。《水滸傳》第六十三回：「早見宋江軍馬，潑風也似價來。」「潑風」即大風。《莊周夢》第二折：「浮名浮利總是虛，潑天富貴等何如。」「潑天富貴」謂大富大貴。《紅樓夢》第八十回：「金桂聽見他婆婆如此說，怕薛蟠心軟意活了，便潑聲浪氣大哭起來。」「潑聲」即大聲。今一些方言仍說「潑膽」，亦即大膽。「歪蹄潑腳」云云，是潘金蓮針對宋惠蓮背後說她腳大而故意自貶的說法，以此表示她已知道宋說她的那些壞話，來敲打宋。此語當釋為腳大、不周正。

8. 五卷 1182 頁「洋」條：「⑨用同『漾』。（1）晃動。《金瓶梅詞話》第十二回：『月洋水底。』（2）拋擲。《古今小說・任孝子烈性為神》：『老娘不是善良君子，不裹頭巾的婆婆！洋塊磚兒也要落地。』」

按：說「洋」借作「漾」是對的，然釋為「晃動」似不確。元曲中時見「漾在水中」一類說法，係「拋擲使沉入」意。例如：《青衫淚》第三折：「我為甚將幾陌黃錢漾在水裏？便死呵，也博個團圓到底。」杜善夫散套《耍孩兒・喻情》：「鐵球兒漾在江心內，實指望團圓到底。」《金瓶梅》第十二回寫潘金蓮「睡不著，走來花園中，款步花臺，月洋水底，猶恐西門慶心性難拿。」此言潘金蓮與西門慶雖已結為夫妻，但仍時刻擔憂失寵。所謂「月洋水底」，指月亮投影於水底，暗喻團圓到底意，與上舉元曲二例正同。故宜以「拋擲」為第一義，改「晃動」為「使投入，沉入」，作為第二義。

9. 五卷 1353 頁「淹淹纏纏」條：「沒精打彩貌。《醒世姻緣傳》第二二回：『一到家就沒得精神，每日淹淹纏纏的。』」

按：當指久病淹牽。白維國《金瓶梅詞典》該條釋作「形容久病不愈的樣子」，是。《金瓶梅》第六十二回：「乃是第六的小妾，生了個拙病，淹淹纏纏也這些時候了。」正謂久病不瘥。李瓶兒臨終之前病勢已十分沉重，說她只是「沒

精打彩」顯然不確。《醒世姻緣傳》第二十一回：「從此即淹淹纏纏的再不曾壯起，卻只不曾睡倒。」亦言病病懨懨，拖延時日。《大詞典》所引「每日淹淹纏纏的」，「每日」猶日日，意同「一直」。前已說「沒得精神」，後緊接著用「淹淹纏纏」強調這種狀態一直拖延著，不見好轉。再從構詞上看，淹淹纏纏乃「淹纏」的重言。桂馥《劄樸》：「鄉語以病久爲淹纏，語訛也。《集韻》：『痷瘰，疫病。』」《金瓶梅》第六十六回：「久病淹纏，氣臌癩瘮類；疥癬痍瘡，遍體膿腥氣。」氣臌、癩、瘮均屬難治之症，故云「久病淹纏」。「久病」與「淹纏」同義複用，起強調作用。重疊爲淹淹纏纏則強調程度更甚。

10. 七卷857頁「神子」條：「①謂祖先的遺像。」

按：非專指祖先，亦用於一般人。《金瓶梅》第六十三回：「花子由道：『姐夫如今要傳個神子？』」又同回：「西門慶與他行禮畢，說道：『煩先生揭白傳個神子。』」此言爲李瓶兒留個紀念像。故以釋「謂祖先的遺像，也稱一般人死後所留的紀念像」爲宜。

二、義項不全

1. 一卷66頁「一條邊」條，僅列明代田賦制度「一條鞭法」一義。

按：尚有「順著一個方向成一排」義。例如：《金瓶梅》第十四回：「把二娘那房子打開通做一處，前面蓋山子卷棚，展一個大花園；後面還蓋三間玩花樓，與奴這三間樓相連，做一條邊。」又第三十二回：「吳銀兒、鄭香兒、韓釧兒在下邊杌兒上一條邊坐的。」《歧路燈》第五十四回：「並了兩張方桌，叫出瑤仙、素馨一條邊坐了，你兄我弟稱呼，大嚼滿酌的享用。」皆其義。

2. 一卷278頁「上房」條，列有「正房」、「王府家中主管食物款項的帳房」二義。

按：「正房」、「正室」均有「正妻」借代義。「上房」即正房、正室，亦有此義。例如：《金瓶梅》第二十一回：「大雪裏著惱來家，進儀門，看見上房燒夜香，想必聽見些甚麼話兒，兩個才到一答裏。」又第七十五回：「我不知道，剛才上房對我說，我才曉的。」故，當補「代指正妻」一義。

3. 一卷316頁「下房」條，列有「廂房；偏屋」和「帝王對宮殿的謙稱」

兩個義項。

按：缺「行房」義。《金瓶梅》中寫男女交合除用「坐房」、「行房」外，還用「下房」。如：第九十三回：「兩人吃得酒濃時，未免解衣雲雨，下個房兒。」

4. 一卷 428 頁「不是」條，列有「錯誤；過失」、「表否定判斷」兩個義項。

按：近代漢語中「不是」還有虛詞用法。（1）語氣詞。例如：《金瓶梅》第二十六回：「房裏無人，爹進來坐坐不是。」此表示委婉的祈使語氣。又第七十八回：「他不在家，左右有他老婆會紮，教他紮不是？」此表示反詰語氣。（2）連詞。假設語氣較重，略同於「不然；否則」。《金瓶梅》第八十六回：「倒虧了小玉丫頭做了個分上，教他娘拿了兩件衣服與他，不是往人家相去，拿什麼做上蓋？」《水滸傳》第十七回：「又差人來捉灑家，卻得一夥潑皮通報，不是著了那廝的手。」胡竹安《水滸詞典》釋此例「不是」為「不曾，沒有」。實際與《金瓶梅》第八十六回例用法相同，亦當作「不然，否則」解。（3）「不是」又有正話反說用法，加強肯定的語氣。例如：《水滸傳》第五回：「不是魯智深投那個去處，有分教：到那裡斷送了十餘條性命生靈，一把火燒了有名的靈山古迹。」又第十一回：「不是這個人來鬥林沖，有分教：梁山泊內，添這個弄風白額大蟲；水滸寨中，轙幾隻跳澗金睛猛獸。」此兩例中「不是」俱「正是；正因為」義。

5. 一卷 468 頁「不論」條，列有「不考察，不評論」、「不議論，不談論」、「連詞」三個義項。

按：「不論」還有「不能一概而論」一義。《金瓶梅》第四十四回：「他也不論，遇著一遭也不可止，兩遭也不可止，常進屋裏看他。」此猶言「說不定」、「說不准」。

6. 一卷 816 頁「十分」條，列有「按十等分割分」、「充足，十足」等三個義項。

按：「十分」還有「實在」、「著實」義。例如：《緋衣夢》第三折：「比及拿王矮虎，先纏住一丈青，批頭棍大腿上十分的楞。」「十分的楞」猶言「著實地打」。《金瓶梅》第三十八回：「若十分沒銀子，看怎麼再撥五百兩銀子貨物，湊

個千五兒與他罷。」《喻世明言》第二十六卷《沈小官一鳥害七命》：「只聽得一個畫眉，十分叫得巧好。」此二例「十分」猶言「實在」、「確實」。

7. 一卷 1250 頁「作念」條，僅列「思念；懷念」一義。

按：另有「詛咒」一義。無名氏《墨娥小錄》卷十四：「呪罵：作念。」《劉知遠諸宮調》第二：「一路裏作念千場。」《救風塵》第二折：「我作念你的言詞，今日都應口。」《醒世姻緣傳》第六十三回：「咒得那狄希陳滿身肉跳，整日心驚，面熱耳紅，不住嚏噴：那都是智姐作念。」俱此義。「作」乃「詛」的古字，其義當由《詩・大雅・蕩》「侯作侯祝」之「作」演變而來。

8. 一卷 1540 頁「側」條，列有「旁邊」、「傾斜」等十個義項。其第十義指出：「通『惻』。悲傷。」

按：「側」亦與「測」通，義為「測度；思量」。《敦煌變文集・伍子胥變文》：「適來專輒橫相懺，自側於身實造次。」項楚《敦煌變文選注》云：「自側，自料，自度。」《廣雅・釋詁》：「側，度也。」《葉淨能詩》：「人問（間）罕有，莫側（測）變現。」「側」亦「度」義。

9. 二卷 60 頁「公母」條，僅釋「雄雌的俗稱」一義。

按：公母亦用以指夫妻。《聊齋俚曲集・禳妒咒》第八回：「那高家公母，也不是份巴，聽說江城，一貌如花……若不然，除了這個圖他嘎？」

10. 二卷 785 頁「努」條，列有「勉力；用力」、「凸出；鼓起」等四個義項。

按：「努」還有「伸」義。《敦煌變文集・燕子賦》：「硬努拳頭，偏脫胳膊。」「努拳頭」即伸出拳頭。《大詞典》「努」下收有「努膊」、「努臂」條目，亦即伸膊、伸臂。當於第二義「凸出；鼓起」後再補上「伸出」二字。

11. 二卷 993 頁「土番」條，列有「猶土著、土人」、「即吐番」二義。

按：《金瓶梅》第九十五回：「忘八見他使錢兒猛大，……戳與土番。」又同回：「來晚了，城門閉了，小的投在坊子權借宿一夜，不料被土番拿了。」此「土番」指巡輯地方、捉拿盜賊的差役。江南人叫「陰捕」，北方人稱「番子手」。

12. 三卷 1132 頁「影」條，列有「人或物體因遮住光線而投下的暗像或陰影」等十三個義項。

按：尚有「（影子）晃動」和「有事繫於心，造成心理上一種不安適的感覺」二義。前者例如《水滸傳》第二十九回：「武松只把兩個拳頭去蔣門神臉上虛影一影，忽地轉身便走。」《金瓶梅》第五十四回：「我政待看個分明，他又把手來影來影去，混帳得人眼花撩亂了。」《三刻拍案驚奇》第九回：「正值鄧氏在門前閒看，忽見女牆上一影，卻是一個人跳過去。」後者例如：《金瓶梅》第十三回：「金蓮雖故信了，還有幾分疑凝，影在心裏。」《嬌紅記》卷下第三折：「末云：『我心裏有些影他。』旦云：『怎麼影他？』末：『我見他倚繡幬春心怯，背銀釭粉臉羞，我猛覷著緊低頭。』」

13. 三卷 1223 頁「度」條，列有「計量長短的標準」等二十二個義項。

按：尚缺「送」義。溫庭筠《齊宮》詩：「粉香隨笑度，鬢態伴愁來。」歐陽修《蝶戀花》詞：「桃杏依稀香暗度。」此言傳送香氣。《梧桐雨》第四折：「莫不是無故將人愁悶攪，度鈴聲響棧道。」《梧桐雨》第二折：「卷三層屋上茅，度幾聲砧上杵。」此言傳送聲音。

14. 四卷 74 頁「巴劫」條，僅釋「奉承；討好」一義。

按：尚缺「勞碌、勞頓」義。《金瓶梅》第六十七回：「家中一窩子人口要吃穿盤攪，自這兩日忙巴劫的魂也沒了。」此與「奉承、討好」義殊。

15. 七卷 127 頁「無故」條，列有「沒有原因或理由」等三個義項。

按：「無故」還有「不過」義。例如：《降桑椹》第一折：「他無故就是劉普能，他就是普賢菩薩，我也不讓他。」《金瓶梅》第四十三回：「你說你是個衙門裏千戶侯便怎的？無故只是個破紗帽、債殼子窮官罷了，能禁的幾個人命？」又第八十六回：「你無故只是他家行財，你也擠撮起我來！」倘以《大詞典》三義釋上例，皆不可通。

16. 七卷 455 頁「急切」條，列有「緊要；迫切」、「倉卒；短時間」二義。

按：尚缺「等閒；輕易」一義。《金瓶梅》第五十八回：「本等他嘴頭子不達時務，慣傷犯人，俺每急切不和他說話。」此謂輕易不與之搭話。

17. 七卷 1515 頁「生緣」條，列有「塵世的緣分」、「受生轉世的因緣」二

義。

按：生緣亦可指親屬。王梵志詩《觀內有婦人》：「眷屬王役苦，衣食遠求難。出無夫婿見，病困絕人看。乞就生緣活，交即免飢寒。」又《寺內數個尼》：「但知一日樂，忘卻百年饞。不採生緣瘦，唯願當身肥。」項楚《王梵志詩校注》：「生緣，是親屬之義。」

18. 八卷 128 頁「積」條，列有「積聚；貯藏」等二十個義項。

按：「積德」口語中常單用「積」。例如：《金瓶梅》第三十四回：「你做這刑名官，早晚公門中與人行些方便兒，別的不打緊，只積你這點孩兒罷！」「積孩兒」即爲孩兒積德。故「積」當補「『積德』之省」一義。

19. 九卷 169 頁「著甚」條，僅釋「猶言憑什麼；用什麼」一義。

按：另有「因何」一義。例如：《金瓶梅》第五十三回：「月娘道：『你道我昨日成日的不得看孩子，著甚緣故不得進來？只因前日我來看了孩子，走過卷棚照壁邊，只聽得潘金蓮在那裡，與孟三兒說我自家沒得養，倒去奉承別人的……我氣了半日的，飯也吃不下。』」「著甚緣故」即「因何緣故」。

20. 九卷 171 頁「著緊」條，列有「緊要，重要」、「抓緊，趕緊」等四個義項。

按：《金瓶梅》第十五回：「姐夫是何等人兒，他眼裏見的多，著緊處金子也估出個成色來。」又第六十四回：「會勝買東西，也不與你個足數，一錢銀子拿出來只稱九分半，著緊只九分，俺每莫不賠出來？」此二例中「著緊」與上列四義皆不相合，當釋作「著實」。「著實」有「認眞」、「實在」、「實際」等義（詳《大詞典》172 頁該條）。「著緊處金子也估出個成色來」，猶言「認眞起來金子也能估出個成色來」。「著緊只九分」，猶言「實際只有九分」。

21. 九卷 1068 頁「走水」條，列有「流水」、「泅水」等八個義項。

按：缺少「（船）行駛」義。《水滸傳》第八十回：「沖波如蛟蜃之形，走水似鯤鯨之勢。」即此義。

22. 十卷 445 頁「跌腳」條，列有「以足頓地；跺足」、「跛腳；瘸腿」、「失足跌倒」三個義項。

按：尚有「屈腿（下跪）」義。例如：《金瓶梅》第十三回：「西門慶不聽便

罷，聽了此言，慌的妝矮子，只跌腳跪在地下，笑嘻嘻央及說道：『怪小油嘴兒，噤聲些。』」又第二十一回：那西門慶見月娘臉兒不瞧，一面折跌腳，裝矮子，跪在地下，殺雞扯脖，口裏姐姐長姐姐短。」

三、例證晚出

1. 一卷 291 頁「上蓋」條，舉元劇及明清小說例。

按：宋時即有此語。南宋·周密《武林舊事》卷七：「時太上、官家並已七八分醉，遂再服上蓋，率皇后、太子謝恩。」

2. 一卷 296 頁「上頭」條，舉周立波《暴風驟雨》「還沒上頭的童養媳」爲例。

按：明清小說中多有用例。詳拙文《〈金瓶梅〉詞語例釋》（載《河北師院學報》1989 年第 1 期）。

3. 一卷 865 頁「直解」條，舉明·方孝孺《勉學詩》一例。

按：「直解」元代已用於書名。如許衡著有《大學直解》，貫雲石著有《孝經直解》。

4. 一卷 1045 頁「人客」條，舉杜甫《遣興》「問知人客姓，誦得老夫詩」及洪深《青龍潭》兩例。

按：《古書未釋詞語薈釋》舉唐詩數例，亦認爲是「唐時方言」[4]。實魏晉已有之。例如：《賢愚經》卷十二《波婆離品》：「兄弟奉教，合居數時，後阿淚吒婦自心念言：『今共居止，逼難兄家，人客知識不得瞻待。若當分異各自努力。』」《齊民要術》卷五《種紅藍花梔子》：「無風塵好日時，舒布於床上，刀削粉英如梳。曝之，乃至粉乾。足手痛按勿住。擬人客作餅。」

5. 一卷 1047 頁「人逢喜事精神爽」條，舉《金瓶梅詞話》等明清小說爲例。

按：宋·普濟《五燈會元》卷十九「天封覺禪師」有「人逢好事精神爽，入火眞金色轉鮮」語。按體例，當注明「又作『人逢好事精神爽』」，並徵引上例。

6. 一卷 1329 頁「使性」條，舉的是明代小說、戲曲例。

按：宋元已習用。例如：《朱子語類》卷一二二：「伯恭言，少時愛使性，才見使令者不如意，便躁怒。」《新編五代史平話·周史上》：「咱父親累代積善，不喜您恃勇使性打人。」

7. 二卷 60 頁「公母倆」條，舉清·文康《兒女英雄傳》「公們倆」為例。

按：明代已習見。又作「公母二人」、「公母兩個」。例如：《金瓶梅》第八十七回：「又請了吳大舅和大妗子老公母二人同去。」《醒世姻緣傳》第七回：「晁鳳本日掌燈時候回到衙門，回了老晁公母兩個的話。」

8. 二卷 1190 頁「墁」條，舉《兒女英雄傳》和老舍《四世同堂》例。

按：《金瓶梅》有例。見第十二回：「有一個泥水匠，在院中墁地。」或作「漫」，見第三十五回：「還少客位與卷棚漫地尺二方磚，還得五百，那舊的都使不得。」

9. 二卷 1346 頁「大拉拉」條，舉當代作品例。

按：明代小說已有用例。《醒世姻緣傳》第八回：「大晌午，什麼和尚道士敢打這裡大拉拉的出去？」

10. 三卷 991 頁「得不得」條，舉《儒林外史》例。

按：「得不得」又寫作「得不的」。《金瓶梅》中屢見。例如：第二十五回有：「老和尚不撞鐘，得不的一聲」歇後語。第五十八回：「這西門慶得不的一聲兒，趐趨腳兒就往外走。」第六十七回：「那伯爵得不的一聲，拿在手中一吸而盡。」據體例，當補入這一詞形及有關例句。

11. 三卷 1223 頁「度」條，第八義「授予；給予」舉金人元好問《論詩》詩「莫把金針度與人」等為例。

按：南朝已有此用法。《文選·奏彈劉整》：「苟奴仍隨逡歸宅，不見度錢。」劉堅《近代漢語讀本》注云：「度，遞給。」唐宋亦不乏其例。例如：《敦煌變文集·漢將王陵變》：「霸王聞語，拔太哥（阿）劍，度與陵母。」《五燈會元》卷十四：「一日待投子游荼園，子度拄杖與師，師接得便隨行。」

12. 三卷 1581 頁「寬衣」條，徵引的是《紅樓夢》等清代作品。

按：《金瓶梅》中有之。見第五十八回：「於是二人交拜，又道：『我學生來遲，恕罪，恕罪。』敘畢禮數方寬衣解帶，才與眾人作揖。」

13. 四卷 73 頁「巴斗」條，舉《老殘遊記》爲例。

按：《金瓶梅》第六十回：「左手拿著個黃豆巴斗。」說明至遲明代已有此語。

14. 四卷 73 頁「巴巴」條，第四義「方言，糞便」舉《抗日歌謠》爲例。

按：元曲已有之。《存孝打虎》第三折：「我若殺不過，我便走了，看你怎生剌巴巴。」《醒世姻緣傳》作「把把」。見第二十一回：「晁夫人一隻手拿著他兩條腿替他擦把把。」

15. 五卷 711 頁「晌午大錯」條，舉《紅樓夢》爲例。

按：明代已有此語。《金瓶梅》第七十八回：「止有何千戶娘子直到晌午大錯才來，坐著四人大轎，一個家人媳婦坐小轎跟隨。」

16. 六卷 732 頁「掇弄」條，舉清代作品例。

按：《金瓶梅》已習用。例如：第七十五回：「緊教人疼的魂兒也沒了，還要那等掇弄人，虧你也下般的，誰耐煩和你兩個只顧涎纏。」又第七十九回：「潘金蓮晚夕不知好歹，還騎在他上邊，倒澆燭掇弄，死而復蘇者數次。」

17. 六卷 896 頁「撥拉」條，舉現代作家浩然和峻青作品例。

按：明時習用。例如：《金瓶梅》第四十五回有「木杓、火杖兒短，強如手撥拉」俗諺。《醒世姻緣傳》第三十二回：「一日兩頓飯，沒端碗，先打著問心替嫂子念一千聲佛，這碗飯才敢往口裏撥拉。」字又作「撥剌」，則元曲已有。湯式散套《一枝花·贈會稽呂周臣》：「張玩著輞川圖四壁雲馳驟，撥剌著嶧陽琴一簾風雨颼颼。」

18. 六卷 924 頁「擔遲不擔錯」條，徵引清·李漁《與張仲選書》。

按：《金瓶梅》有例。見第八十八回：「假如靈柩家小箱籠一同起身，未免起眼，倘遇小嘍羅怎了？寧可耽遲不耽錯。」字作「耽」。然《大詞典》八卷 659 頁僅收「耽遲」，無「耽遲不耽錯」條。

19. 六卷 925 頁「擔驚忍怕」條，舉元劇數例。

按：金《劉知遠諸宮調》有例。見《知遠別三娘太原投事第二》：「只爲牛驢尋不見，擔驚忍怕，捻足潛蹤，迤邐過桃園。」

20. 八卷 83 頁「稍瓜」條，舉明・李時珍《本草綱目》等例。

按：元曲已習用。例如：《五侯宴》第三折：「茄子連皮咽，稍瓜帶子吞。」《伊尹耕莘》第一折：「新撈的水飯鎮心涼，半截稍瓜醮醬。」詳林昭德《詩詞曲詞語雜釋》。[5]

21. 九卷 1068 頁「走水」條，第五義「避諱語。指失火」和第七義「指幃帳簾幕上方裝飾的短橫幅」均舉今人小說《曹雪芹》例。

按：「走水」為「失火」之諱，《紅樓夢》已如此。見第三十九回：「南院馬棚裏走了水，不相干，已經救下去了。」指「短橫幅」者，《金瓶梅》中不乏其例。如第四十三回：「惟喬五太太轎子在頭裏，轎上是垂珠銀頂，天青重沿銷金走水轎衣。」又第六十五回：「吳月娘坐魂轎，抱神主魂幡，陳經濟扶靈床，都是玄色紵絲靈衣，玉色銷金走水，四角垂流蘇。」

四、其他問題

（一）出條不當

1. 十卷 925 頁「通成」條：「方言。全部，整個。《醒世姻緣傳》第四三回：『到了那裡，通成不得了，裏頭亂多著哩！』」

按：「通成」非一詞。「成不得」，或作「成不的」，意即「不成；不行」，小說中習見。例如：《醒世恒言》七卷《錢秀才錯占鳳凰儔》：「尤辰搖著頭道：『成不得！人也還在他家，你狠到那裡去？』」《金瓶梅》第十二回：「淫婦的身上，隨你怎的揀著燒遍了也依，這個剪頭髮卻成不的，可不唬死了我罷了！」「通」，義為「全然，完全；根本」，用以修飾動詞，小說中俯拾皆是。例如：《金瓶梅》第十二回：「真個？我通不知。」又第十四回：「俺這個成日在外邊胡幹，把正經事兒通不理一理兒。」又第十五回：「大官人通影邊兒不進裏面看他看兒。」又第十六回：「他一字通沒敢題甚麼，只說到明日二娘過來，他三日要來爹家走走。」《醒世姻緣傳》第四十三回：「晁夫人說：『拿飯養活你們，通似世人一般，肯打聽點信兒！』」《歧路燈》第二十七回：「一年多沒見，你通不來傍個影兒，是何話說？」《大詞典》所引《醒世姻緣傳》「通成不得了」意即「全然不行了」。上舉「通似世人一般」即「全像世人一樣」。以「通」與「成不得」的「成」出條，不辭。

2. 十一卷 492 頁「辣臊」條：「腥臭氣。《水滸傳》第二一回：『外人見押司在這裡，多少乾熱的不怯氣，胡言亂語，放屁辣臊。押司都不要聽。且只顧飲酒。』」

按：「放屁辣臊」是一個四字語。「辣」是「拉」的借音字，義為「撒」、「放」、「排出」。「辣臊」即「撒臊」，與「放屁」同為動賓格式。此語系以排放難聞的臊臭氣味比喻人嘴裏不乾不淨，說出難聽的話。例證詳拙文《〈金瓶梅〉詞語例釋》。故此語不當拆開單以「辣臊」出條。

（二）義例不合

3. 九卷 169 頁「著⁴」條：「③緊接在某些動詞後或放在某些祈使句末，表示強調、催促、商量、請求等語氣。……《紅樓夢》第三九回：『寶玉信以為真……按著劉老老說的方向地名，著焙茗去先踏看明白，回來再作主意。』」

按：從所舉《紅樓夢》一例看，第一個「著」是接在介詞「按」之後，第二個「著」本身是動詞。並非「緊接在某些動詞後或放在某些祈使句末」。

（三）條目未按規定作關聯處理

4. 一卷 41 頁「一拃」條：「張開大拇指和中指，兩端的距離（長約五寸）為『一拃』。」

按：同卷一部又收：「一柞」（55 頁）、「一擖」（81 頁），三者實為一詞。按「凡例」，同部首內一個詞有異體字或另外的書寫形式應進行關聯處理。此條則未作這樣的處理。

類似的情況又如二卷大部「大拉拉」條（1346 頁）、「大剌剌」條（1354 頁）、「大落落」條（1374 頁），四卷己部「巴巴劫劫」條（74 頁）、「巴巴結結」條（74 頁）等，均未注明其聯繫。

（四）同詞異寫條目失收

5. 二卷 1391 頁「大踏步」條：「邁著大步。」

按：《金瓶梅》又作「大叉步」（第一回：「橫拖著防身稍棒，浪浪滄滄，大叉步走上岡來。」）。或「大拔步」（第九回：「張勝提刀繞屋裏床背後尋春梅不

見，大拔步徑望後廳走。」）。有些方言中「踏」與「扠」音同，故「大扠步」與「大踏步」實亦一詞。「大扠步」亦當收入。

類似的情況又如四卷「展腳伸腰」條（45 頁），又作「展腳舒腰」（見睢景臣《高祖還鄉》：「眾鄉老展腳舒腰拜，那大漢挪身著手扶。」），後者失收。上舉「一扴」條，除了「一柞」、「一擼」寫法外，還有「一搾」詞形（見《宣和遺事》亨集：「一指露春筍纖長，襯一搾金蓮穩小。」）亦未見收錄。

（五）注音有誤

6. 三卷 142 頁「合¹」條：「〔hé《廣韻》侯閤切，入合，匣〕⑩交鋒；交戰……引申為爭執，爭吵。參見『合口③』、『合氣②』。」

按：「合口」、「合氣」之「合」，音當讀 gé。《西遊記》第二十六回：「我們走脫了，被他趕上，把我們就當汗巾兒一般，一袖子都籠去了，所以閤氣。」即以「閤」記「合」。「合」本有「占沓切」一讀。今魯南蘇北方言中仍有「合氣」、「合架」、「合嘴」等語，音皆如「硌」。王學奇《元曲釋詞》二：「按合，讀如蛤（gé）。故合氣、閤氣，音意同。」得之。

7. 九卷 1142 頁「趖」條：「〔suō《廣韻》蘇禾切，平戈，心。〕謂走。引申指太陽西斜、落山。《說文·走部》：『趖，走意。』段玉裁注：『今京師人謂日跌為晌午趖。』……」

按：「晌午趖」實即「晌午錯」。明清以來多見。《金瓶梅》第三十四回：「到明日，只交長遠倚逞那尿胞種，只休要晌午錯了。」清·高某《正音撮要》卷二：「晌午錯，晏晝過。」《聊齋俚曲集·禳妒咒》第二回：「仲鴻說天已晌午錯了，也該放了學了，怎麼到如今不來？」又《牆頭記》第二回：「你在路上慢慢走，避風的去處好磨陀，到家就是晌午錯。」光緒十二年《順天府志》：「今順天人謂日午為正晌午，少西日晌午趖。午，讀若火；趖，讀若錯。」說明這個詞實際一直讀「cuò」。

附 注

〔1〕《大詞典》「凡例」指出：「立目字體單字與多字條目均採用繁體字。」「引自古代書籍的例證，一律採用繁體字。」本文僅在容易發生誤解時用繁體字，其餘一律用簡化字。〔收入本書則改為繁體字——作者補注〕。

〔2〕關於「壹留兀漯的睡」，顧肇倉《元人雜劇選》（人民文學出版社，1978 年）注云：
「或作咿哩烏蘆、一六兀剌。形容口裏所發的聲音。這裡是形容鼾聲。」《元曲釋
詞》四亦沿用此釋。今按：此句曲文前有「那老兒，托著一片席頭，便慢騰騰放在
土炕上，（帶云）：他出的門來，看一看，又不見來，哭道：我那滿堂嬌兒也！」一
段描寫，可知老人在女兒被搶走後哭著睡下，睡下還哭的痛苦景況。故釋「鼾聲」
實有悖劇情。此處係描摹老人的痛哭聲。

〔3〕河北教育出版社，1988 年。

〔4〕江西教育出版社，1991 年。

〔5〕四川人民出版社，1986 年。但林釋「稍瓜」爲「絲瓜」，誤。《大詞典》作「菜瓜」，
是。

參考文獻

〔1〕劉堅，1985，《近代漢語讀本》，上海教育出版社。

〔2〕王學奇等，1983～1990，《元曲釋詞》，中國社會科學出版社。

〔3〕王鍈，1985，《詩詞曲語辭例釋》（增訂本），中華書局。

〔4〕胡竹安，1989，《水滸詞典》，漢語大詞典出版社。

〔5〕龍潛庵，1985，《宋元語言詞典》，上海辭書出版社。

〔6〕李申，1992，《金瓶梅方言俗語彙釋》，北京師範學院出版社。

〔7〕白維國，1991，《金瓶梅詞典》，中華書局。

〔8〕項楚，1991，《王梵志詩校注》，上海古籍出版社。

〔9〕方一新等，1992，《中古漢語語詞例釋》，吉林教育出版社。

（原載《近代漢語釋詞叢稿》，江蘇教育出版社，1995 年）

《漢語大詞典》近代漢語條目指瑕

　　《漢語大詞典》（下簡稱《大詞典》）的近代漢語條目在釋義、引證等方面均存在一些問題。我們曾先後寫成《〈漢語大詞典〉近代漢語條目商補》和《〈漢語大典詞〉近代漢語條目訂補》[1]二文加以討論。近年來翻檢所及，又發現不少可商之處，現再提出四十條（體例同前二文），以供《大詞典》編者和讀者參考。

一、釋義不確

　　1. 二卷 96 頁「兵牌」條，第一義項釋為：「傳令的士兵。」

　　按：釋義偏狹。宋時稱兵丁為牌軍，故有兵牌之稱。多係泛指。例如《金瓶梅詞話》第九十三回：「這陳經濟打了回梆子，打發當夜的兵牌過去，不免手提鈴串了幾條街巷。」此例之「兵牌」即指巡夜的士兵，而非傳令者。

　　2. 七卷 500 頁「恁²」條：「你；您。」

　　按：此條釋義問題有二：（1）「恁」是方言人稱代詞。可用為單數，釋作「你」；也可用作複數，意為「你們」。例如《劉知遠諸宮調》第十一：「恁子母說話整一日，直到了不辨個尊卑。」「恁」指「子母」二人。《董西廂》卷二：「隔著山門厲聲叫：『滿寺裏僧人聽呵，隨俺後抽兵便回去，不隨後恁須識我。』」「恁」指「滿寺裏僧人」。《金瓶梅詞話》第二十三回：「嗔道恁恁久

慣老成！」第一個「恁」指西門慶與潘金蓮兩個人。以上數例皆為複數甚明。
（2）宋元明時代的「恁」（或寫作「您」）並無表尊敬之意味，不同於現代普通話中的「您」。詳呂叔湘《釋您，俺，咱，喒，附論們字》。[2] 故「恁²」應釋為「你；你們」，方為確切。

3. 九卷1238頁「篾片」條：「①猶清客。舊時豪富人家專門幫閒湊趣、圖取餘潤的門客。」

按：篾片「幫閒湊趣、圖取餘潤」的對象並不限於「豪富人家」，也不一定是富室的門客。例如《生綃剪》第十回：「翠兒忙著人去尋原中房主，個個都凹過了，都是一班無家的光棍：原來就是一向相與的這些篾片，紮的火囤。」此稱「無家的光棍」為篾片。《躋春臺・審豺狼》卷二亨集：「何二娃前番與史銀匠當篾片時即與翠翠私通，今見史、朱二人已死，意欲獨佔。」「史銀匠」亦非豪富。《豆棚閒話》有一段話解釋了「篾片」得義之由，見第十則：「（老白賞）一名篾片，又名忽板。這都是嫖行裏話頭。譬如嫖客本領不濟的，望門流涕，不得受用，靠著一條篾片幫貼了方得進去，所以叫做篾片。大老官嫖了婊子，這些篾片陪酒夜深，巷門關緊，不便走動，就借一條板凳，一忽睡到天亮，所以叫作忽板。」

由上例可知，「篾片」本為妓院行話，指在妓院中幫閒湊趣以圖餘潤之徒。其活動處所後來亦不限於妓院，可泛指一般幫閒者。因此，將「篾片」釋為「專事趨奉湊趣以圖餘潤之人」較為妥當。

4. 十卷135頁「見背」條：「①謂父母或長輩去世。」

按：同輩親人去世亦可稱「見背」，並不限於父母或長輩。例如：《照世杯・白和坊將無作有》：「繆奶奶嬌聲顫語道：『妾夫見背，沒沒無聞。得先生片語表彰……』」臺灣《中文大辭典》第三十冊同條：「親死曰見背，謂離我而去。」義較勝。

5. 十一卷937頁「阿搜」條：「揉搓。元・李壽卿《度翠柳》第二折：『抖搜的寶釧鳴，孱僽的雲鬢鬆，阿搜的湘裙皺。』」

按：上引《度翠柳》二折句係寫牛頭鬼力攝過翠柳將斬，翠柳被「嚇殺」的情景。此處「抖搜」、「孱僽」、「阿搜」互文，均為顫抖貌，是對上文「（且兒

做驚醒科，云：）兀的不嚇殺我也！」一句賓白的具體描繪。王學奇主編《元曲選校注》第四冊上卷注「抖搜」：「顫動貌，因極度驚恐而身體哆嗦。《雜劇選》本、《柳枝集》本均作『抖擻』，義同。」〔3〕得之。「阿搜得湘裙皺」，亦係因顫抖而使湘裙波動起皺之謂，不當釋作「揉搓」。今徐州一帶方言仍說「阿搜」，音近似「合搜」，正為晃動、抖動、攪動義。

二、義項不全

6. 一卷 428 頁「不耐煩」條，列有「謂不能承受煩劇的事情」、「厭煩，不能忍耐」和「表示程度很深」三個義項。

按：「不耐煩」尚有「身體不適」義。例如《鼓掌絕塵》第六回：「姐姐，我妹子今夜有些不耐煩，先去睡一覺。」又第七回：「『老爺，玉姿昨晚身子有些不耐煩，著惠姿代他伏侍哩。』相國歎口氣道：『怪他不得，其實這幾日辛苦得緊。多應是勞碌上加了些風寒……』」《人中畫》第二回：「花素英捱到傍晚，作說頭痛，身子不耐煩，要先回去。」此數例，均非《大詞典》三義所能賅。

7. 二卷 1019 頁「地方」條，列有「古人的一種地理觀念」、「本地、當地」、「處所，地點」等七個義項。

按：「地方」尚有「土地」義。例如《躋春臺・義虎祠》：「此時家中緊逼，債主登門，東拉西扯，不能支消，只得將地方出賣，又被買主㭑硴。」又《躋春臺・節壽坊》：「凡一切小錢零用都是心痛的，總想多積銀錢，廣買地方。」《躋春臺・白玉扇》：「娘因此賣地方把賬還夠，母子們佃業耕有出無收。」《躋春臺・南山井》：「這銀子是鄭姐夫託你跟他買地方的，何得胡言亂講，怕不怕戳拐嗎。」

8. 二卷 1571 頁「兀突」條，義項有二：①高聳突出貌。②突然。

按：「兀突」尚有「形容心跳不安，心緒不寧」一義，例如《石點頭》第十卷：「沉吟一下，心中兀突，分付且帶下去，明日再審，即便退堂。」或重疊作「兀兀突突」，《生綃剪》第十回：「虧煞金山一遊，收拾得這些零碎詩草，細細玩閱消遣，胸中兀兀突突，有個馬翠兒的鬼胎，暗暗著魔。」此二例中的「兀突」、「兀兀突突」均與《大詞典》所釋之義有別。

9. 三卷 8 頁「口案」條，釋爲「口頭判決書」。

按：「口案」尚有「宿店費用」義。例如《躋春臺‧川北棧》：「那楊客人，你快喊他走，若是無錢，口案我也不要，免得死了，打髒我的店房。」又同書：「我一出去就是死了，況又口案未開，如何是好！」又：「店主把帳一算，口案錢二千八百文，又往藥鋪一算，藥錢八百文。」又：「好，我就把你放了，快些回家，這點口案錢我跟你墊就是。」皆其例。

10. 三卷 46 頁「只好」條，釋爲「只適合，只能。」

按：「只好」尚有「大約」、「差不多」義，表示估量。例如《照世杯》：「把面孔都遮住了，離著杜景山只好七八尺遠。」又同書：「飛手夜叉道：『大爺輸過七十千，該三十五兩，這一串蜜臘念珠，只好準折。』」《人中畫》：「只見一個人，年紀只好四旬以外。」又同書：「行不上一二里，江面上忽湧起一片黑雲，起時只好一片蘆葦大小，頃刻間便撒滿一天。」又：「大家失望，又是一個孩子，只好十五六歲，欲要推他入江，又無此理。」《西湖佳話》：「聞說蘇姑娘只好二十餘歲，爲何就死了。」《平山冷燕》：「領出一個女子來，年紀只好十五六歲。」《警世通言》第三十卷：「內中有個量酒的女兒，大有姿色，年紀也只好二八，只是不常出來。」

11. 三卷 1086 頁「衝突」條，列有「衝襲；突擊」、「水流衝擊堤岸」、「直闖」、「爭執；爭鬥」、「猶矛盾」等六個義項。

按：另有「衝撞、冒犯、得罪」義。例如《型世言》第九回：「那張老三因爲王喜衝突了崔科，特來打合他去陪禮。」又第二十九回：「（田有獲）道：『狗才，丟得我下，一向竟不來看我，想是我衝突了你。』」

12. 四卷 73 頁「巴子」條，列有「巴子肉」和「黏結塊狀的東西」二義。

按：另有「女陰」一義。例如《金瓶梅詞話》第二回：「王婆道：『他家賣的拖煎河漏子，乾巴子肉翻包著菜肉匾食。』」王婆係用淫穢隱語挑逗西門慶，此「巴子」即女陰。《奉天通志‧禮俗‧方言》：「按省俗亦謂女陰曰巴子，故常用以罵人。」今人罵語「媽拉巴子」猶用。

13. 五卷 598 頁「明目」條，列有「明亮的眼睛」、「使眼睛看得清楚」等三個義項。

按：「明目」尚有「明白、清楚」義。當係本義之引申。例如《躋春臺・十年雞》：「提起雞首有緣故，你今聽我說明目。你本孝廉把官做，難道未看這樣書。」《躋春臺・審煙槍》：「老大人在上容訴稟，聽犯女從頭說明目。」以上幾例中的「明目」都有「明白、清楚」義，《躋春臺・審禾苗》：「大老爺在上容告稟，聽學生從頭說分明。」同語而一作「明目」，一作「分明」，是其確證。

14. 五卷 639 頁「春」條，下列「春季；春天」等九個義項。

按：「春」尚有「說話（名詞）」義。例如《生綃剪》第九回：「他自吃了兩番暗算，衙門中人著實周旋，又是新官新府，要討些春兒。」又同回：「玉峰知道是遞春的惡取笑，只是磕頭。」又第十七回：「眾人只道李愛要賣春，一齊擁作一店道：『老爺吩咐，不許多說一句話，快去快去！』」

上引三例中，申玉峰因遭過暗算，想要同官府處好關係，新官到任後，他要看看新官的態度，「討些春兒」即「討些話兒」。「遞春」即「傳話」。「賣春」即「透話——透露消息。」《語海・秘密語分冊》釋「春」：「②清末北方地區江湖，指說話。」[4]於此可知《生綃剪》中所用的「春」是秘密語。

15. 五卷 855 頁「水手」條，列有三個義項：①船工、駕船的人。②水兵。③船員職稱之一。

按：「水手」尚有「或指一種固定數目的銀錢，或泛指銀錢」之意。例如《三刻拍案驚奇》第六回：「汪涵宇恐怕拘親鄰惹出事來，又送了一名水手方得取放回來。」又第八回：「臨終對夫人道：『我在任雖無所得，家中薄田還有數畝，可以耕種自吃，實甫年小，喜得聰明，可叫他讀書，接我書香一脈。我在此，原不妄要人一毫，除上司助喪水手，有例的可以收他，其餘鄉紳，裏道、衙役祭奠，俱不可收，玷我清名。』」又同回：「止是扶院司道：『府間有些助喪水手銀兩，卻也展轉申請批給，反耽延了許多，止夠得在本縣守候日用，路上盤纏。』」又第二十六回：「只是這樣做，又費兩名水手。」《鼓掌絕塵》：「你曉得我楊東翁，不比別個先生，開口定用一名水手，白話定弗能夠。」

以上諸例中的「水手」或是指「固定的銀錢數目」，或是泛指「銀錢」。用前義時前面常加一數量短語，如上文之「一名水手」、「兩名水手」，目的是和「水手」本義用法相匹配。又《三刻拍案驚奇》第六回注：「水手，一種銀

錢數目的市語。」〔5〕可爲參證。

16. 五卷 1290 頁「即溜」條，列有兩個義項：①秀麗，漂亮。②靈活。

按：「即溜」尚有「做事隱蔽、嚴密」義，例如《石點頭》第四卷：「自此孫三郎忙裏偷閒，不論早晚，趂來與方氏盡情歡會，又且做得即溜，出入並無一人知覺。」《生綃剪》第七回：「爾澄做這奇事以後，一路與人打夥，造得十分即溜。」《警世通言》第十五卷：「那一夜我眼也不曾合，他怎麼拿得這樣即溜？」又，第三十五卷：「你作的事，忒不即溜，當初是我一念之差，墮在這光棍術中。」皆其例。

17. 六卷 296 頁「手尾」條，釋爲：「首尾。猶瓜葛。比喻互有牽連。」

按：「手尾」亦指「所做的事情」。例如《鼓掌絕塵》：「相國道：『惠姿，黃昏那一服藥，卻是你的手尾，我直到五更時候才吃。』」《金瓶梅詞話》第二十四回：「平安道：『我到後頭來，後邊不打發茶。惠蓮嫂子說，該是那上竈的首尾，問那個要，他不管哩。』」「手尾」、「首尾」乃同詞異寫。

18. 六卷 331 頁「打樣」條，義項有二：①在建築房屋或製造機械、器具之前，畫出設計圖樣。②書報等排版後，先印出樣張以供校對。

按：「打樣」又有「冒名頂替；做替身」義。例如《躋春臺·平分銀》：「我不該替人打樣相親，誤人終身，所以我也被人打樣，誤我終身。」又同篇：「該因是在先年偶把心變，與老來去打樣誤人嬋娟。」兩例中的「打樣」均爲此義。

19. 六卷 491 頁「抱負」條，義項有二：①手抱肩負。②志向。

按：「抱負」尚有「學識、學問」義。例如《警世通言》第一卷：「子期先生，下官也不該僭言，似先生這等抱負，何不求取功名，立身於廊廟？」又第三卷：「可見老太師學問淵博，有包羅天地之抱負。」兩例均言人學問大，非指志向。「抱負」本義爲「手抱肩負」，由此可衍生出「一個人所具有的……」之意。「志向」和「學識、學問」均爲其引申義。

20. 六卷 1035 頁「氣質」條，列有四個義項：①指人的生理、心理等素質，是相當穩定的個性特點。②風度模樣。③猶風骨。④指氣體。

按：「氣質」尚有「脾氣、性氣」義。例如《豆棚閒話》第九則：「始終年紀不多，不過在家使些氣質，逞些公子威風：」又同則：「終日遊花閒賭，口嘴

吃慣，手裏閒慣，氣質使慣，以至到這田地。」《賣油郎獨佔花魁》：「如今有了個虛名，被這些富貴子弟誇他獎他，慣了他的情性，驕了他的氣質，動不動自作自主。」《玉嬌梨》：「就是前日賞菊做詩吃酒，不知使了多少氣質，我也不忍了他的。」以上諸例與《大詞典》所釋四義均不相合。

21. 八卷 400 頁「端然」條，列有「端正、不偏不斜貌」、「莊重整肅貌」、「果然、真的」三個義項。

按：「端然」尚有「依然、仍然、還是」義。例如《鼓掌絕塵》：「你如今只可改姓，不可移名。表字端然是開先，只改姓為舒莘便了。」又：「原來狀元已有了親父，因此方才的說話，都有些古怪。想將起來，我們端然是陌路人了。」又：「我只道他改過前非，怎麼隔了這幾年，那騙馬的手段端然不改。」又：「說不了，只見那小姐端然是舊時打扮，微展湘裙……」又：「文先生，我這條性命前日是你手裏救活的，今日端然要在你手裏斷送了。」《豆棚閒話》第一則：「獨之推一人，當日身隨著文公周行，那依戀妻子的心情端然如舊，一返故國，便到家中訪問原妻石氏的下落。」《生綃剪》第一回：「若是二十四氣不脫，端然是個俗子，讀書何益？」又：「老丈，老丈，包兒端然在這裡，我适才不便還你，恐被地方人見了。」以上各例俱「依然」義。

22. 八卷 422 頁「空頭」條，列有「有名無實」、「無根據；沒來由」、「假帳」等四個義項。

按：「空頭」尚有「騙人；騙子」義。例如《鼓掌絕塵》：「立伏辯人沙亨而，原籍巴陵人，客居荊州府，向做空頭事。」《豆棚閒話》第十則：「一半是騙外路的客料，一半是閾孩子的東西。不要說別處人叫他空頭，就是本地……」

23. 八卷 562 頁「發揮」條，下列「把內在的性質或能力表現出來」等九個義項。

按：「發揮」尚有「罵、數落」義。例如《照世杯》：「我且不要輕動褻尊，先發揮他一場，若是崛強不服……」《生綃剪》第一四回：「立刻叫知縣舉人進來，一頓發揮，千無恥，萬蠢才，罵個痛快。」「先發揮他一場」，猶言先罵他一頓。「一頓發揮」，猶言一頓數落。

24. 九卷 1103 頁「起解」條，列有「地方政府將錢、糧等物解送上級政

府」、「舊時指犯人被押送上路」等四個義項。

按：另有「起動、行動」義。例如《金瓶梅詞話》第九十回：「（春梅）起解行三坐五，坐著轎子，許多跟隨。」

25. 九卷 1122 頁「趁錢」條，釋爲「賺錢、掙錢」。

按：「趁錢」尚有「擁有錢財」義。從該詞結構看，爲動賓式合成詞。「趁」具有「擁有」義，例如《載花船》卷之二：「舍親開久，各處聞名，主顧絡繹不絕，趁過萬金家當。」「趁過」即「擁有了」。今河北唐山一帶方言中有「趁錢」一詞，「趁錢的」即「有錢的」。《現代漢語詞典》收錄了「趁錢」，即釋作「有錢」。

三、例證晚出

26. 一卷 332 頁「下邊」條：「①指人體或物體的下部。《兒女英雄傳》第四回：『下邊穿著條香色洋布夾褲……』②指在某物之下。杜鵬程《保衛延安》第一章：『一個小通訊員折下一節桃枝放在鼻子下邊聞著。』」

按：此二義所引書證均晚出。明代小說中皆有例證。例如《金瓶梅詞話》第十九回：「（蔣竹山問病婦）嫂子，你下邊有貓沒有？」此例蔣竹山說「下邊」係指樓下邊，婦人的丈夫誤會爲身體下部，所以把蔣竹山打了一頓。又第九回：「下邊酒保見武二行惡，都驚得呆了。」第二十一回：「一面下邊吃了茶，上來把弦箏調定。」此二例均指某物之下。

27. 三卷 888 頁「行子」條，第一個義項（①東西；傢夥）下，舉《紅樓夢》第六十三回例。

按：明代已有用例。《金瓶梅詞話》第二十七回：「你不知使了甚麼行子，進去又罷了。」

28. 四卷 366 頁「娘老子」條，第二個義項（②母親）下，舉楊沫《青春之歌》爲例。

按：明代已有用例。例如《金瓶梅詞話》第二十五回：「那個沒個娘老子，就是石頭猺刺兒裏迸出來，也有個窩巢兒。」又第九十五回：「兩個且是不善，都要五兩銀子，娘老子就在外頭等著要銀子。」

29. 五卷 408 頁「放火」條，第三個義項（③比喻煽動……）下，舉毛澤東《團結一切抗日力量，反對反共頑固派》文句爲例。

按：明代已有用例。《金瓶梅詞話》第九十回：「當初只因潘家那淫婦，一頭放火，一頭放水，駕的舌。」「放火」即進行煽動。

30. 六卷 1343 頁「腰眼」條，舉《紅樓夢》第九十九回例。

按：《金瓶梅詞話》有例。見第三十七回：「令婦人仰臥於床，背墊雙枕，以手托其雙足，置之於腰眼間，肆行抽送。」

31. 七卷 563 頁「惹眼」條，所釋第一義「引人注目、顯眼」下舉魯迅《吶喊・社戲》、柳青《創業史》、茅盾《子夜》爲例。

按：《金瓶梅詞話》中已有用例。見第十四回：「那箱籠東西，若從大門裏來，教兩邊廂房看著太惹眼。」

32. 七卷 1459 頁「盤」條，義項⑱：「方言。撫養。」引例爲郭沫若《甘願做炮灰》第二幕和艾蕪《都市的憂鬱》中的句子。

按：清代小說《躋春臺》中已有用例。例如「我家貧寒，母親尚不能盤，怎能盤妻。」又：「你說的好，你去盤他，可憐我打草鞋，眼未亂看，足未下機，找不到錢，頓頓喝稀。」

33. 十卷 969 頁「過場」條，義項④：「花樣、辦法」，舉巴金《秋》、柳青《創業史》文句爲例。

按：「過場」之「花樣、辦法」義，《躋春臺・南鄉井》中已有用例。例如：「夫君今日要妻打扮風流，爲妻生來本相，做不來那些醜過場。」又：「淫婦雖然心暢快，就是娼妓有過場。龜子候你把床上，一門關你在小房。」

四、其他問題

（一）釋義或引例順序排列不當

34. 八卷 1238 頁「篾片」條，下列兩個義項：①猶清客，舊時豪富人家專門幫閒湊趣、圖取餘潤的門客。②竹子劈成的薄片。

按：義項②爲「篾片」之本義，且古代不乏用本義的例子，故應列於首。

35. 十二卷 450 頁「鬼胎」條，下列三個義項：①怪胎。②喻不可告人的

心事。③由鬼魅孕育。

按：義項③爲「鬼胎」的本義。應排列在先。其順序應爲③、①、②。

36. 四卷 365 頁「娘母子」條，第二個義項（②母親）下先舉《紅樓夢》二十九回例，再舉《醒世姻緣傳》五十二回例。

按：引例當以作品時代先後爲序，成書於明末的《醒世姻緣傳》自應排在《紅樓夢》之前。

（二）漏釋本義或常用義

37. 一卷 1528 頁「做出來」條，釋爲「猶言出岔子」。

按：「做出來」常用義應爲「泄露出來」。例如《西湖佳話》：「我若是妖，必然做出來了。」《三刻拍案驚奇》第十七回：「鮑雷道：『這小官家不曉事。這須是兩條人命，我們得他多少錢，替他掩？做出來，我們也說不開個同謀！』」《生綃剪》第十回：「你這活冤家，怎的前晚拿這一頂頭巾放在我的席下，幾乎做出來。」這幾例「做出來」都是「泄露出來」。又《三刻拍案驚奇》第二十七回：「皮匠與公佈怕做出馬腳來，便住手。」由此例可知上幾例「做出來」實乃「做出馬腳來」之省。《大詞典》未釋其常用義，所釋之「猶言出岔子」，只是其引申義。

38. 五卷 412 頁「放空槍」條，釋爲「說不能實現的話」。

按：「放空槍」本義爲「未裝子彈放射」，今仍使用。「說不能實現的話」是其比喻義。本義不廢的，不釋本義，而僅釋比喻義，不妥。又同卷 412 頁「放空炮」條僅釋「比喻說實際做不到的空話、大話」，亦同此。

（三）引例有誤

39. 八卷 84 頁「稍間」條，舉《金瓶梅詞話》第十五回例：「儀門去兩邊廂房三間，客座一間，稍間過道穿進去第三層，三間臥房，一間廚房，後邊落地緊靠著喬皇親花園。」

按：此例斷句有誤。應爲：「儀門進去，兩邊廂房，三間客座，一間稍間，過道穿進去第三層，三間臥房，一間廚房……」《金瓶梅詞話》第七十八回：「原來旁邊又典了人家一所房子，三間客位內擺酒。」亦云「三間客位」（「客位」即「客座」），可以爲證。另外，可以說從「過道穿進去」，說從「稍間穿進去」

則欠通。又，「儀門去兩邊廂房三間」不辭，「門」後漏掉一「進」字。

（四）義例不合

40. 七卷 602 頁「惚」條：「隱約或遊移而不可捉摸；不清晰。《老子》：『惚兮恍兮，其中有象；恍兮惚兮，其中有物。』《金瓶梅詞話》第三十八回：『香褪了海棠嬌，衣惚了楊柳腰。』」

按：所釋之義與所引《金瓶梅詞話》一例殊難相合。查日本大安株式會社影印之明萬曆木刻本，「惚」作「惚」。「惚」（sǒng），又作「憁」，同「鬆」。「衣惚了楊柳腰」實爲「衣惚（鬆）了楊柳腰」之誤。故《金瓶梅詞話》第三十八回例應移至《大詞典》七卷 667 頁「惚²」條下。

附 注

〔1〕《商補》一文載《近代漢語釋詞叢稿》，江蘇教育出版社，1995 年版。《訂補》一文載《徐州師範大學學報》1997 年第 2 期，又載中國人民大學複印報刊資料《語言文字學》1997 年 12 月號。

〔2〕載《漢語語法論文集》，商務印書館，1984 年版。

〔3〕河北教育出版社，1994 年版。又《校注》釋「僝僽」爲「憂怨，煩惱」，釋「阿㜷」爲「彎曲貌」，似可商。

〔4〕上海文藝出版社，1994 年版，第 405 頁。

〔5〕張榮起整理，北京大學出版社，1987 年版。

（原載香港《語文建設通訊》1998 年第 2 期，與楊會永合作）

《漢語大詞典》近代漢語條目訂補

　　《漢語大詞典》（以下簡稱《大詞典》）是一部大型的、歷史性的漢語語文辭典。我們曾在《〈漢語大詞典〉近代漢語條目商補》。[1] 一文中指出，對近代漢語語詞搜羅浩博、對白話文獻資料徵引宏富是《漢語大詞典》的一項突出的成就，同時並就有疏失的部分條目提出了訂補意見。近年來，我們在翻檢過程中，又陸續發現一些新的問題，現仍按上文歸納的四個方面臚列如下，以供編者修訂時參考。

一、釋義不確

　　1. 一卷 49 頁「一周」條：「④指一週年。」

　　按：該釋義不夠完整。「一周」還可指一周歲。《三遂平妖傳》第一回：「老娘婆收了，不免做三朝、滿月、百歲、一周：因是紙灰湧起腹懷有孕，因此取名叫永兒。」《金瓶梅詞話》第四十八回：「我那等說，還不到一周的孩子，且休帶他出城門去。」八十五回：「婦人道：『何曾出來了，還不到一周兒哩。』」故釋爲「指一週年或一周歲」，方爲完備。

　　2. 一卷 55 頁「一柞」條：「猶一疊。約爲拇指和食指伸開的距離。」

　　按：「柞」在元曲中有多種寫法，又作「拆」、「折」、「扎」、「札」等。如《西廂記》第四本第一折：「繡鞋兒剛半折，柳腰兒勾一搦。」「折」，王季思

校注本作「拆」。蘭楚芳散套《粉蝶兒‧思情》〔迎仙客〕曲：「我則見窄弓弓藕芽兒剛半扎。」「柞」、「折」、「拆」、「扎」和「札」，都是「搩」的借用字。《集韻》：「搩，手度物。」引申為量詞，今又作「拃」。指拇指至中指伸直的長度，而非從拇指到食指伸開的距離。徐嘉瑞《金元戲曲方言考》曾釋此為「一堆」，誤。今《大詞典》釋為「猶一疊」，亦不確。《醒世姻緣傳》第五八回：「狄希陳取出那炮杖來，有一札長，小雞蛋子粗。」此言一個「炮杖」的長度，顯然不能說是「一疊長」。

3. 二卷 610 頁「列子」條：「①即列禦寇，相傳為先秦早期道家。②指眾士子。《金瓶梅詞話》第九七回：『風吹列子歸何處？夜夜嬋娟在柳梢。』」

按：列子，戰國時鄭人，相傳他能御風而行。《莊子‧逍遙遊》：「夫列子御風而行，泠然善也。」後人多用此典，以形容人飄飄欲仙。如盧摯《雙調‧殿前歡》曲：「誰人與共？一帶青山送，乘風列子，列子乘風。」此是寫作者在喝醉以後飄飄欲仙，像列子御風一般的感覺。《金瓶梅詞話》兩引「風吹列子歸何處」詩，一是第七回寫西門慶娶孟玉樓，一是第九七回寫陳經濟娶葛翠屏，引此詩是為了表現人物得意盡歡，飄飄欲仙的感覺。《大詞典》釋為「眾士子」，不知何據，當非用典之意。

4. 二卷 1657 頁「尖尖」條：「②方言。猶狠狠。《醒世姻緣傳》第三五回：『劉宦差問，尖尖打了十五個老闆。』又第六三回：『十六日放告的日子，叫他在巡道手裏尖尖的告上一狀，說他奸霸良人婦女。』」

按：「尖尖」，猶言足足。「尖尖打了十五個老闆」即足足打了十五大板，一點也沒有減少。「尖尖的告上一狀」形容罪狀羅列之多。又同書第一一回：「自己把嘴每邊打了二十五下，打得通是那猢猻屁股，尖尖的紅將起來。」此「尖尖」猶云「高高」（與「足足」相通），而不能說成「狠狠地紅將起來」。上引《醒世姻緣傳》第三五回例，黃肅秋校注本〔2〕注云：「狠狠地」。《大詞典》未辨黃注之誤而沿用，亦誤。

5. 五卷 337 頁「步戲」條：「指在戲臺上扮演的戲。《金瓶梅詞話》第一九回：『叫了四個唱的，一起樂工、雜耍、步戲。』」

按：「步戲」並非在戲臺上扮演的戲，而是民間地方戲的一種表演形式，演

出不搭臺，只在平地表演，四周圍以長板凳，觀者坐板凳觀看。因演員是在平地邊走邊唱，而且沒有固定演出場地，走到哪裏唱到哪裏，故稱「步戲」。詳參隋文昭先生《釋「步戲」》[3] 蔡敦勇先生亦指出：「明代中葉，那些公侯、縉紳以及富豪之家，其府第之中都無舞臺，所以樂人、戲班的演出或其他藝術活動，大都是在廳堂的紅氍毹上進行。……它是一種樂人自彈自唱，邊走邊唱的演唱形式。」[4] 皆道出了「步戲」的得名之由，當從。

6. 六卷 324 頁「打旋磨」條：「②引申指周旋獻殷勤；磨煩。《金瓶梅詞話》第六〇回：『玉簫跟到房中打旋磨兒跪在地下，內央及五娘千萬休對爹說。』」

按：打旋磨，即圍著某人團團轉，是死命央求人或纏著別人不放的表現。「打旋磨跪著」，是被央者把身子轉向哪邊，央求者就立即跟到哪邊，始終面向被央求者跪著。《賺蒯通》第三折：「趕著我後巷前街打旋磨兒。」《紅樓夢》第九回：「你那姑媽只會打旋磨兒，給我們璉二奶奶跪著借當頭。」均此意。

7. 六卷 536 頁「拿手」條：「指有財物可以敲榨的對象。《醒世姻緣傳》一四回：『老爺方才不該放他，這裡一個極好的拿手！』」

按：「拿手」並不是敲榨的對象，而是敲榨的憑藉，應理解爲：以之要挾，治服別人的條件或者把柄，也不限於敲榨財物方面。今徐州一帶仍流行此語，例如：「對付這種人，你非得有個拿手不可。」

8. 六卷 1297 頁「脫空」條：「②落空；沒有著落；弄虛作假。」

按：脫空義爲欺騙，虛誑。宋・呂本中《東萊呂紫微師友雜記》：「劉器之嘗論至誠之道，凡事據實而言，不涉詐僞，後來忘了前話，便是脫空。」《宣和遺事》亨集：「朕語下爲敕，豈有浪舌天子脫空佛？」《抱妝盒》第二折：「常言道脫空到底終須敗，可著我怎刮劃。」元・高明《琵琶記・拐兒脫騙》：「自家脫空行徑，掏摸生涯。」以上各例皆欺詐義。「脫」本字當爲「訑」。《說文・言部》：「訑，沇州謂欺曰訑。」王學奇先生指出：「《舊唐書・代宗紀》：『太僕寺佛堂有小脫空金剛。』偶像之所以名『脫空』，就因它有外殼而中空。今謂『脫空』爲『說謊』，正是從這個意義引申而來。」[5]

9. 七卷 818 頁「母兒」條：「①指標準。《玉壺春》二折：『做子弟的有十

個母兒。』」

　　按：「母兒」義爲本領、本事、才能。「十個母兒」即十樣本事或十種才能。詳見李申《元曲詞語今證》。[6]字又寫作「末兒」或「抹兒」。如《後庭花》第三折：「那恰似一部鳴蛙，絮絮答答，叫叫吖吖，覷了他精神口抹，再言語還重打。」《兒女英雄傳》第三二回：「因向安老爺說道『不但我這女兒，就是女婿，也抵得一個兒子。第一：心地兒使得，本領也不弱，只不過老實些兒，沒什麼大嘴末子。』」《金瓶梅詞話》第二一回：「西門慶在房裏向玉樓道：『你看賊小淫婦兒，在泥裏把人絆了一交，他還說人踹泥了他的鞋。恰是那一個兒，就沒些嘴抹兒。』」「口抹」、「嘴抹」，即口才，如釋爲「標準」顯然不可通。

　　10. 八卷 51 頁「科兌」條：「典當、借貸時，估量抵押品，兌付銀錢。《金瓶梅詞話》第一六回：『家裏有三個川廣客人，在家中坐著，有許多細貨要科兌與傅二叔，只要一百兩銀子押合同，約八月中旬找完銀子。』」

　　按：科兌，是把大宗貨物一總折價轉手。上引《金瓶梅詞話》第一六回一例係言川廣商人不及自己發賣貨物，而又急於回家鄉，只好大宗出手，將貨物賤價轉賣給西門慶。並非典當、借貸時，將物品作爲抵押，兌付銀錢之意。

　　11. 八卷 84 頁「稍間」條：「梢間。指房屋梢端處的一間，常用以堆放柴草等。《金瓶梅詞話》第一五回：『儀門去兩邊廂房三間，客座一間，稍間過道穿進去第三層，三間臥房，一間廚房。』」

　　按：「稍間」非僅指房屋梢端處的一間，亦可指正房兩邊的偏房。《金瓶梅詞話》八二回：「兩邊稍間堆放生藥香料。」《金鳳釵》第三折：「少了我房錢，不要你頭房裏住，你梢間裏住去。」

　　12. 十卷 635 頁「都抹」條：「方言。嘟起嘴巴不吭聲。《醒世姻緣傳》第四八回：『狄希陳都抹了會子，蹭到房裏。』」

　　按：「都抹」意爲徘徊、磨蹭，又寫作「篤麼」、「獨磨」、「突磨」、「杜磨」等。如《董西廂》卷六：「問侍婢以來，兢兢戰戰，一地裏篤麼。」《凍蘇秦》第二折：「去不去兩三次自猜疑，我我我突磨到多半晌。」皆其例。

二、義項不全

13. 一卷 30 頁「一似」條，僅釋「很像」一義。

按：「一似」另有「一樣」義。《金瓶梅詞話》第一回：「請看項籍並劉季，一似使人愁。」「一似使人愁」，即一樣使人愁。釋「很像」則不可通。今徐州方言「一樣」仍說成「一似」，例如「一似齊」、「一似平」即一樣齊、一樣平。

14. 一卷 710 頁「半折」條，列有「損失一半」、「對折；減半」、「折斷一半」等三義。

按：「半折」另有「從拇指到中指伸直長度的一半」義。近代漢語文獻中習見。如《大宋宣和遺事》：「鳳鞋半折小弓弓，鶯語一聲嬌滴滴。」《西廂記》第四本第一折：「繡鞋兒剛半折，柳腰兒夠一搦。」《樂府陽春白雪》馬東籬小令：「金蓮肯分選半折，柳腰兒恰一搦。」明·劉兌《金童玉女嬌紅記》〔普天樂〕曲：「半折筍牙尖，三寸銀鉤細。」均可為證。

15. 一卷 725 頁「了落」條，僅釋「了結、收場」一義。

按：另有「打發」義。如《型世言》第六回：「忽見一個禁子拿了兩碗飯，兩樣菜道：『是你姓汪的親眷送來的，可就叫他來替你了落我們。』」又第二七回：「不若先將我身邊銀子且去了落差人，待我與婆婆再處。」以上兩例，「了落」皆「打發」之義。

16. 一卷 1379 頁「修養」條，列有「指道家的修煉養性」等六個義項。

按：尚可補「按摩」義。李漁《無聲戲》第七回：「王四以為得計，日日不等開門，就來伺候。每到梳頭完了，雪娘不教修養，他定要捶捶撚撚，好摩弄他的香肌。」《生綃剪》第八回：「再說那楚老兒，年紀老了，篾片行中，件件俱換新腔，老骨董卻用不著。偶然蹈襲得些修養之法，幾句衛生歌，篾著一個老先生。」皆「按摩」之意。

17. 一卷 1528 頁「做作」條，列有「作為、舉動、所作所為」、「裝模作樣」等四個義項。

按：尚缺「因不滿而生氣、發作」義。清·李漁《無聲戲》第一回：「……只是自己曉得容貌不濟，妻子看見定要做作起來，就趁他不曾擡頭，一口氣先把燈吹滅了，然後走進身去，替他解帶寬衣。」「做作」即「發作」義。

18. 二卷 1579 頁「就就」條，僅有「猶豫貌」一義。

按：尚有「完就」義。《醒世姻緣傳》第八回：「計大舅隨口接道：『爹，你見不透，他是已把良心死盡了！算計得就就的，你要不就他，他一著高低把個妹子斷送了！』」「就就的」猶言好好的。「算計得就就的」即「算計得好好的。」

19. 三卷 407 頁「㗑」條，列有「語助詞」和「歎詞」兩個義項。

按：「㗑」亦與「犮」通。《金瓶梅詞話》第七五回：「如狗㗑鑷子一般。」此「㗑」是「犮」的借音字。北方話中稱狗吃食為「犮」。《玉篇》：「犮，犬食。」因此「㗑」條下應補列「通『犮』狗吃食」義項。

20. 三卷 1589 頁「寡人」條，列有「古代君主的謙稱」、「諸侯夫人自稱」、「晉人習慣自稱寡人」、「借指孤立無助之人」等四個義項。

按：「寡人」亦可指守寡之人，即寡婦。《金瓶梅詞話》第八五回：「你我如今是寡人，比不的有漢子。」

21. 四卷 5 頁「尺頭」條，列有「綢緞衣料」、「猶尺碼」兩義。

按：「尺頭」另有「口袋」義。如《金瓶梅詞話》第二五回：「正在卷棚內，教經濟封尺頭。」又「我封的是往東京蔡大師生辰擔的尺頭。」第九五回：「攛回尺頭。」三例中「尺頭」俱非上釋二義所能賅。清光緒《山西通志》「風土記・方言」：「口袋曰尺頭。」與上舉《金瓶梅詞話》三例相合。

22. 四卷 1326 頁「機括」條，列有「弩上發矢的機件」等三個義項。

按：還有「機會」義。如《型世言》第一回：「紀指揮道：『我且據實奏上，若有機括，也為他方便。』」又第七回：「這夜王夫人乘徐明山酒醒，對他說：『我想你如今深入重地，後援已絕，若一蹉跌，便欲歸無路。自古沒有個做賊得了的。他來招你，也是一個機括。』」均可為證。

23. 五卷 475 頁「散走」條，僅釋「四處奔逃」一義。

按：另有「閒走；隨意走動」義。如《金瓶梅詞話》第三二回：「鄭愛香道：『因把貓兒的虎口內燒了兩醮，和他丁八著好一向了，這日只散走哩。』」第五四回：「吃茶畢，三人剛立散走，白來創看見樹上有一副棋枰，就對常時節說：『我與你下一盤棋。』」此二例「散走」皆猶「閒走」。「散」有「閒」義。《金

瓶梅詞話》第八六回與《紅樓夢》第二二回均有「散話」一語，意即「閒話」；清・東軒主人《述異記・抹臉兒術》有「散行」，意即「閒走」。

24. 五卷 1257 頁「流水」條，列有「流動的水；活水」等六個義項。

按：尚缺「動作迅速」義。此種用法，近代漢語中習見。如《醒世姻緣傳》第三四回：「只聽見鄉約放個屁，他流水就說『好香，好香』，往鼻子裏抽不迭的。」《警世通言》第二四卷：「那亡八把頭口打了兩鞭，順小巷流水出城去了。」《無聲戲》第一回：「忍得他睡著了，流水爬到腳頭去睡。」《聊齋俚曲集・姑婦曲》第二段：「兄弟媳婦坐在也麼房，大伯親手做茶湯，急忙忙，流水做來給他嘗。」皆其例。

25. 六卷 398 頁「投」條，列有「擲；扔」等十七個義項。

按：尚缺「摻雜」義。《金瓶梅詞話》第二二回：「粳米投著各樣榛松栗子、果仁、梅桂白糖粥兒。」「投著」即「摻雜著」。

26. 六卷 1383 頁「朦朧」條，列有「微明貌」、「模糊不清貌」等五義。

按：未收「欺騙」義。如：《型世言》第一回：「若拿不到，差人三十板，把這朦朧告照，局騙良人婦女罪名坐在你身上。」《雲仙嘯》第一冊：「呂文棟卻是大富之家，場裏文字也是買人代筆的。你這大膽奴才，得他多少銀子，卻來朦朧我。」《四巧說・反蘆花》：「今弟病已痊，理合避位。向日朦朧之罪，願乞寬宥。」

27. 七卷 233 頁「熱化」條，收「受熱而熔化」等三義。

按：尚有「接近、親熱」義。《醒世姻緣傳》第一九回：「從這日以後，唐氏漸漸的就合晁大舍熱化了。」「熱化」猶今口語詞「熱乎」，形容親熱的態度，與人接近，不顯生分。「hua」音節的漢字如「化」、「劃」、「滑」、「花」等，輕讀時主元音 a 常脫落，韻母變成 u。如「肝花」，有些地方讀如「肝乎」；「熟滑」，說成「熟化」或「熟乎；」「擺劃」音如「擺乎」。故「熱化」實即「熱乎」。

28. 七卷 436 頁「快子」條，僅釋「衙役」一義。

按：缺「筷子」義。「箸」又稱「快子」，明《推蓬寤語》：「世有誤惡字而呼美字者，如立箸諱滯呼爲快子，今因流傳之久，至有士大夫間，亦呼箸爲快子者，忘其始也。」說明「快子」是由於船家諱「箸」（與「住」諧音）而反其

意造出來的新詞。《金瓶梅詞話》多作「快子」,如第一二回有「連二快子」,第九四回有「象牙快子」等。

29. 七卷 931 頁「禁錢」條,僅釋「由少府掌管,供帝王使用的錢財」一義。

按:另有「賺錢」義。如《金瓶梅詞話》第八六回:「要獨權兒做買賣,好禁錢養家。」

30. 八卷 385 頁「章臺柳」條,僅列「形容窈窕美麗的女子」一義。

按:「章臺柳」又代指風塵女子。關漢卿《南呂·一枝花·不伏老》:「我玩的是梁園月,飲的是東京酒,賞的是洛陽花,攀的是章臺柳。」《金瓶梅詞話》第二一回:「回頭恨罵章臺柳,赧面羞看玉井蓮。」又第一九回:「騙得銅錢放不牢,一心要折章臺柳。」均以之代指妓女。

31. 九卷 879 頁「緊自」條,僅有「方言,接連不斷」一義。

按:「緊自」另有關聯詞用法。意為「本來……,(還,又)……。」如《金瓶梅詞話》第八回:「緊自他麻煩人,你又自作耍。」五十八回:「金蓮緊自心裏惱,又聽見他娘說了這一句,越發心中攛上把火一般。」《醒世姻緣傳》第七十五回:「緊子冬裏愁著沒有棉褲棉襖合煤燒哩。」以上均非「接連不斷」義。

32. 十卷 497 頁「踢」條,列「用腳擊物」等三義。

按:缺程度副詞一義。「踢」通「剔」,相當於現代漢語中的「極其」、「特別」。如《西廂記》第一本第三折:「剔團圞明月如懸鏡。」《硃砂擔》第一折:「我見他忽的眉剔豎,禿的眼圓睜。」《大詞典》收有「踢團圞」、「踢豎」等條但「踢」字無解。

33. 十一卷 1028 頁「陰符」條,僅釋「古兵書名」一義。

按:又指古代軍用密碼。係由一套尺寸不等,形狀各異的符節構成。每種符表示的意思皆預先約定,收符者據所得符的尺寸、形狀即可明瞭指揮意圖和軍情。詳見《金瓶梅鑒賞辭典》[7]。《六韜·龍韜·陰符》云:「主與將有陰符,凡八等。」

34. 十二卷 299 頁「頭皮」條,列有「腦袋」等四義。

按：「頭皮」還有「面皮」義。王梵志詩《世間何物平》：「各身改頭皮，相逢定不識。」又《天下惡官職之二》：「脫卻面頭皮，還共人相似。」「改頭皮」即換了面皮。「面頭皮」即係由「面皮」和「頭皮」相疊構成的羨餘形式，亦即面皮。張錫厚《王梵志詩校輯》注〔三〕：「頭皮，唐代俗語，指人的面目。」近似。項楚《王梵志詩校注》：「頭皮謂頭顱。」[8] 誤。

35. 十二卷 990 頁「黃黃」條，列有「形容美好」和「指地」二義。

按：另有「東西（多指小東西）」義。《型世言》第五回：「耿埴道：『瞎了眼，甚黃黃打在頭上。』」又第一二回：「王奶奶見了景東人事，道：『甚黃黃，這等怪醜的。』」「甚黃黃」即「什麼東西」。今徐州方言仍有此語，小孩、老人的貶義說法分別爲「小黃黃」、「老黃黃」；買個玩具叫「買個黃黃兒」。

三、例證晚出

36. 一卷 927 頁「原」條，第六個義項（⑥依舊）下，舉清人董說《西遊補》第一四回例。

按：作「依舊」解的「原」，元明已習用。如：馬致遠《般涉調・哨遍》：「雖無諸葛臥龍岡，原有嚴陵釣魚磯。」《水滸傳》第五三回：「李逵依然原又去睡了。」上引各例中「原」俱「依舊」義。

37. 二卷 180 頁「勾欄」條，第二個義項（②亦指妓院）下，舉清・蒲松齡《聊齋誌異・于中丞》例。

按：明代已有用例。《金瓶梅詞話》第三回：「婆子又道：『官人，你和勾欄中李嬌兒卻長久。』」「勾欄」即指妓院。後文第八十回寫「李嬌兒盜財歸院」，即回到妓院重操舊業去了。

38. 七卷 172 頁「糊」條，釋義爲「食品衣物等經火變焦發黑。」舉魏巍小說《東方》爲例。

按：《金瓶梅詞語》有例。見第四一回：「俺們一個一個只像燒糊了卷子一般，平白出去，惹人家笑話。」《紅樓夢》第四六回亦有此語。

39. 九卷 879 頁「緊」條，第三個義項（③指經濟不寬裕）下，舉朱自清《歸來雜記》和王西彥《尋常事》兩例。

按：《金瓶梅詞話》第七回：「世上錢財倘來物，那是長貧久富家？緊著起來，朝廷爺一時沒錢使，還向太僕寺借馬價銀子來使。」「緊著」猶經濟不寬裕時。

40. 十卷 920 頁「這廂」條，舉京劇《走麥城》爲例。

按：宋元以來白話文獻中已見。如《宋元戲文輯佚・琵琶亭》：「怎知我這廂，獨守蘭房。」

四、其他問題

（一）義例不合

41. 五卷 265 頁「比是」條：「猶既是。」「《金瓶梅詞話》第一五回：『祝日念道：「比是哥請俺每到酒樓上，何不往裏邊望望李桂姐去。」』」

按：所引例與釋義不合。此處「比是」應釋爲「與其」。《金瓶梅詞話》第四八回：「呸，賊沒算計的，比是搭月臺，買些磚瓦來蓋上兩間廈子卻不好？」字或作「比似」。《桃花女》第一折：「比似你做陰司下鬼囚，爭似得他這天堂上陽壽。」兩例中「比是（比似）」均非「既是」義。

42. 八卷 56 頁「科範」條：「①儀式；規格。《金瓶梅詞話》第三三回：『春梅做定科範，取了個茶甌子，流沿邊斟上遞與他。』」

按：此處的「做定科範」，是說春梅按照潘金蓮的授意做好圈套，鋪好了計謀。應將此例證移至該條第四個義項（④圈套；機謀）下，方爲妥帖。

43. 十二卷 297 頁「頭上末下」條：「①謂從上到下，從最前頭一個到最末尾一個。《金瓶梅詞話》第一九回：『恰似俺們把椿事放在頭裏一般，頭上末下就讓不得這一夜兒！』②頭一回，第一次。」

按：第一個義項釋義與引例不合。「頭上末下讓不得這一夜兒」，意即李瓶兒是「頭一回」（謂其新娶進門），而其他老婆與之爭漢子，就不讓她這一夜兒。上舉《金瓶梅詞話》第一九回例適合於第二個義項。

（二）失引書證

44. 三卷 469 頁「嗙」條：「方言。自誇；吹牛。如：胡吹亂嗙的壞習氣

要不的。」

按：釋義後爲自造例句。《聊齋俚曲集》已有用例。見《磨難曲》第二三回：「一個磨軸沒處按，一把錐子沒處攢，瞎的瞎，俺會嗙，騙了三官爺爺一頂巾，掙了鎮武爺爺兩頂網。」

（三）釋語不辭

45. 十二卷 1325 頁「點茶」條：「③點抹茶食。明·王錡《寓圃雜記·脂麻通監》：『蓋吳人愛以脂麻點茶，鬻者必以紙裹而授。』」

按：「點抹茶食」何義？查同卷 1351 頁「點抹」條，釋爲「搽抹」。但「搽抹茶食」，亦費解。此「點茶」應理解爲以物佐茶。

（四）未究語源

46. 一卷 30 頁「一向」條：「⑤霎時，片刻。」

按：「一向」何以有此義，《大詞典》未說明其語源。「一向」即「一晌」。「一晌」可表示時間短暫。如李煜詞《浪淘沙·簾外雨潺潺》：「夢裏不知身是客，一晌貪歡。」

（五）詞同釋異

47. 十卷 976 頁「過從」條：「③巴結奉承。」十卷 975 頁「過縱」條：「籠絡，獻殷勤。」

按：「過從」、「過縱」實爲一詞。「從」是「縱」的古字。《禮記·曲禮上》：「欲不可從，志不可滿，樂不可極。」陸德明釋文：「從，放縱也。」

（六）詞形不全

48. 一卷 710 頁「半拉」條。

按：「半拉」又寫作「半落」。如《金瓶梅詞話》第一七回：「房子蓋的半落不合的都丟下了。」第五二回：「剃的恁半落不合的。」《大詞典》對一詞異寫的應盡量收全。

49. 一卷 710 頁「半拆」條。

按：「半拆」，又作「半折」、「半扎」、「半札」（見前文）、「半叉」（《金瓶梅

詞話》第四四回：「半叉繡羅鞋，眼兒見了心兒愛。」）、「半扠」（《金瓶梅詞話》第四回：「只見婦人尖尖剛三寸恰半扠一對小小金蓮。」）「半窄」（《金瓶梅詞話》第五二回：「剛三寸，恰半窄。」）。而《大詞典》於「半拆」的後幾種書寫形式概未收錄，使翻檢者無從查找，殊為不便。

50. 三卷 381 頁列有「唱偌」、「唱喏」、「唱噁」三個詞條。

按：尚缺「唱惹」條。《金瓶梅詞話》第七三回：「每日他從那裡吃了酒來，就先到他房裏，望著他影深深唱惹。」《大詞典》七卷 563 頁：「惹，用同『偌』。」不當遺漏。

附　注

〔1〕見李申《近代漢語釋詞叢稿》，江蘇教育出版社，1995 年。

〔2〕《醒世姻緣傳》黃肅秋注本，上海古籍出版社，1981 年。

〔3〕隋文昭《釋「步戲」》，《中國語文》1987 年第 2 期。

〔4〕《金瓶梅劇曲品探》，江蘇文藝出版社，1989 年。

〔5〕王學奇《評王季思先生的〈西廂記〉注釋》，《語文研究》，1983 年第 1 期。

〔6〕李申《元曲詞語今證》，《中國語文》1983 年第 5 期。

〔7〕《金瓶梅鑒賞辭典》，上海古籍出版社，1990 年。

〔8〕上海古籍出版社，1991 年版。

（原載《徐州師範大學學報》1997 年第 2 期，中國人民大學複印資料《語言文字學》1997 年第 12 期全文轉載，與王文暉合作）

《漢語大詞典》近代漢語條目再訂補

「《漢語大詞典》研究」是我們承擔的一項省科研課題。近年來已專就其中的近代漢語條目發表過一些淺見〔1〕，現再提出 32 條加以討論，供《大詞典》編者和讀者參考。

一、釋義不確

1. 一卷 297 頁「上臉」條：「得臉；有臉面。《紅樓夢》第三十九回：『平兒啐道：「好了，你們越發上臉了。」』亦用以謂卑幼對尊長開玩笑。《人民日報》1981.12.14：『混丫頭，跟她爹上臉哩！』」

按：此詞多謂卑幼者因恃寵等原因而說話隨便，舉止張狂，不合身份。常與「上頭」、「上頭腦」連用。例如《金瓶梅詞話》第二十六回：「待要說是奴才老婆，你見把他逗的沒張置的，在人根前上頭上臉，有些樣兒！」又第七十二回：「你如今不禁下他來，到明日又教他上頭腦上臉的，一時桶出個孩子，當誰的？」兩例係譏諷婢女僕婦與家主勾搭成奸後變得輕狂。「逗的沒張置」、「有些樣兒！」可為說明。上引《紅樓夢》一例，平兒是說：「你們越來越不像樣子了」，而非謂越來越有臉面。所舉《人民日報》例，也是說女兒對爸爸的態度太隨便。今徐州話說「跐著鼻子上臉」，亦是批評人（多為年幼者）言行越來越不成體統。

2. 一卷 759 頁「乜乜些些」條：「裝癡作呆。《西遊記》第六十一回：『〔牛王〕將身一變，變作一隻香獐，乜乜些些，在崖前吃草。』」

按：釋義有誤。牛王化作香獐吃草，只是想躲過追殺而已，與「裝癡作呆」有何關係？正確的解釋應是「慢慢騰騰」。此處是說牛王所變的香獐，在崖前慢騰騰地吃草，一副若無其事的樣子。既非牛王更非香獐在裝癡作呆。此詞又寫作「乜乜屑屑」。《醒世姻緣傳》第四十三回：「我說：『你吃了可早些出去回奶奶的話，看奶奶家裏不放心。』他乜乜屑屑不動彈。」「乜乜屑屑不動彈」即慢慢騰騰不動彈，亦可為證。今魯南方言稱人行動遲緩仍說「乜些」、「乜乜些些」。例如：「這人真乜些，半天的活兒三天還沒幹完」。「他在那兒磨磨蹭蹭，乜乜些些，真讓人受不了」。此與《西遊記》、《醒世姻緣傳》用法正同。

3. 二卷 734 頁「割鬧」條：「方言。指碎草，細料。」

按：「割鬧」並非僅指「碎草」，也不是什麼「細料」，而是碎草、樹葉等混雜物。蒲松齡《聊齋俚曲集・慈悲曲》第四段：「見哥哥已把各鬧打掃了一大堆，還在那裡掃。」董遵章《元明清白話著作中山東方言例釋》：「各鬧，帶塵土的碎草殘葉」。[1] 李行健《河北方言詞彙編》：「各鬧，碎柴草」。[2] 在河北方言中，柴禾也可稱「各鬧」。由此可知《大詞典》釋義不夠準確。

4. 五卷 97 頁「獃」條：「今也作『呆』。」

按：「獃」和「呆」本是異體關係。古白話作品中即用「呆」。例如：《范張雞黍》第二折：「垂釣的嚴子陵，不是呆。」《西湖二集》第二十四回：「也有道周必大是個呆鳥，怎生替人頂缸，做這獃事。」後一例中兩字並行，可見並非今天才用此字。故似應將釋語改為：「同『呆』。今多簡作『呆』。」

5. 五卷 236 頁「戧²」條：「③決裂。《儒林外史》第四三回：「幾句話就同雷太守說戧了。」又第五四回：「兩個人說戧了，揪著領子，一頓亂打。」」

按：應釋為「（言語）衝突；頂撞」。此由「戧」的「逆，不順」之義引申而來。「戧」是一種言語行動，「決裂」只是其結果之一，而並非唯一的結局。例如說「你別老拿話戧他」，意即別總是說話頂撞人，此時雙方並未決裂。

6. 八卷 88 頁「程程」條：「②一程又一程。謂路途遙遠。金・董解元《西

228

廂記諸宮調》卷四：『程程去也，相見何時卻。』」

按：釋義誤。「程程」義為漸漸。上例是說人漸漸離去了，什麼時候才能相見呢。《聊齋俚曲集・磨難曲》第十九回：「悶懨懨，悶懨懨，每朝夾馬更加鞭，家越發在眼前，程程的走的慢。」此云張鴻漸因犯案外逃，久居在外，思家心切，所以「每朝夾馬更加鞭」，但是當就要到家門前時，卻怕被鄉人看見，心中猶豫，故又「程程的走的慢」，表現出一種複雜而又矛盾的心情。又《慈悲曲》第一回：「不覺的光陰似箭，日月如梭，就是一年有零，張訥程程瘦了。」「程程瘦了」亦即「漸漸瘦了」，而決非「一程又一程」瘦了。字又作「撐撐」。同上《磨難曲》第十五回：「罵了半日無人理，你就撐撐的乍了毛。」「撐撐的乍了毛」即漸漸乍了毛。由劇情可知，罵人者因見無人出頭對抗，所以膽子越來越大，也就漸漸地大發作起來，此與路途遙遠毫不相涉。嚴薇青《聊齋俚曲中的山東方言詞語和歇後語》釋「程程」為「漸漸」，甚為允當。

7. 九卷 94 頁「補襯」條：「②破布塊。」

按：「補襯」是補衣服或製鞋底用的碎布。又寫作「鋪襯」。例如：《聊齋俚曲集・俊夜叉》：「拾了根繩子紮著腿，上下一堆破鋪襯。」《大詞典》十一卷 1292 頁「鋪襯」條釋為「襯衣、製鞋底的碎布」，是。這些碎布，條塊均有，且往往新、舊混雜，並非僅僅是「破布塊」。《俊夜叉》之「破鋪襯」，才專指破舊的碎布。

8. 十一卷 1291 頁「鋪潦，猶淋漓。《醒世姻緣傳》第六十回：『像狄大哥，叫你使鐵鉗子撐的遍身的血鋪潦，他怎麼受來？』」

按：「鋪潦」是指皮膚因受傷而起的水泡或血泡。多由燙傷、燒傷或接觸硬物磨擦引起，但皮膚並不潰破，所以沒有「淋漓」的結果。釋者當是受了書證中前一個詞「血」的影響，以為「血鋪潦」就是「血淋漓」，乃望文生義。

9. 十二卷 583 頁「饑困」條：「飢餓困頓。」

按：「饑困」即「飢餓」，與「困頓」無關。《大詞典》該條下引文：「《百喻經・五百歡喜丸喻》：『爾若出國，至他境界，饑困之時，乃可取食。』」由「取食」可知「饑困」是「飢餓」，而不含「困頓」義。《聊齋俚曲集・牆頭記》第一回：「他急自極好害饑困，何況等了半日多，此時不知怎麼餓。」這是說他平

時非常耐不住飢餓，更何況等了大半天，不知會餓到什麼程度。《山菊花》第十二章：「好兒壓下一口氣，道：『你歇著，俺弄點吃的。』『不用，我不饑困。』」「不饑困」也就是「不餓」。

二、義項不全

10. 一卷 515 頁「再」條，列有「兩次」、「用在否定詞之前，表示永遠」等義項。

按：「再」還可以用在否定詞之前，表「從來」，加強否定的語氣。例如：《新拍案驚奇・連城璧》卷三：「小的氣力最大，本事最高，生平做強盜，再不用一個幫手，都是一個人打劫。」又卷九：「這十年中，夫妻兩口，恩愛異常，再不曾有一句參商的話。」《隋唐演義》第二十一回：「你且不要走，我不殺你，我不是無名的好漢，道一個名與你去，我叫程咬金，平生再不欺人。」皆其例。

11. 二卷 120 頁「前人」條，列有「從前的人」和「前面的人」兩個義項。

按：尚有「對方；他人」義。例如：《壇經》：「若不同見解，無有志願，在在處處，勿妄宣傳，損彼前人，究竟無益。」《太平廣記》卷四二《李仙人》：「我去之後，君宜以黃白自給，慎勿傳人，不得為人廣有點煉，非特損汝，亦恐尚不利前人。」王梵志《前人敬吾重》詩：「前人敬吾重，吾敬前人深。」三例中「前人」均指「他人」，而後一例其義尤顯。

12. 二卷 797 頁「勒²」條，列「捆住；套住；或捆、套以後再拉緊」和「方言。收緊、逼尖嗓子」二義。

按：尚有「用刀等鋒利之物用力去觸及」一義。例如：《型世言》第二回：「王世名便乘勢一推，按在地，把刀就勒。」

13. 三卷 35 頁「可笑」條，列「好笑」一個義項。

按：還用作程度副詞，相當於「甚，非常」。例如：日本圓仁《入唐求法巡禮行記》卷四：「龕窟盤道，克飾精妙，便栽松柏奇異之樹，可笑稱意。」謂非常稱意。《敦煌變文集・燕子賦》：「燕子被打，可笑屍骸：頭不能舉，眼不能開」。「屍骸」為醜陋的模樣，「可笑屍骸」，謂燕子被打之後，模樣非常醜陋。

14. 四卷 1392 頁「支剌」條:「形容詞詞尾,見於元曲。」

按:「支剌」還是一個擬聲詞,可以用來描摹放肆叫嚷或刺耳難聽的聲音。例如:《勘頭巾》第三折:「休則管我跟前支剌叫喚。因甚的,大古是腳踏實地。」《神奴兒》第一折:「他兩個一上一下,直留支剌,唱叫揚疾。」今語仍有「吱剌一聲」、「吱吱剌剌真難聽」等說法。

15. 五卷 60 頁「狼虎」條,列有「狼與虎」和「比喻兇惡殘暴的人」兩個義項。

按:尚缺「形容吃東西貪婪快速或衣物消耗損壞急驟」義。如《金瓶梅詞話》第八十六回:「婆子側耳,果然聽見貓在炕洞裏狼虎,方才不言語了。」北京方言仍有此語。例如:「他吃東西狼虎,三大碗一下子就開完了。」「他穿鞋狼虎,幾天就飛。」[3]

16. 五卷 156 頁「殃」條,僅列「禍患;災難」和「敗壞;為害」兩個義項。

按:應補入「迷信傳說人死後有離體外出的煞气叫殃。參見『殃榜』」一義。

17. 六卷 1446 頁「款待」條:「熱情優厚地招待。」

按:尚缺「用來招待客人的酒飯」義。例如:《醒世姻緣傳》第九十二回:「陳師娘的女兒並兒子、孫子、媳婦都絡繹往來看望,一來要遮飾自己的不孝,二來也圖晁夫人的款待。」《平山冷燕》第六回:「此時冷絳雪料道宋信必來,已叫父親邀了鄭秀才,備下款待等待。」又同回:「原來款待是打當端正的,不一時,杯盤羅列,大家痛飲了一回。」

18. 七卷 817 頁「母子」條,列有「母親和兒子」、「本源。偏義複詞,偏於『母』」二義。

按:「子」讀輕聲,還有「指母馬等雌性動物,又比喻母親」義。《醒世姻緣傳》第五十二回有「槽頭買馬看母子」俗語。謂要看女兒品行如何,觀察她母親即可知道。「母子」又與「娘」連用,例如:《金瓶梅詞話》第四十一回:「我嫌他沒娘母子,是房裏生的,所以沒曾應承他。」「娘」與「母子」都指母親,是一種羨餘形式。另,今北方話還稱雌蟹為「母子」。例如:「買了五個螃蟹,三個公兒,兩個母子。」

三、例證晚出

19. 三卷 519 頁「嘴頭」條：「①指說話時的嘴。」舉《醒世恒言》「那張嘴頭子」為例。

按：唐代已有用例。王梵志《世間慵懶人》詩：「出語嘴頭高，詐作達官子。」

20. 五卷 147 頁「死」條：「（15）阻塞不通。」舉何永鼇《火焰山上四十天》「見峒堵死又跑了回去」例及自造「死胡同」一例。

按：明代已有用例。《水滸傳》第四十五回：「這條巷是條死巷，如何有這頭陀連日來這裡敲木魚叫佛？」

21. 五卷 156 頁「殃榜」條，舉《紅樓夢》和老舍《駱駝祥子》為例。

按：明代已有用例。《金瓶梅詞話》第六十二回：「徐先生當寫殃榜，蓋伏死者身上。」

22. 六卷 933 頁「攮槓」條：「爭辯；頂牛。」舉茅盾《春蠶》和周而復《上海的早晨》二例。

按：「攮扛」一詞，清代作品已見。文康《兒女英雄傳》第四十回：「姑老爺先不用合我們姑太太攮扛。」

23. 八卷 1238 頁「篾片」條，列有「猶清客」和「竹子劈成的薄片」兩個義項。前者舉清・李漁《意中緣》和《負曝閒談》為例，後者缺例證。

按：此二義項，明代均已有用例。馮夢龍《笑府》卷七「開路神」：「開路神曰：『阿哥，你不知，我只圖得些口食耳；若論穿著，全然不濟，剝去外一層遮羞皮，渾身都是篾片了。』」此例字面義為「竹子劈成的薄片」，隱含義為「清客」。

24. 九卷 94 頁「補襯」條：「②破布塊。」舉梁斌《紅旗譜》為例。

按：《醒世姻緣傳》已有用例，見第九十二回：「合陳師娘換下的一條破褲，都拆破做補襯使了。」

25. 十一卷 1292 頁「鋪襯」條：「③襯衣、製鞋底的碎布。」舉《人民文學》1977 年第 12 期一例。

按：此詞清代已用。例如：《聊齋俚曲集‧俊夜叉》：「拾了根繩子紮著腿，上下一堆破鋪襯。」又《牆頭記》第三回：「上下一堆破鋪襯，西北風好難禁。」同回：「外頭袍子難団圖，邊上破鋪襯。」

四、其他問題

（一）出條不當

26. 三卷 518 頁「嘴吃」條：「指食物。《西遊記》第七六回：『我不捨得買了嘴吃，留了買匹布兒做衣服。』」

按：「嘴吃」非詞。「嘴（兒）」代指食物。吃零食今口語仍說「吃零嘴兒」。明代小說有「買嘴／吃」（見上引《西遊記》例），「換嘴／吃」等說法。後者見《金瓶梅詞話》第九十三回：「不消兩日，把身上綿衣也輸了，襪兒也換嘴來吃了，依舊原在街上討吃。」「換嘴來吃了」，說明是「換嘴」，而非「嘴吃」。故要麼以「嘴兒」出條，要麼以「買嘴吃」出條，而不當以「嘴吃」出條。

27. 五卷 233 頁「截舌」條：「搬弄是非。《金瓶梅詞話》第十一回：『明在漢子跟前截舌兒，轉過眼就不認了。』」

按：意義為「搬弄是非」的是「戳舌」。「截」、「戳」因形近而致誤。同書第二十八回：「你在傍戳舌怎的？」又第八十五回：「今被科菊丫頭戳舌，把俺兩個姻緣拆散。」均作「戳舌」，可以為證。而「截舌」作「搬弄是非」用的，未見他書，故不當以此誤文出條。

（二）義項確立與分合不當

28. 二卷 1381 頁「死」條：「(13) 表愛憐的意思。」舉《紅樓夢》第三十八回「死娼婦」和浩然《豔陽天》第一部 28 章「死丫頭」為例。

按：此為反語，是由修辭造成的臨時意義，故不當收列，他如：「你這個壞東西！」「真是個聰明人！」如是反語，前句之「壞」即是「好；可愛」意，後句之「聰明」即是「愚蠢」意。類似說法很多，是否都要列出來？恐怕既無必要，也無可能。

29. 三卷 519 頁「嘴頭」條，列有「①指說話時的嘴。②指說話或說話的口氣」兩個義項。

按：義項①釋義不確，其實義項②亦無必要。兩者可合為一，釋為「嘴巴」。義項②引例為《朝野僉載》卷二：「（陸）餘慶，筆頭無力嘴頭硬」和《紅樓夢》第二十三回「鳳姐因見他素日嘴頭乖滑」兩例。「嘴頭硬」和「嘴頭乖滑」就是嘴巴硬和嘴巴乖滑。「嘴巴」無須區分說話時與不說話時，本身也並不表示什麼口氣。如上引二例，其口氣是通過「硬」和「乖滑」兩個詞體現的。

（三）漏標「方言」

30. 一卷1399頁「促恰」條：「見『促掐』。」又「促掐」條，注明為「方言」。

按：同卷還收有「促狹」條，三詞乃同詞異寫，亦當注明是「方言」。又二卷534頁「卷」條：「方言。」但九卷1040頁「纂」條：「⑧咒罵」，未標「方言」二字。其實「卷」與「纂」同為一詞，在一些方言中讀音也相同，僅記錄用字不同而已。

（四）義例不合

31. 五卷96頁「猱」條：「③撓；搔。《醒世姻緣傳》第十四回：「典史自推開門，一步跨進門去。只見珍哥猱著頭，上穿一件……」

按：此「猱頭」非「搔頭」義，係形容頭髮未經梳理，散亂紛披的樣子。《金瓶梅詞話》第三十一回有「猱頭獅子」，亦形容毛髮紛亂狀。「猱」音náo，通「撓」。「猱頭」又作「撓頭」。《宛署雜記‧民風》：「不梳頭曰撓頭。」可證。《醒世姻緣傳》第八十九回：「素姐紮煞兩隻爛手，撓著個筐大的頭，騎著左鄰陳實的門大罵。」此例也是形容素姐蓬頭散髮貌，兩隻手都「爛」了，而且「紮煞」（五指張開）著，故知非搔頭義。

32. 六卷697頁「掐」條：「⑦量詞，拇指和另一指頭相對握著的數量。亦用以比喻數量微小。……魏巍《東方紅》第一部第八章：『楊大伯抱了一大掐綠盈盈的小蔥走了進來』」。

按：「掐」作為量詞有二義：（1）拇指和另一指頭相對握著的數量；（2）兩隻手相對握著的數量。《大詞典》所釋為前一義，而引例所用則是後一義，試想「抱了一大掐」中的「抱」，僅用一隻手的兩根指頭如何完成？所以此句中的「掐」

只能是後一義，相當於一小「抱」。而兩根指頭對握的數量最多只能相當於一小「把」。今江淮方言中的漣水話和湖南永州一帶方言中，「掐」均表示「兩手對握著的數量」。

附　注

〔1〕《〈漢語大詞典〉近代漢語條目商補》，載《近代漢語釋詞叢稿》，江蘇教育出版社，1995 年。《〈漢語大詞典〉近代漢語條目訂補》，載《徐州師範大學學報》1997 年第 2 期，中國人民大學複印報刊資料 1997 年第 12 期轉載。《〈漢語大詞典〉近代漢語條目指瑕》，載〔香港〕《語文建設通訊》1998 年第 2 期。

〔2〕本項目後列爲國家社會科學基金後期資助項目（11Fyy016）——作者補記

參考文獻

〔1〕董遵章，1985，《元明清白話著作中山東方言例釋》，山東教育出版社。

〔2〕李行健，1995，《河北方言詞彙編》，商務印書館。

〔3〕陳剛，1985，《北京方言詞典》，商務印書館。

（原載《徐州師範大學學報》2000 年第 2 期，中國人民大學複印資料《語言文字學》2000 年第 10 期全文轉載，與張泰、田照軍合作）

《漢語大詞典》若干詞條釋義拾補

　　《漢語大詞典》（以下簡稱《大詞典》）所收錄的某些詞語存在義項脫漏的現象，本書僅從中掇拾明清戲曲、小說使用的詞語 20 條，對《大詞典》漏釋的意義試作補充。

　　1. 一卷 1295 頁「作嬌」條，僅釋「謂兩情歡愛」一義。

　　按：尚有「扭捏作態」、「故作嬌態」之義。例如：《綴白裘》十一集卷二《看燈》：「（末）媽媽，路上冷清清的，你唱個小曲兒開開心罷了。（小丑）老兒，我這幾日傷了些風，喉嚨不好，唱出來，不好聽。（末）罷嚹。不要作嬌了。」《古今小說・新橋市韓五賣春情》：「那小婦人又走過來，挨在身邊坐定，作嬌作癡。」前例「作嬌」顯非「歡愛」義。《大詞典》同卷引後一例釋「作嬌作癡」爲「形容故作嬌態」，是。其實單用「作嬌」亦有此義。

　　2. 二卷 579 頁「分剖」條，列有「辯白、訴說」和「分開」兩個義項。

　　按：另有「應付；解決」一義。例如：《續西遊記》第八回：「那個說道：『長老貨物到小店去賣。』扯的扯，奪的奪，師徒們哪裏分剖的開。」此謂店主們不知唐僧師徒挑的是經擔，以爲是貨物，故紛紛上前爭搶。「哪裏分剖的開」猶言哪裏應付得了。又同書第二十二回：「三藏道：『老尊長，你便明說，我這幾個徒弟，也都有些神通本事，便是有甚冤苦，也能替你分剖救解。』」「分剖」與「救解」義近連用，猶「對付，解決」。

3. 二卷 1328 頁「大公」條，列有「謂以天下為公」和「極其公正」兩個義項。

按：亦可用作對手藝人或生意人的尊稱。例如：《綴白裘》六集卷一《買胭脂》：「（貼）嚇，大公。」此係尊稱賣雜貨的人。通常寫作「大工」，見《大詞典》同卷 1323 頁該條義項①，所舉兩例，一稱掌舵工，一稱釀酒師傅。故當補第 3 個義項：「同『大工』，尊稱手藝人或生意人。」

4. 二卷 1566 頁「奮氣」條，僅釋「奮發振作」一義。

按：「奮氣」尚有「用力；盡力」義。例如：《續西遊記》第七回：「這妖怪見了行者手中拿著一條禪杖，光景似爭打之狀，乃奮氣把手中鐵叉直戳將來。」「奮氣直戳將來」即用力直戳過來。又同書第八回：「行者道：『只因師父憫念弟子們挑擔費力，這真心一點，今卻就有替挑擔的，你看他們打號子奮力氣，與徒弟們出力，走一里省徒弟們一里力，皆師父志誠靈感神應也。』」「奮力氣」同「奮氣」，皆謂人鼓足力量，用盡氣力。

5. 四卷 76 頁「巴結」條，列有「努力；勤奮」、「奉承；討好」、「湊合；勉強」三個義項。

按：尚缺「通過勤奮努力而取得或辦到」一義。例如：《孽海花》第五回：「幸虧侖樵讀書聰明，科名順利，年紀輕輕，居然巴結了一個翰林，就娶了一房媳婦，奩贈豐厚。」又同書第十九回：「他一生飽學，卻沒有巴結上一個正途功名，心裏常常不平。」「巴」本有謀取、營求義，如「巴錢」（《曲江池》第四折：「為巴錢毒計多。」）、「巴饅」（《宣和遺事》亨集：「一片心只待求食巴饅（饅）。」）俱博取錢財之意。

6. 四卷 433 頁「幽州」條，列有「古九州之一」和「州名」兩個義項。

按：尚有「冥府」一義。例如：《綴白裘》六集卷二《陰送》：「生前勇猛逞英豪，死後靈魂志尚高。花標杆上遭冤害，今在幽州掌獄曹。」此「幽州」，即所謂之「陰曹地府」。古稱地府為「幽都」。《楚辭‧招魂》：「魂兮歸來，君無下此幽都也。」注：「地下幽冥，故稱幽都。」陽間的「幽州」亦可稱「幽都」。《莊子‧在宥》：「流共工於幽都。」《釋文》：「李（頤）云：即幽州也。」反轉過來，代指陰間的「幽都」亦得稱為「幽州」。《陰送》之例即可為證。

7. 四卷 671 頁「木馬」條，列有「木製的馬」、「木牛流馬的省稱」等六個義項。

按：尚可稱一種長條形的木桌。例如：《綴白裘》十一集卷二《戲鳳》：「那酒保說將木馬來敲動，裏邊自有送茶人。」敲「木馬」即敲木桌。下文店家有云：「茶不冷，酒不寒，只管亂敲，敲碎了桌兒是要賠的嚇。」可證。

8. 四卷 1264 頁「標封」條，僅釋「謂貼上封條」一義。

按：另有「封賞」之義。例如：《綴白裘》六集卷四《安營》：「奪武爭先馳騁，邀取標封。」「邀取標封」即邀取封賞。「標」本有「給競賽優勝者的獎品」一義，見《大詞典》同卷 1262 頁該條第 22 義項。故「標封」亦有封賞義。

9. 五卷 645 頁「春秋」條，列有「春季與秋季」、「指春秋兩季的祭祀」等九個義項。

按：尚有「譏笑；諷刺」義。例如：《鼓掌絕塵》第二回：「小弟往常在書房中獨坐無聊的時節，也常好胡謅幾句，只是吟來全沒一毫詩氣。朋友中有春秋我的，都道是笑經。」同回下文之「其實不怕人笑」、「果不見笑」等語，即就「春秋」二字而言。又同書第三十回：「本欲抽身便走進去，這班人扯住了，纏纏綿綿，熱一句，冷一句，春秋了好一會，弄得他十分不快活起來。」此例之「春秋」，即「熱一句冷一句」地嘲諷。再如：《雨花香·少知非》：「那懷哥眼界極廣，那裡看得他在心，所以鬼臉春秋，不時波及。鄭友是個聰明人，用幾十兩銀子，反討不得個歡喜，心中深自懊悔。」此言懷哥因想擺脫鄭友，故而不給他好臉色，時加諷刺、挖苦。高文達主編的《近代漢語詞典》亦引《鼓掌絕塵》第三十回「春秋了好一會」為例，釋「春秋」為「閑扯」、「用調情的語言糾纏」，欠當。此謂二叔公李岳前番壓制、毒害文荊卿，不想今日文荊卿高中探花，故私下裏跪在文面前以期得到原諒，但被親戚故友撞個正著，遂遭到一番奚落，而非親友用「調情的語言糾纏」他。故此處當釋作「冷嘲熱諷」方為妥帖。

10. 五卷 707 頁「時議」條，僅釋「當時的輿論」一義。

按：尚有動詞用法，猶言「商議」。例如：《續西遊記》第十二回：「靈龜老妖答道：『只為一宗小畫，特來時議。』乃把攝經一節，被唐僧他徒弄手段騙哄

了他的情由，備細說出。」

11. 五卷 1323 頁「清楚」條，列有「清晰」、「明白」等六個義項。

按：「清楚」尚有「將財物等交割完畢」一義。例如：《雲仙笑・拙書生》：「文棟受逼不過，只得把棺木權厝祖塋，賣了住房，清楚眾人，自己到三元閣借住。」此謂把賬目與眾人交割清楚。同書《又團圓》：「閒話且住，說這季侯因官糧不曾清楚，終日憂悶。」此謂沒能把官糧交完。又同上：「我今娶你，止爲有些欠賬在外，我已年老，兒子不知世事，我此時不去清楚，再等一兩年，越不能勾出門了。」此謂了結欠賬。

12. 六卷 1380 頁「贏」條，共列有「餘；滿」「過、勝」等九個義項。

按：尚有「及」、「來得及」一義。例如《蹄春臺》卷一《賣泥丸》：「坐卡中，好悔恨，於今想起悔不贏。」「悔不贏」即後悔不及。再如同書卷一《節壽坊》：「我家原來巨富，討來何患無人，不把三全難他，那就討之不贏。」又同卷《啞女配》：「一朝遭了報應，那才悔之不贏。」又卷二《巧姻緣》：「到梓潼未曾探賊信，陡然間遇賊躲不贏。」皆其例。《大詞典》本卷 1406 頁「贏」條第⑩個義項爲「來得及」，舉郭沫若、巴金等作品中之「寫不贏」、「逃不贏」爲例，「贏」「贏」可相通，故「贏」條亦當補列此義項。

13. 六卷 795 頁「摸擬」條，僅釋「模仿；仿傚」一義。

按：尚有「猜測；琢磨」義。例如：《孽海花》第八回：「（匡次芳）暗忖：雯青與彩雲尚是初面，如何說是舊侶呢？難道這詩不是雯青手筆麼？心裏惑惑突突的摸擬，恰值那大姐端茶上來。」此「摸擬」即引例開頭之「暗忖」義。又同書第二十回：「又是什麼信是託他門生四川楊淑喬寄來的。小燕正要摸擬是誰的，忽聽純客笑著進來道……」「摸擬是誰的」即猜測是誰的。

14. 六卷 1572 頁「方才」條，列有「剛才」、「副詞，表示時間或條件關係」兩個義項。

按：尚缺「將要；正要」義。例如：《續西遊記》第一回：「靈虛子方才開口勸收，那萬化因如飛，不顧而去。」此謂靈虛子正要開口勸收。又同書第十回：「老妖依言，乃叫小的扛過包來。小妖方才去扛，只見：兩個經文包子，方方兩塊石頭。」此謂小妖正要去扛。

15. 八卷 777 頁「耐煩」條，列有「耐心；不怕麻煩」、「能忍耐；不急躁」、「忍受煩悶」三個義項。

按：「耐煩」尚有「喜歡」、「願意」之義。例如：《雲仙笑・勝千金》：「叵耐寺裏這些禿驢飯也沒得把咱家吃飽，誰鳥耐煩做和尚？」同篇下文又云：「誰鳥耐煩再來吃你這們骯髒東西。」又《載花船》第九回：「武后道：『誰家耐煩舉筆！』」《豆棚閒話》第十則：「咱也不耐煩呷茶，有句話兒問你，這裡可有唱曲匠麼？」《照世杯・百和坊將無作有》：「那個耐煩聽你這閒話，只問你無端爲何進我宅子。」皆其例。

又《蕩寇志》第七十五回：「（莊家）對那婦人說道：『我不耐煩那間平房。倘有客來，我挪出讓他。』自去倚了扁擔，尋個床鋪安排。那婦人道：『那房又暗又潮，不如平房乾淨，你倒喜歡這裡。』」前云「耐煩」，下云「歡喜」，兩詞義近，可以爲證。

16. 九卷 87 頁「補丁」條，釋爲「補在破損的衣物或對象上的東西。」

按：「補丁」尚可指宴席上增加的飯菜。例如：《孽海花》第三回：「（雯青）想得出神，侍者送上補丁，沒有看見，眾人招呼他，方才覺著。匆匆吃畢，復用咖啡。」

17. 十卷 654 頁「部署」條，列有「安排；布置」、「軍中武官」、「元明俗語」三個義項。

按：尚可補「整理」一義。例如：《孽海花》第二回；「華如以將赴上海，少不得部署行李，先喚轎班點燈伺候，別著眾人回家。」同書第十九回：「雯青進了東屋，看金升部署了一回。」又同回：「知道父親總理衙門散值初回，正歇中覺，自己把行李部署一回，還沒了，早有人來叫。」上舉數例「部署」俱「整理」義。

「部署」還有「武術比賽的主持人，裁判」和「武術教師」二義，亦當補入，已見高文達主編的《近代漢語詞典》，茲不贅。

18. 十一卷 19 頁「計較」條，列有「較量」、「爭論」、「計算核實」等四個義項。

按：「計較」尚可用作及物動詞，有「用計對付，設法懲治」義。此已經高

文達《近代漢語詞典》指出，現再補充二例以資證明：《後西遊記》第三十回：「你可把經擔挑到我這石室堂中供養，莫要被妖魔褻瀆。你們再去計較他。」「計較他」即對付他。又《型世言》第二十二回：「張志道：『哥，那裡來這副行頭？』任敬道：『二月間，是一個滿任的官，咱計較了他，留下的。』」「計較了他」即懲治了他。

19. 十一卷 530 頁「青虹」條，僅釋「彩虹」一義。

按：尚可代指劍。例如：《綴白裘》六集卷四《點將》：「趲程途，愁越重；仗青虹，心驚恐。」此言雖然手持寶劍，也止不住心中的驚恐。

20. 十二卷 20 頁「閃」條，列有「從門內偷看」、「忽隱忽現；突然顯現」等十六個義項。

按：「閃」尚有「不顧（羞恥）」、「不在乎（臉面）」義。例如：《型世言》第七回：「可憐翹兒一到門戶人家，就逼他見客。起初羞得不奈煩，漸漸也閃了臉陪茶陪酒。」此言王翹兒初到娼家，甚是難為情，漸漸也就厚著臉皮，安心做了妓女。又同書第十一回：「仲含道：『那家女子？到此何幹？』那芳卿閃了臉，逕望房中一闖。」又第二十四回：「弄了幾時，弄得岑猛平煩了，索性閃了臉，只在眾妾房中，不大來。」以上兩例均為不顧臉面義。

（原載《徐州師範大學學報》2002 年第 2 期）